エッジ 下

エッジ　下

目次

第四章　畏怖

1

二〇一二年　十二月二十二日。

JR熱海《あたみ》駅の周辺は、ものものしい雰囲気に包まれている。マスコミにいる人間でなくても、頭上を舞う複数のヘリコプターに緊急事態の色合いを読み取るに違いない。ホームを埋める人々は、空を見上げては、口々に、

「何かあったのかねえ」

などと言い合っていた。状況を正確に把握している人間はまだ少なく、朝のワイドショーを観た者だけが、

「なんだか、こっちのほうで、一遍に大勢いなくなっちゃったみたいよ」

と、呑気《のんき》に説明を加えている。言っている本人自身、正確なことは何も理解していない

のだから、聞いているほうは、さらに疑問を深くするばかりだ。

羽柴《はしば》と冴子《さえこ》は、ホームの雑踏を抜けて、改札へと急いだ。

冴子にとって熱海は、故郷ともいえる土地である。羽柴もまた、隣街の三島で小中学校を過ごしたこともあり、この温泉街は馴染《なじ》みが深く、地理に明るい。目的のハーブ園がどこにあるのか、ふたりとも十分に心得ている。タクシーで十分程度、かといって歩くとなれば一時間はかかる。先に到着して取材している同局のディレクターから、道路が相当に込み合っているという情報を得て、一三五号線を車で移動するのは避けたほうがいいという結論が出ていた。

警察と消防による大規模な山狩りに加え、百人近くもの失踪《しっそう》者たちの家族とやじ馬が大挙して車で押しかけ、現地は収拾がつかないほどの混乱に陥っているという。ハーブ園の駐車場はせいぜい数十台のキャパシティしかなく、入りきれない車が路上に溢《あふ》れて、交通の流れを完全に遮断しているようだ。

今朝、冴子の家でハーブ園での集団失踪を知った羽柴は、局に連絡を入れた後、取るものも取りあえず、その足で熱海に向かうことになった。冴子に同行を求めたのはいうまでもない。

移動しながら携帯電話で連絡を取り、取材の手筈《てはず》を整えるつもりであったが、現地での交通手段の確保だけがどうしても間に合わなかった。

羽柴と冴子は改札を抜け、タクシー乗り場の前で立ち止まった。これからどうすべきか、悩むところである。

　局の人間と電話で話し終えたばかりの羽柴に、冴子が言った。

「わたし、裏道なら、知ってるわよ」

「裏道か……」

　冴子は、詳しく道順を説明した。

「距離的には遠回りになるけれど、市街地から山間の別荘地を抜け、熱海新道につながる道に出てから錦ヶ浦《にしきがうら》の手前を南に下れば、ハーブ園の裏側に出られるわ」

「もし、その道も混んでいたら？」

「土地の人間しか知らない道だから、たぶん大丈夫だと思う。でも、もし、動けなくなったら、タクシーを降りて歩くしかないわね」

「歩ける距離ならいいんだけど……」

「いずれにせよ、駅から歩くことを思えば、ずっと楽なはずよ」

　羽柴にとっては賭《か》けだった。裏道も混んでいたら、にっちもさっちもいかなくなる可能性がある。

　しかし、状況が刻々と変化する中にあってじっと待つという行為は堪え難く、動いていたほうが精神衛生上は好ましいだろう。

「よし、裏道で行こうか」

　羽柴はそう決断を下して、冴子をタクシーのリアシートに押し込んだ。

タクシーの運転手に行き先とコースを説明し終えるや、羽柴は一瞬の睡魔に襲われた。昨夜、冴子のベッドで眠りに落ちたのは、深夜の一時を回っていた。起きたのは七時過ぎである。起きてすぐ、冴子の父の書斎で、フロッピーに保存された文書をプリントアウトするうち、偶然にワイドショーを観て熱海での集団失踪を知り、ろくに朝食も食べないまま、飛び出してきてしまったのだ。

昨夜の出来事が遠い昔のように感じられた。冴子の豪壮なマンションを訪れ、ベッドを共にしたまではよかったが、行為は尻切《しりき》れトンボで終わったままだ。しかし、冴子との関係が一線を越えたという確かな実感はある。肉体は結ばれていなくても、互いの思いは確認されていた。

冴子も疲れたのか、目を閉じて顔を窓ガラスにもたせかけている。羽柴は、彼女の手に手を重ね、目を閉じていった。

連続して起こった失踪事件はこれまですべて数人規模であったのが、ここにきて、数は突如三桁《けた》に迫る勢いで跳ね上がってしまった。事態の急変におののくと同時に、心地いい興奮がもたらされたのも確かだ。身体は疲れているのに、眠れるという見込みはあまりない。ほんの一瞬でも寝ておいたほうが、後々楽だろうと思う。今日、このあとどのような展開になるのか、まったく予測はつかなかった。午後になれば、東京から鳥居《とりい》繁子《しげこ》が来ることになっている。本格的な撮影は鳥居が到着してから始まるにしても、その前に現場付近のロケハンをしておくべきだろうな……。

そんなことを考えながらうつらうつらしていた羽柴の胸ポケットで、携帯電話が鳴った。同時に冴子も目覚め、びっくりしたようにぎゅっと羽柴の手を強く握ってきた。羽柴に比べ、冴子のほうが眠りは深かったようである。

羽柴は冴子の手を握ったまま通話ボタンを押した。相手は、中村ディレクターだった。現在の状況を尋ねられ、羽柴は、裏道を使って現場に向かっている途中だと答え、鳥居繁子が熱海に到着する時間や、今晩の宿の手配等、必要事項を二、三確認した。

中村との会話を打ち切り、携帯電話を胸ポケットにしまったとき、タクシーは熱海新道に差しかかろうとしていた。冴子の判断は正しかったようだ。ここまで大きな渋滞もなく、順調に目的地に近づきつつある。

一三五号線の手前になると、さすがにタクシーは渋滞につかまって動かなくなってしまった。

羽柴は、冴子に顔を向け、目だけで訊《き》いた。

「もう、すぐそこよ」

それを受けて、羽柴は運転手に告げる。

「あ、ここで降りますから」

羽柴と冴子が路上に降り立ったとき、彼らを歓迎するかのように、ヘリコプターが一機、低空飛行で頭上をかすめていった。

一般入場者用の門は閉ざされ、その前で多くの人間が右往左往していた。野次馬の中には、明らかにマスコミ関係者と思われる顔もちらほらと見受けられる。

羽柴は、人込みを縫って、先に到着しているディレクターの加賀山《かがやま》を捜した。

声を掛けてきたのは加賀山からだった。

「羽柴さん」

呼ばれて振り返ると、頭頂部だけ禿《は》げ上がった落ち武者のような加賀山の顔がある。

「よお」

羽柴は手を挙げて応《こた》えると、その手で軽く冴子を指し示した。

「こんにちは。ご無沙汰《ぶさた》しています」

「おやおや、栗山《くりやま》さんもご一緒でしたか」

冴子を一緒に連れてきたのは、ニュースを知ったとき一緒に同じ部屋で過ごしていたからというのに過ぎない。羽柴はふたりの関係を見破られないよう、それとなく説明を入れる。

「栗山さんは、熱海にご実家があるんだよ」

「え、そうだったんですか」

加賀山は大仰に身体をのけ反らせ、驚いて見せた。

「いいえ、父の実家なんです。祖父母はとっくに他界して、家はもう人手に渡ってますけど」

正直に言う姿がいかにも冴子らしい。羽柴にとっては初めて聞く内容である。祖父母は既になく、家が人手に渡ってしまったこと……。

「この辺の地理にも明るいし、今日だって、裏道を案内してもらえたから、やって来られたってわけだ」

羽柴は冴子が同行することの価値を強調した。

「正解ですよ。一三五号線を走ってたら、埒《らち》が明かないですからね」

幹線道路からはしきりに笛の音が響いてくる。熱海伊東《いとう》間の幹線道路が塞《ふさ》がれたままでは、迷惑なこと甚だしい。近隣の住民から苦情が噴出したに違いなく、さすがに警察が交通整理に乗り出したようだ。しかし、渋滞が収まりつつあるといっても、まだまだ動きが取れない状態だった。

「ところで加賀山、飯食ったか」

「まだです」

「ちょっと、飯でも食いながら、これまでの経緯を話してくれないか」

「いいですよ」

ハーブ園に併設されたレストランは満席の上、溢れんばかりに人が並んでいるため、羽柴、冴子、加賀山の三人は道路を隔てた海岸沿いの絶壁に建つリゾートホテルに向かうことにした。

レストランでランチメニューを注文するとすぐ、加賀山は煙草に火をつけ、これまでに判明したことを羽柴と冴子に語り始めた。

「ところで、ハーブ園に行かれたことありますか」

羽柴と冴子は同時に首を横に振った。冴子が父の実家を訪れていた頃、かの地は森林自然公園となっていてハーブ園はまだ存在せず、訪れるのはこれが初めてである。

ふたりがハーブ園の中を知らないという仮定のもと、加賀山は話を進めていった。

「ま、見ればすぐにわかることですが、園全体が山の斜面となっています。で、一般客は入り口のところで入場料を払い、専用のバスに乗る。バスはハーブ園の最も高いポイントにある駐車場まで客を運び、そこで降ろして下に戻る。客たちは、遊歩道をぶらぶらしながらお花畑を見たり、山の斜面から見渡せる海の風景を楽しんだりしながら徒歩で下っていきます。途中、ハーブティを飲ませてくれる喫茶店があったり、手作り石鹸《せっけん》や手作り絵葉書を扱う土産物店があったりして、適当に時間をつぶせるってわけです。

昨日、集団失踪《しっそう》した人間の大部分は観光バスでやって来たツアー客でした。伊豆《いず》観光のポイントとして、ハーブ園の見物がコースに組み込まれていたってわけですか。で、観光バスの場合、園内の専用バスは使わないで、直接もっとも高所にある駐車場まで行き、そこで観光客を降ろします。バスはそのままUターンして下の駐車場で、観光客が戻ってくるのを待ちます。昨日、ここに集まったのは、昼食を終えてやってきた観光バスが二台でした。一台の乗客が四十人弱。これに四、五組の一般客を含め、総勢百人程度の客が昨日の午後、園内の上部にいました。バスがやって来たのが午後一時で、集合時間が午後の二時。バスガイドはこのとき客と同行せず、ドライバーと一緒に下の駐車場で待ちました。ところが、集合時間の二時を過ぎても、ひとりの客も戻ってこない。旅行会社が異なる二台の、どちらの観光バスにも客がひとりとして戻って来ないんです。そこで、一方のバスガイドが歩いて園内に戻りました。すると、ついさっき上ったときと、雰囲気が違っていることに気づいた……。いや、気づくもなにも、すぐにわかりますよね。人っ子ひとりいなくなっているんだから……」

そこで加賀山は言葉を切った。

羽柴と冴子は、高遠《たかとお》の藤村家で見た光景から、山の斜面のハーブ園で起こった失踪が醸し出す雰囲気を類推していた。今度は閉ざされた空間ではない。壁や屋根どころか垣根も何もなく、海への展望の開けたゆったりと広い谷間である。状況としては、北米西海岸で起こった二件の失踪事件と似ているだろう。

室内とは比べ物にならない広大な空間から、人間が一斉にいなくなってしまった……、羽柴と冴子は、その状況を映像としてイメージしようとした。

「バスガイドは、最初のうち狐につままれたように感じたと思いますよ。一旦《いったん》、下の駐車場に戻って、もう一方の旅行会社のバスガイドと運転手に相談をもちかけました。全員、半信半疑です。だってそうでしょう。山の斜面のハーブ園から、百人規模の人間が一斉に消えることの意味がわからない。二時半には、ハーブ園のマネージャーに事情を打ち明け、関係者がしらみつぶしに園内を当たってみると、失踪したのが客だけでないことが判明しました。園内の植物園の清掃管理をしていた業者もまた軽トラックだけをその場に残していなくなっていたのです。

すぐに連絡の取り合いが始まりました。携帯電話を所持し、番号が判明している人間に次々と電話をかけてみたのだけれど、だれひとり電話には出ない。いや、そうじゃない。電話が繋《つな》がらない、っていう言い方をしてましたねえ、マネージャーは」

そこで羽柴は確認を入れる。

「繋がらない、っていうのは、電波が届かないってことか」

「ええ、たぶん……、そういうことだと思うんですが……」

加賀山の返事はこころもとない。観光バスに乗車していた百人弱のうちの多くは年配者で、そのうちの何割が携帯電話を持っていたのかは不明だった。しかし、どの電話も繋がらないというのはちょっと奇妙である。

「わかった。先を続けてくれ」

羽柴は先をうながした。

「警察に連絡を入れたのは四時近くになってからのことです。熱海署にしたところで、この前代未聞の事件にどう反応すべきか……、困ってしまったでしょうねえ。とりあえず、パトカーを一台よこして現場検証をしましたが、犯罪が行われたという形跡はまったく見当たらない。夕方になり暗くなりかけたところでハーブ園は門を閉め、あとはもう関係者一同電話かけまくりです。一台の観光バスは下田《しもだ》に向かい、もう一台は東京に戻る予定でした。時間になってもツアー客を自宅に帰すことができないとなれば観光会社にとっては一大事。会社の上司や家族への連絡、それぞれが対応に追われたそうです。夜になるまでには、東京の新聞、テレビ、マスコミ各社にはニュースが届いていました」

無意識のうちに羽柴は加賀山から目をそらしていた。理屈でいえば、後ろめたく思う必要はなかった。その時刻、彼は北沢の事務所に赴いて調査の進展を聞かされていた。局にいれば早々にニュースを聞いていただろうが、冴子とのデートに夢中になるあまり、それどころではなかった。羽柴が属するのは報道局ではなく、バラエティ番組の制作局である。即時のリアクションが求められるわけではない。もとより、熱海の集団失踪が、連続失踪事件と関係があると睨《にら》んだのは、羽柴と冴子のふたりだけで、スタッフはだれひとり気がつきもしなかった。小田原《おだわら》在住の加賀山を現場に向かわせたのは、羽柴の機転によるものである。

「今日の早朝から、捜査は大掛かりなものになりました。なにしろ、一昼夜経過したのに、だれひとり姿を現さないのですから……。この季節です。山中で一昼夜過ごしてたとしたら、大変なことになりかねない。警察と消防によって周辺の山狩りが、現在行われているところです」

加賀山がひととおり説明を終えるころになって、ランチが運ばれてきた。ナイフとフォークを動かしながら、羽柴は、頭に浮かぶまま、いくつか疑問を口にする。

「失踪者の正確な人数は判明してるのか」

「えーとですねえ」

加賀山は、バッグから手帳を出してページをめくり、そこにメモされた数字を読み上げていった。

「観光バスの乗客が計七十九名、乗用車でやって来た者が九名。園内の植物を管理している者が三名。合計九十一名です。観光バスでやってきた客のほとんどは、年配の女性です」

「九十一人か。ところで、警察は、どんな見解を示してるの？」

前代未聞の現象であっても、解決するためには推測をたてなければならないはずである。

加賀山はテーブルの上に置かれたままのメニューを手に取り、三十度の角度で斜めに傾けて見せた。

「いいですか、この斜面がハーブ園だとします。観光客の流れは、原則的には、上の駐車場で降ろされて下の駐車場へ向かうという一方向のみ。遊歩道は複雑に入り組んでいて、客は好みに応じて好きなコースを取ることができる。しかし、ちょうど真ん中あたりに、すべての遊歩道が一か所に集まってくる箇所があるんです。例えば、ここに外部から侵入した犯行グループがでんと構えていたとします。そして、来る客来る客に、こう命令を下す。

『これより下には行くな。上に戻れ』

言葉だけでは無理でしょう。武器か何かで脅したのかもしれない。そうやって、流れ落ちてきた人間の集団をひとり漏らさず上に戻し、山間の獣道を通って連れ去った……」

「犯行グループって、なんだ」

「仮定の話ですよ。たとえば、新手のカルト教団とかね。観光客の中にグループが紛れ込んでいたという線も検討中ですけど、バスの乗客はなにしろバアさんばっかなもんで……」

「いずれにしろ、ある集団が百人近くもの人間を同時に拉致《らち》したと……。警察は本気でそんなことを考えているのか」

羽柴は耳を疑った。一体、九十一人もの人間をハーブ園から連れ出す理由がどこにあるというのだろう。しかも、車も使わず、何の痕跡《こんせき》も残さないというのはどうみても不可能である。

「他に考えられないんですよ。それとも何ですかねえ、やっぱりUFOか何かが着陸して、連れ去ったとか。目撃情報も集めたんですが、信頼の置けるものは何も……。面白半分に、ハーブ園の上空で青白い光の帯を見たという人間は、何人かいるんですが、とてもとても」

加賀山は冗談で言っているように見えなかった。番組の打ち合わせのとき、構成作家のひとりが、失踪事件とUFOとの関連を示唆したとき、加賀山がまんざらでもなさそうな顔をしたのを思い出す。

「鎌倉時代の頃から、あの辺には、熱海と下田を結ぶ古い道があったんですよ」

冴子の声はのんびりとして風雅な色合いを含み、高所から降りてくるかのように響いてきた。話の腰を折られたように感じられたが、冴子は真面目に言っている。

羽柴と加賀山は同時に、「えっ」と冴子のほうに顔を向けた。

「古道、ですか」

「ええ、今は獣道のようになってますが、昔は、幹線道路だったんでしょうねえ。海沿いの、現在の一三五号線があるところに、道なんてなかったんです。確か、ハーブ園の上のほうに、曾我《そが》神社があって、その横にある獣道が熱海自然郷のほうに続いていると思います」

「曾我神社って、あの曾我兄弟が祀《まつ》られているわけ？」

羽柴が訊《き》くと、冴子はこくんと首を縦に振る。

「ええ、曾我物語に出てくる曾我兄弟。父のかたきを討ったのは、この近くですもの」

別に曾我兄弟のあだ討ちと、今回の集団失踪《しっそう》が関係あると言いたいわけではないのだろう。だれひとり状況を説明できる想像力すら持ち合わせていない中にあって、純粋に地理的歴史的な説明を加えているというに過ぎない。

ただ言われてみると、羽柴の脳裏には、かつて多くの人間が辿《たど》った古道を、九十一人の人間が一列に並んで、何者かに導かれて歩く姿が浮かぶ。がさがさと下草を揺らし、ときおり枝の折れる音を周囲に響かせながらも、集団はまったく無言で行進してゆく。あたかも、強迫観念に縛られたねずみの集団が海へとなだれ込むかのように、あるいは、本能に駆り立てられて餌に群がる蟻の大群のように。いずれにしろ、ひとりひとりから意志の力が失われている。行進が厳粛なムードに包まれているのは、天の力による支配がほの見えるからだ。

「あとで、そこに行ってみましょうよ」

冴子の言葉が、場違いな提案のように聞こえた。もちろん、行くことになるのは間違いない。カメラマン、音声、機材とスタッフが揃えば、あとは鳥居繁子の到着を待って、撮影が進められる。

そのとき、テーブルの上に置かれたままの携帯電話が着メロを奏で始めた。

見当をつけて手に取った羽柴の目に、ディスプレイに表示された名前が飛び込んできた。

……中村からだろう。

瞬時に腰を浮かせ、羽柴は、

「ちょっと失礼」

と、携帯電話を手で摑《つか》み、勢いよく椅子から立ち上がって席をはずした。立ちながら、この早急な動きが冴子の目に不自然と映らないかどうかと、心配になった。プライベートな電話であることを自ら明かすような行動である。仕事の電話なら場をはずす必要はない。だが、冴子の表情には何の不審も表れてはいなかった。

羽柴は、レジ横のトイレの入り口付近に立ってようやく、通話ボタンを押した。

「あなた、今、どこ」

流れ出てきたのは、妻の声だった。

「すまん」

羽柴はまず謝っていた。仕事への情熱が冷め、疚《やま》しさが一気に頭をもたげてきた。昨夜、家に何の連絡も入れずに、冴子のマンションに泊まってしまったのだ。妻はやんわりとそのことを責めている。

「仕事が忙しいのはわかるけど、電話の一本くらいかけられないわけ？」

強く叱る口調なら、まだ対処のしようがあった。しかし、本気で相手を責めるとき、妻の声は脳のひだに絡みつくような粘りをみせる。羽柴は受話器を持ち替え、唾《つば》を飲み込んだ。

これまでにも、予定外の仕事が入って急に家に帰れなくなったことは何度かあった。ところが昨夜は違った。電話する機会を逸したのは、隣で眠る冴子への気遣いからだ。

今考えても、あのときは本来の自分を見失っていたように思う。結婚しているかどうかを冴子から訊かれ、なぜ独身であると偽ってしまったのか。すぐ目の前にある冴子の肉体を欲するあまり、ついた嘘ではなかった。尋ねられたのは、既に萎《な》え、精力を取り戻せなくなってからのことだ。

ふと魔が差した……、ほかに言いようがない。羽柴は以前、学歴詐称をした代議士を糾弾する番組を制作したことがあるが、今となれば彼の気持ちがわからないでもなかった。

二者択一を迫られ、どちらかにチェックしなければならない場合、やめたほうがいいとわかっていて、真実を押しやってしまうことがあるのだ。

自分で自分の弱さが嫌になる。冴子は、助けを求め、縋《すが》りつくような目をこちらに向け、片方の答えを要求してきた。自惚《うぬぼ》れ屋でなくても、彼女がどちらの答えを期待しているのかは明々白々、妻子持ちだと返したときの、彼女の落胆を見たくないあまり、期待に添うように現実を曲げざるを得なかった。その場凌《しの》ぎの嘘は、あとあと重大な結果を生むとわかっていて、誘惑に負けてしまった。

板挟みという形で、その報いを羽柴は受けようとしている。

「ほんとうにすまない。急に仕事が入ってしまって、夜中に電話で起こすのも気が引けてね」

「なに言ってんのよ。どうせあの子、電話が鳴っても起きやしないんだから」

「やめろよ、そんな言い方」

息子の祐介《ゆうすけ》は、妊娠中に妻が風疹《ふうしん》にかかったせいで、生まれつき片方の耳が難聴だった。遠くから聞こえる音に鈍感かといえば、そんなことはなく、小さな音を手探りで発見しようとする態度は、健常者の耳以上に敏感と見えた。

耳の不自由な五歳の息子を妻に押しつけ、自分は仕事にかこつけて女の尻《しり》を追いかけ回している、そんな構図が目に浮かぶや、羽柴の罪悪感はより深くなった。

妻はそのまま押し黙ってしまった。長い沈黙が、羽柴に不吉な予感を催させる。

「検査の結果がきたわ」

ようやく声が返ってきた。力なく、どんよりとして、羽柴の気持ちは下へ下へと引っ張り込まれた。

「早かったじゃないか」

四日前、妻は乳癌の検診を受け、結果がわかるのは二週間先と聞かされていた。予定より早い知らせが、いいことなのか、悪いことなのか、羽柴にはわからない。

「細胞診と、精密検査を受けなさい、って知らせだった」

言いながら、妻の声は震えた。

……そういうことだったのか。

羽柴は、昨夜の情事がこの結論に影響を与えたにちがいないと、畏怖《いふ》の念を抱いた。

二週間ばかり前、胸にしこりのようなものがあると言って、羽柴の手は妻によって左乳房の下へと案内された。触れてみると、確かに、コリッとした不自然な手触りがある。久し振りに触る妻の身体には、小さな異変が生じていた。乳癌だとしたらかなりの大きさかもしれなかった。心配させるわけにもいかず、羽柴は「たぶん乳腺炎《にゅうせんえん》か何かだろうけど一応乳癌の検査に行ってみたら」とやんわり勧めた。妻が重い腰を上げて病院に出向いたのが四日前のことだった。

左乳房のしこりは、冴子の胸と同じ場所にあり、ほぼ同じ大きさだった。

昨夜、冴子の胸にあったしこりに触れ、瞬時に湧いた癌のイメージによって、性欲が萎えたわけではない。妻の面影が蘇《よみがえ》り、脳裏から拭《ぬぐ》うことができなくなってしまったにすぎない。彼女は、思わぬ作戦で他の女との情事を阻んできた。

……冴子なら、こんな場合、波動関数の収縮という物理用語で説明しようとするのではないか。

物理法則を理解しているわけではなく、羽柴の考えていることは、天罰という発想に近い。五分五分の割合で重ね合わされていた検査結果は、冴子の部屋に泊まったことで、一気に悪いほうへ傾いていった。ようするに、両方あり得た選択肢が、波動関数が収縮することにより、癌というひとつの状態に定着していったのだと。

世界の仕組みのほんの一端を知り、羽柴は心の内で祈った。

……たとえ乳房を切除することになろうとも、妻の命が無事でありますように。

「わたしになにかあったら、あなた、新しいひともらっていいから」

羽柴の見開かれた目はあわただしく動き、遠くの席で加賀山と話し込む冴子の姿をとらえた。

……冴子のことを感づかれたのだろうか。

悪い検査結果と夫の浮気、妻がふたつの事態に怯《おび》えているのだとしたら、よけいな心配を取り除く義務がある。

「とにかく、今晩は帰る」

羽柴は、思いつくまま相手を安心させる台詞《せりふ》を並べて電話を切り、テーブルのほうにそっと目をやる。冴子と加賀山は会話に夢中で、こちらを気にする素振りは見せない。

目を閉じ、大きくひとつ息をついて、額の汗を拭い、足の向くままトイレに入った。念入りに手を洗った後、顔を上げると、そこには鏡に映った自分がいる。

……おまえはこれから先、どうするつもりだ？

これまで順調に進んできた人生に小さな傷が生じ、その裂け目が徐々に開かれていくかのようだ。傷口を処置しなければ大変なことになる。

にもかかわらず、どこから手をつければいいのか、羽柴はわからない。生身の自分は妻の身体を本気で心配していた。だが、鏡に映る自分の顔には、冴子への欲望がありありと浮かんでいる。

鏡像から実像が遊離していく居心地悪さは、いくら丁寧に手を洗ったところで、消えるはずもなかった。

2

午後遅くになり、渋滞が解消するのを見越したようなタイミングで、鳥居繁子を乗せたタクシーが到着した。

日の短い季節にあって東向きの斜面には山の影が伸び、気温も下がりつつある。車のドアが開き、鳥居繁子の片足が一歩外に出たのを見たとき、羽柴には、周囲の気温がさらに一度低くなったように感じられた。直《じか》に顔を合わせるのはほぼ一か月ぶりであったが、たった一か月で鳥居はめっきりと老け込んでしまった。大地に下ろす足に力がなく、見ていて頼りない。羽柴はすぐに駆け寄って、膝《ひざ》の上に載せられた鳥居の荷物を持ちあげた。バッグもまた、持ち主の体重と比例するかのように軽かった。

「すみませんねえ」

荷物を持ってくれるお礼にペコンと下げた頭の毛は薄く、頭頂部の地肌が斑状《まだら》で露《あら》わになっている。痛ましさのあまり羽柴はすぐに顔をそむけ、スタッフたちがとめたキャラバンに走ってバッグをリアシートに置いた。

鳥居の到着はまさにぴったりのタイミングだった。現場に訪れた失踪《しっそう》者の家族にマイクを向けたインタビューを、たった今、終えたところである。彼らのほとんどは親夫婦を観光バスのパックツアーに送り出した子ども世代で、羽柴と同じような年齢の者が多い。残された家族は皆一様に不安を募らせていたものの、事件が事件なだけに、戸惑っているというニュアンスを多くのぞかせた。もし、母がこの失踪に巻き込まれていたら、自分はどう感じるだろう……、インタビュアーとして質問しながら、羽柴は、ついさっき交わした妻との会話を思い出してばかりいた。

羽柴は、加賀山を呼んで、閉ざされたままのハーブ園の門を指差す。

「今から入れるんだな」

今日のうちにやるべきことは、鳥居繁子のリアクションを織り込みながら、現場の雰囲気をリアルに映像と音声で記録することである。

「もちろん、話はつけてあります」

一般客の入場はままならなかったが、マスコミ関係者には中に入るルートが与えられている。加賀山は、ハーブ園の経営母体であるホテル側と話をつけ、園内における撮影許可を取り付けていた。

「じゃ、行ってみようか」

羽柴、冴子、加賀山、カメラマンの細川満《みつる》、音声の加藤亮一《りょういち》、それに鳥居繁子を含めた六人は、ハーブ園に付設するレストランを通って門の中に入り、広報担当である袖山満男《そでやまみつお》に案内を願い出た。

「よろしくお願いします」

羽柴は、取材協力をしてくれる袖山に頭を下げた。

「それじゃ、皆さん、バスに乗ってください」

袖山は、ハーブ園の広報担当であり、時間に余裕のあるときは園内のバスを運転していた。今回は羽柴たちを上の駐車場まで案内し、以後行動を共にする予定であった。昨日の午後は、ちょうど下の事務所にいて難を逃れた恰好《かっこう》である。もし何らかの用事があって上にいたら、失踪した集団のひとりになっていた可能性が高い。

袖山は、羽柴たち六人を上の駐車場で降ろし、バスをターンさせて下に置いてから、徒歩で上って彼らと合流することにした。スタッフたちは撮影しながら小道を下るつもりなので、同行して案内していればバスだけが上の駐車場に取り残されてしまうからだ。

時刻は午後の四時になろうとしていた。普段なら園内に観光客の姿がまだちらほらと見受けられる時間帯である。それが、今は門が閉ざされているせいで、人っ子ひとりいない。閑散とした坂道を上りながら、袖山は、何度も立ち止まって喘《あえ》いだ。三十歳になったばかりで体力にはまだまだ自信がある。おまけにかつて何度か徒歩で上り下りしたことのある坂だ。それが今日に限って、やけに息が切れてならない。身体が重く感じられる。いや、それとも空気が薄くなってしまったのか。高山病に罹《かか》った経験はなかったが、標高が一気に高くなったような、これまでにない違和感に全身が襲われた。

何度目かの休憩は、アスレチック広場を見下ろす丘を斜めに横切る遊歩道だった。道の片側はなだらかな斜面になっていて山側の一面がローズマリーで覆われていた。密生した楕円《だえん》形の葉の上に白い花を咲かせ、ローズマリーはむんむんと草の匂いを放出している。呼吸困難に陥るほど匂いは濃く、さっきから感じている違和感は季節外れに咲き乱れる花のせいかと思われてくる。

袖山は、遊歩道の谷側にある欄干にもたれかかり、今やって来た方向を振り返った。拓《ひら》けた谷によって、蛇行して走る国道一三五号線の一部が切り取られていた。さっきまでの渋滞が嘘のように、道に車両の数は少ない。V字形の視界を一台また一台と、ゆっくり間隔をおいて、白いボディカラーの乗用車だけが通過していく。

袖山は寒気を覚え、ジャケットの前を合わせた。ここにひとりでいることがむしょうに寂しく、耐えられなくなってくる。欄干を離れ、上に進もうとしたところで、さっきよりも鮮やかに、真っ白なローズマリーの花が目に飛び込んできた。白さに意識が搦《から》め捕られ、足が前に出なかった。あちこちに口を開けたほんの小さな綻《ほころ》びから、微妙なズレが顔をのぞかせている。変化をどう言葉にしていいかわからないのだ。

普段はバスで上と下を往復していて、遊歩道を歩くことは少なかった。植物の世話をしている人間なら、もっと正確に変化を言い当てることができたかもしれない。しかし、袖山は、印象で風景を説明する以外になかった。単純な疑問が心に浮かんだ。

……以前からここには、白いローズマリーが植えられていただろうか。

色が違うように感じられるのだ。以前この斜面には赤や紫のハーブが生い茂っていたように思う。

袖山の目は、花の密集したローズマリーに吸い寄せられていった。幹がざわざわと動いている。獲物を咀嚼《そしゃく》しながら飲み込む動物の喉《のど》のように、太くなったり細くなったり、脈動を繰り返していた。さらに目を近づけると、それは幹を覆う蟻の大群であることがわかってくる。一本の幹の周囲を二重三重に何万という蟻が群がり、蠕動《ぜんどう》するような動きを導き出している。進む方向は下から上への一方向のみ。やがて蟻たちはカーブした花びらの裏へと押し出されていく。花の先端に来るとあとは落ちるほかなかった。

眺めているうち、細い獣道を押し合いへしあいする老人たちの群れが連想されてきた。花びらの先から落ちる蟻の群れのスピードはゆっくりしたものだった。脚を使って幹を登るよりよほど遅く、空気の中を束になって落ち、地面に着く頃になっても、落下時に形成された群れの形を崩すことがない。

蟻が着地するあたりでは土が十センチほどの高さに盛り上がり、中心部からは蟻が新たに湧き出している。下から急《せ》かされ、弾《はじ》ける泡のように溢《あふ》れ出て、ローズマリーの幹に取り付いては一目散に白い花を目指すのだ。ついさっきまで何万と思われていた蟻の数が、数百数千万と見えてくる。湧出《ゆうしゅつ》は激しく、袖山は我を忘れて観察に耽《ふけ》った。これまでに見たことがない光景の虜《とりこ》となり、かといって心はいつになく平静を保っている。観察者特有の客観的な態度を失わず、しかし息苦しさだけは以前よりも増していた。

一瞬、空気が止まったような印象があった。目の錯覚だろうか、落下していた蟻の群れが空中で皆一斉に動きを止めたかのように見えたのだ。それを合図にして、蟻の流れが変わった。

花の先から落ちた蟻も、湧き出した蟻も、地面を覆う斑状の模様となり谷側を細く、鋭く、矢じりの形に尖《とが》らせたかと思うと、袖山の足の爪先を目指して殺到し始めたのだ。動きに気圧《けお》され、二、三歩後じさりながら、彼は、逃げる体勢を整えた。逃げるべき方向としては上と下と、選択肢はふたつある。まさに彼を呼ぶかのように、上のほうから人間の声が聞こえてきた。撮影スタッフたちが何か大声を発しているようだった。とにかく、ひとりでいることには耐えられない。人間がいるそばに近寄り、そのあたたかみに触れたかった。

袖山は、声のする方向を頼りに、遊歩道を上へ上へと走り始めた。夢の中で何者かの追跡をかわして逃げるのと似ている。意志に反して足が前に出ないのだ。何百万という蟻の群れが踵《かかと》にとりつき、アキレス腱《けん》から膝の裏を通り、尻《しり》へと這《は》い上がってきそうで、背筋がもぞもぞしてならない。いや、このぞくりとする感覚は、無数の蟻の脚に引っ掻《か》かれた結果ではないのか……。

もつれ、転びそうになって腰をひねると、袖山は、背後を振り返る恰好となった。白い石畳の遊歩道を、幅五十センチほどの黒い帯が斜めに横切っているのが見えた。蟻の群れは実に幾何学的な動きをして、細長い平行四辺形を正確に形作っている。

その後、蟻の群れは見事なチームワークによって形を変え始めた。鋭角は丸みを帯び、中心へと寄り集まり、細長い平行四辺形はまたたく間に膨らんで、円を形成しつつある。

袖山は、マスゲームに似たフォーメーションに目を奪われ、不自然に振り向いた恰好のまま、身体の動きを止めていた。

今や、白い石畳の上、蟻の群れは、完璧《かんぺき》な黒円を作り上げ、しかもその輪郭を崩すことなく、ゆっくりと袖山のほうに向かっていた。黒く塗りつぶされた円は、獲物に罠《わな》を仕掛けるために移動する、大地に穿《うが》たれた落とし穴だ。

小腸から大腸へと続く臓物を連想し、袖山はなぜか激しい尿意を覚えた。

ちょうどそのとき、木々のざわめきと無数の羽根音が呼応して起こり、女性の悲鳴が重なった。

袖山は、金縛りから解かれたかのような自由を得て、坂の上に向かって駆け出していた。

3

バスから降りて六人が向かったのは、駐車場のすぐ上にある石段だった。登り口にたてられた掲示板には、石段を上ったところに曾我神社があると表示されている。観光客と従業員は、何者かによって曾我神社の裏にある獣道に追い立てられ、山の中に連れ去られたというのが、警察の見解であった。是が非でも、付近の映像はカメラに収めておきたいところだ。

ヘリコプターが一機頭上を旋回したかと思うと、天城《あまぎ》方面に飛び去るのが見えた。山狩りは伊豆スカイラインの近くにまで及んでいるらしいが、そろそろ日が落ちる頃である。警察と消防は撤収を始めたのかもしれない。東京の中村のもとに新しい情報が入りしだい、加賀山の携帯電話に連絡が来ることになっていた。何の連絡もないのは、失踪《しっそう》した九十一人に関する情報が何も得られていないという証《あかし》である。

カメラと録音機材を抱えた細川や加藤より、鳥居のほうがよほど歩くのが遅かった。二、三段上っては、「ふう」と大きく息を吐いて腰を伸ばす。羽柴は彼女の横について手を引き、肩を支え、老婦人に過酷な仕事を押しつけている自分への嫌悪と戦いながら、

「だいじょうぶですか」

と、身を案じた。

ようやく石段を上りきった先には小さな祠《ほこら》があった。祠を前にして、羽柴は、鳥居の疲労困憊《こんぱい》は、肉体の消耗というより精神の作用に負うているところが大きいのではないかと思い始めた。

鳥居は一心に周囲の気配に耳を研ぎ澄ませている。常人の鼓膜には届き得ない音を聞こうとするかのように、ときどき肩をびくんと震わせ、首の動きを同調させている。耳で捉《とら》えるのではない。カシミヤの黒いコートを足もとまで垂らし、肌の露出している箇所はわずかに首筋だけであった。そこに浮き出た鳥肌は、寒さというより周囲の気配に触発された結果だろう。彼女の場合、異変を察知するのは、まず皮膚であった。全身が鼓膜の役割をして、場に漂う波動の差を嗅《か》ぎ当てる。

羽柴はすっと鳥居のそばを離れ、カメラマンに合図を送った。そうして、彼女の精神集中を邪魔することなくカメラを回すよう指示を出す。

祠の周囲を覆う樹木の根元で、下草がかすかに揺れていた。風そのものではなく、余韻の中でのざわめきである。

右の脇にはさらに奥へと獣道が続いている。ここを九十一人もの人間が列をなして歩いたというのだろうか。腰を屈《かが》め、くんくんと鼻を鳴らす鳥居は、集団の痕跡《こんせき》を嗅ぎ当てようとするかのようだ。集団がこの獣道に殺到した形跡が何も見当たらないことぐらい、羽柴の目にも明らかだ。下草の乱れや、折れた枝の跡がなかった。笹は地面からまっすぐ上に伸び、落ち葉が積もって腐葉土と化した地面は、柔らかそうなのにひとつの足跡も刻まれていない。山狩りの人員はこことは別のルートから背後の裏山を辿《たど》ったのだろうか。

何事もなかったかのように、祠の周囲はひっそりと静まり返っている。

カランと音をたてたのは、祠の両脇にぶら下げられた数百の絵馬のうちの一組だ。裸木を鳥居の形に組み合わせた木枠が左右にふたつずつ、合計四つ地面に埋め込まれ、一本の横木に数十枚という割合で絵馬が吊《つ》り下げられていた。その前にはベンチが設置され、木製の料金箱と一緒に、何も書かれていない絵馬が籠《かご》に入れられて置かれてあった。ここを訪れた観光客は、三百円を料金箱に入れた上で絵馬を取り、祈願や報謝の言葉を油性マジックで書き込み、赤い紐《ひも》で横木に吊《つる》すのだ。

背後から力を受けたかのように、絵馬の束が波打っていた。カランカランと乾いた音をたて、何枚かの表と裏が入れ替わる。家内安全や志望校合格を願う平凡な絵馬に挟まれて、真っ赤なマジックインキで「幸」とだけ書かれたものがあった。書いた人間の情念を迸《ほとばし》らせ、文字の周囲にはインキが跳ね、大きく毛羽立っている。裏には住所と氏名が記載されていた。住所は愛知県蒲郡市《がまごおりし》、名前は新村《にいむら》洋子。住所にも名前にも同じく赤のマジックが使われているが、住所氏名の字面はごく穏やかなものだ。赤い文字で埋められた一枚の絵馬がそのとき斜めに傾き、隙間の向こうで白く柔らかな物体が蠢《うごめ》いていた。風もないのに絵馬が波打つのは、白い物体に撫《な》でられているせいだった。

カメラマンの細川が鳥居の頭越しに焦点を合わせるやいなや、六人の人間の目には白い物体が鳥の羽のように見えてくる。

白い羽が絵馬の隙間から前面に飛び出し、鳥はふわりと宙を舞って最上部の横木に飛び乗った。びっくりして、カメラマンも音声も一歩飛び退《の》いたが、鳥居だけは前につんのめるようにして絵馬の中に手を突っ込んで身体を支え、何枚かをたたき落とす。

横木の上から、こちらをじっとうかがっているのはカモメだった。海は近く、熱海と初《はつ》島《しま》を結ぶ連絡船には無数のカモメがつきまとう。しかしだからといって、陸の上でカモメを見ることは滅多にない。ここは海岸ではなく、百数十メートルという標高を持つ山の斜面だ。

広げた羽を閉じ、カモメは羽柴と冴子、鳥居の三人をじっと観察していた。カメラや録音機材には何の興味も示さず、三人の目を交互に見やる。

「どこから来た？」

鳥居が尋ねると、カモメは長い嘴《くちばし》で足下の木をこつこつと二度叩《たた》いた。返事のようにも見えるが、意味もなくつついただけなのかもしれない。カモメは視線に合わせて、首を細かく左右に動かす以外、横木の上でじっと静止している。泰然として、何かの合図を待つかのようだ。

どこからともなく現れた水鳥が、なぜこれほどの緊張を強いるのだろう。黒く丸い目が人間たちを睥睨《へいげい》して、動くなと命じている。

羽柴が鳥居に囁《ささや》きかけたのは、緊張の糸をほぐすためだった。

「高遠の、藤村家と比べて、どうですか？　どこが、どう違いますか？」

間の抜けた問いである。

「わたしの手には負えんわ」

言い終わってその場にへたり込む鳥居の姿を目で確かめてから、カモメは羽も動かさずに身体を浮揚させ、翼を広げ、空へと羽ばたいていった。と同時に、周囲の笹が激しく揺れ、地面から湧き出たように仲間のカモメたちが一斉に空へと舞い上がった。何百何千……、一体どこに潜んでいたのかと思わせるほどの数だ。

羽音は耳を聾《ろう》するばかり、白い翼の乱舞は円を描いて空に昇る竜巻に似ている。静寂が破られた後の変化は凄《すさ》まじく、冴子は、両手を耳に当てて悲鳴を上げていた。はっきりと思い出していたわけではない。高遠の藤村家で体験した地震の恐怖が、無意識のうちに甦《よみがえ》って腰のあたりを突き上げ、目と耳を同時に塞《ふさ》ぎたくなる。

細川は、鳥居とカモメの群れと、どちらをカメラで追うべきかわからず、それとなく羽柴に指示を仰ぐのだが、羽柴と加賀山のふたりは空を見上げてカモメの行き先に目を凝らしていた。

白く螺旋《らせん》を描くカモメの飛翔《ひしょう》は異常で、ふたりは魅入られている。

細川はそれを見て、即座にカメラを空に向けた。

縁を黒く染めた雲が山側から張り出していた。頭上遥《はる》かになると、群れは小さくなり、背景に沈んで見分けがつかなくなる。無数の点が、海から迫る宵闇を映して灰色に変わり、カモメの群れは数分の後に雲の中に飲み込まれ消えていった。

上に反らせたままの首が痛く、羽柴は、肩をこすりながら顔を元に戻した。赤い文字で書かれた絵馬が同じところにあった。ついさっき見たときと微妙に違っている。字面が変だった。羽柴は顔を近付け、じっくりと観察した。するとようやく、わかってきた。絵馬の上下が逆さになっているのだ。「幸」という文字は上下逆にしてもどうにか「幸」と読める。差はほんのわずかでしかない。しかし、逆さになった「幸」は、羽柴に不吉な予感を押しつけてくる。

身を屈めて、絵馬を覗《のぞ》き込んでいた羽柴の肩に、加賀山が手を置いた。羽柴は触れられただけで上半身を弾《はじ》けさせて横を向き、加賀山の言葉を聞いた。

「なんか、ここ、やばいですよ」

羽柴も同じ思いだった。他に言いようがない。でも原因がどこから来るのか、まるで見当がつかないのだ。

暗くなるのは早く、時間的に見てこれ以上の撮影は無理がある。既に立ち上がっている冴子と鳥居の両方に、

「だいじょうぶですか」

と声をかけ、羽柴はそろそろ撤収しようと心に決めた。

高遠の藤村家で撮影したときは、こんなにはっきりと異様な雰囲気を感知できなかった。できたのは恐らく鳥居のみで、羽柴にしろカメラマンにしろ、鳥居のリアクションのほう

に影響を受けて、異変を感じ取ったに過ぎない。しかし、今ここに漂う気配は、だれの目にも明らかだった。こんなふうに鳥肌がたつのは、久し振りのことである。一体、いつ以来だろう、と羽柴は考えた。三島で過ごした少年時代、友人宅の小屋で、いるはずのない人間の幻影に触れたときも、ここまで皮膚はざわめかなかった。ジャケットの袖《そで》を肘《ひじ》のあたりまでめくると、思った通り、前腕の表面が総毛立っている。

カメラマンの細川が、左手を顔の前にかざし、首を傾《かし》げながら近付いてきた。

「ちょっと変ですよ。これ、見てください」

細川は、羽柴の前に左手首を差し出した。手首に巻かれた腕時計の文字盤には時間を告げる針以外に、長方形の窓があり、モードを変えると温度や気圧、方位がデジタル数字で表示される仕組みになっていた。

細川が変だというのは、方位を表示するデジタル数字であった。

「350、349、345、341、337、332、322、320、314、311、305、299、256、243、219、199、172、145、123、99、33、9、321、269、190……」

数字が目まぐるしく変化しているのには、一定の法則があった。数字を磁針に譬《たと》えれば、北から西、南と、時計の針と反対方向に回っていることになる。しかも回り方が次第に速くなっていた。

「これまでこんなことなかったですよ」

当然である。どんな場所に立っても、磁針は一定の方向、北を向く。反時計回りにぐるぐる回り出すなんてことは絶対に有り得ない。

数字の移り変わりは見るほどに速くなり、羽柴は思わず叫んでいた。

「地磁気が乱れているっていうのか」

このあたり一帯が、強烈な磁気異常に見舞われているのは間違いなさそうだ。九十一人もの人間を異界へと誘った磁気が、余韻として残っているだけなのか、あるいはさらなる異変を引き起こす兆候なのか、判断を求めるかのように、羽柴は冴子に視線を投げた。一連の失踪《しっそう》事件と磁気異常との関連は明らかだ。

冴子の関心は海にあり、水平線に目を凝らしたまま、振り向こうともしなかった。

「とにかく、行きましょうや」

細川は、一刻も早くこの場を離れたいという意思表示をする。羽柴も同じ思いだった。

「ああ、行こう」

いざとなれば、鳥居をおぶってでも坂を下るつもりでいたが、立ち上がれば案外と身体はしゃきっとして、羽柴は、彼女の横に立って支えながらようやく石段の下まで連れてくる。

そこに現れたのは、遊歩道を息を切らせて駆け上ってきた袖山だった。

袖山の狼狽《ろうばい》ぶりは目にあまるほどで、羽柴は、

「どうかしましたか」

と声をかけた。彼は呼吸が荒く、すぐに答えることができない。両膝《りょうひざ》に手を当てて身を屈《かが》め、息を整えるとようやく、口を開くことができた。

「今、こっちのほうで雲が湧いたように見えましたけど」

「カモメです。夥《おびただ》しい数のカモメが、一斉に空に飛び立ったのです」

袖山は、信じられないというふうに首を横に振る。

「カモメ……、そんなばかな」

「有り得ないんですか」

「なんだか、植生が狂ってしまったようです」

羽柴は瞬時に植生の意味を解しかね、聞き返す。

「植生……」

「植物だけじゃない。昆虫も、鳥も、これまでと考えられない動きをしている」

羽柴は、「変わったのは植生だけじゃない、地磁気だ」と言おうとしてやめた。メカニズムがわかっていない以上、無闇に混乱を引き起こすだけだ。

冴子は、無数のカモメが飛び去ったばかりの、東の空を見上げていた。身体は芯《しん》から冷え、背筋を悪寒が立ち上って、膀胱《ぼうこう》を刺激してくる。さっきから尿意を我慢していたのだが、これ以上耐えられそうにない。冴子は、空に向けていた顔を曾我神社の下方に向け、トイレの場所を目で探そうとして、それに気付いた。

この季節は日が短く、夜の訪れも早い。遊歩道の窪《くぼ》みに鬱蒼《うっそう》と生い茂る木々の先には、夜の影が黒く伸びている。その隙間から、初島の浮かぶ海が眺められたが、海の色がかすかに赤味がかっていた。

U字に削られた谷の底は、淡い緑色で彩られ、そのわずか上空から、オレンジに近い赤い光の束が、ぼうと浮かび上がっている。今、冴子の眺めている方向は東の空で、夕日の影響を受けているわけではなさそうだ。夕日とはまったく異なる、これまでに見たこともないほどの美しい輝きが、ゆったりとくねりながら空に昇り、微妙に異なった赤い層を空に積み上げている。

海の見える丘に立って、初島方向を眺めたことは子どもの頃から無数にある。しかし、今のこの景色はまったく初めて目にするものだ。

神々しく、眺めているだけでうっとりとし、しかしだからといって、細胞のあちこちでは警鐘が鳴らされていた。

一旦《いったん》魅入られれば、この場を離れたくないという思いに縛られてしまいそうになる。

冴子の横に立ち、同じ方向に同じものを眺め、羽柴も風景の不思議さに気づいた。

「オーロラのようですね」

静かな口調だった。羽柴は実際にオーロラを見たことがなく、

「熱海でオーロラなんて見えるんですか」

と、のんびりと訊《き》き返す。

「いいえ、無理。少なくともわたしは聞いたことがない。北極や南極付近の、高緯度の場

所に特有の現象ですから」

現実離れした美しさのせいか、異様な風景がもたらすはずの恐怖が感じられなかった。ここを中心とした世界の、何かが変わりつつある。

冴子は父の言葉を思い出していた。

……世界はより美しく記述されるべきなんだ。

怖くないのはそのせいなんだと思い込もうとしたが、激しい尿意が涌《わ》き起こって、現実からの飛翔《ひしょう》を許そうとしない。

風景が持つ意味を悟ったのは、鳥居だけだろう。彼女は、諦《あきら》め切った表情でぽつりと呟《つぶや》いた。

「やはり、わたしの手には負えんわ」

その言葉を聞いて、冴子は、納得するところがあった。人為を超えたところに、この足下の原因があるとすれば、個人がどのように手を尽くしたとしても、もはや手遅れなのだ。

4

ハーブ園から降りるとすぐ、冴子を始めとするスタッフは海辺に建つホテルにチェックインした。

窓から顔を出せば真下は海、海上にしつらえた基盤から、錦ヶ浦の断崖《だんがい》絶壁と同じ高さで建物全体が伸び上がり、フロントロビーが陸と接しているだけで、客室のほとんどは海上に身をさらしている。眼前には錦ヶ浦の断崖が迫るというダイナミックな風景は、普通のシチュエーションではなかなか手に入らない。足下から立ち上ってくる潮騒《しおさい》よりも、黒い塊となって前面から圧迫する断崖のほうが、日常の風景を突き崩す役を担っている。

今はもう廃れたけれど、ここはかつて、日本有数の自殺の名所であった。夜に真横から眺めると、殺伐とした岩肌が、死を誘いかけてくるように感じられる。

冴子は、サッシ窓を開けたまま、夜の冷気が部屋の中に入るにまかせていた。温泉に入っていた間、暖房を強めに利かせ過ぎたせいで、潮を含んだ夜気を入れてようやくほどよい室温となる。ほてった頬が冷やされていく感覚が心地よく、冴子は、しばらく窓辺から動こうとしなかった。

部屋にいるのは冴子ひとりだった。男性のスタッフたちは、経費削減のためにみな相部屋となっていたが、鳥居と冴子にはそれぞれツインの洋室があてがわれていた。

時計の針はもうすぐ十一時を指そうとしている。普段の冴子には寝るにはまだ早い時間である。昨日からの睡眠不足と疲れで、ベッドに横になればすぐ眠れそうな気もする。せっかくベッドがふたつあるというのに、ひとりで寝るのはもったいない。羽柴が一緒にいてくれたら、どんなにか素敵だったろうと、冴子は溜《た》め息をつく。

夕食後のミーティングを終え、羽柴が突然、「東京に戻らなければならなくなった」と言い出したとき、今晩を一緒に過ごせるとばかり期待していた冴子は、大きな失望を味わった。「急な仕事ができた」と理由を告げながら羽柴の目が横に泳ぐのを見て、追及しようとも思ったがスタッフの手前それもできず、あやふやな態度でホテルを後にする羽柴の背中を空しく見送るほかなかった。

同じホテルに居さえすれば、深夜の逢瀬《おうせ》も不可能ではなかったはずだ。

今ごろ羽柴は、東海道新幹線に乗って、新横浜を過ぎようかという頃だ。熱海発上り最終のこだまに乗れたとしたらの話だが、万事手抜かりのない羽柴に限って、乗り遅れるなんてことは有り得ないだろう。でも、ホテルにタクシーを呼びつけた時間がぎりぎりだったから、ひょっとしたらという可能性なきにしもあらず。冴子は、心のどこかでは、乗り遅れてくれることを期待していた。そうなれば、またホテルに戻ってくるかもしれないからだ。

冴子は物事を自分に都合よく解釈する質《たち》ではなかった。まだ手に入れてない宝物を信じるほど初《うぶ》でもない。しかし、羽柴の心中に真剣な交際を求める手応《てごた》えを感じ取りたくてならないのだ。

年が明けて五月になれば三十六歳になる。二十九歳で結婚をし、離婚してからはもう二度と結婚することも子どもを産むこともないだろうと、諦めていた。しかし、日毎《ひごと》に募る寂しさは予想以上で、あれほど望んでいた離婚を後悔したことさえある。老いてひとりでいる自分の姿を想像しただけで慄然《りつぜん》とすることがあった。しかし、再婚どころか、恋のひとつもするのに困難がつきまとうのだ。とにかくいい男がいない。この歳になって周囲を見回せば、いい男はみな結婚しているという現状に突き当たる。ところが、何の因果か、羽柴という、考えられる限り最高の男と巡り合うことができた。誠実で優しく、仕事はでき、おまけに独身。これはもう奇跡に近いことだった。

羽柴と結ばれさえすれば、父に失踪《しっそう》された心の痛手からようやく立ち直ることができそうだ。長いトンネルから抜け出し、女性にとってのささやかな幸福というものを手に入れることができる。愚かと笑われたって構わない。冴子が今求めているのは、平凡な日常に埋没した幸福だった。とにもかくにも、ひとりぼっちの部屋で無意識のうちにテレビのリモコンを入れてしまう癖とは、さよならだ。

さすがに身体が冷えてきて、窓を閉めようとしたところで手を止めた。垂直に切り立った断崖のところどころに、黒い濃淡の斑《まだら》模様があった。部屋は、熱海と逆方向の南に面し、外に人工の明かりはなく、岩の凹凸が黒い濃淡で表れている。黒の濃い部分は岩にできた空洞であり、出っ張りの部分は、夜空を彩る微《かす》かな星々を映して淡い鉛色に浮かんでいた。闇が際だつ中で、その白い物体は見逃しようがなかった。崖《がけ》の上で蠢《うごめ》く白い影は、月のように光を照り返し、存在を主張していた。

冴子ははっとして闇の中に目を凝らした。錯覚ではない。ごつごつとした岩肌の上で、白い人の形が動いては止まり、止まっては動いている。だれかが崖の上にいるのだ。

人影は、崖の上に設置された遊歩道で立ち止まり、手摺《てす》りを越えて海のほうに乗り出していた。ちょうど冴子の目の高さのあたりである。白い着物を着て、背は低い。距離にして数十メートルはあろうかと思われたが、はっきりと顔が見えてくる。徐々に拡大され、脳裏に直接届けられるような映像の伝わりかただ。

崖の縁に立っているのは間違いなく鳥居繁子だった。

彼女の顔を認めると、冴子は思わず息を吸い込み、そのまま呼吸を止めていた。隣室にいるとばかり思い込んでいた鳥居が、いつの間に崖の上まで移動できたのだろう。

鳥居がこれから何をしようとするのか、疑う余地はない。彼女の願望がすんなりと脳裏に流れ込んでくる。

「わたし、もうへとへと」

窓から腕を出し、手を広げ、制止のポーズをしたつもりだったが、彼女にはそれが別れの挨拶《あいさつ》と見えたようだ。

「そろそろ息子のところに行くことにするわ」

鳥居は同じポーズで手を振ったかと思うと、小振りな松の枝をかき分けて前面に進み、何のためらいも見せずに宙に身体を躍らせた。

崖から転落するとき、鳥居の顔は垂直に下に向かうことなく、冴子のほうに一旦グッグッグッと近づいてくるような動きを見せた。老いた小さな顔に刻まれた皺《しわ》が数えられるほどの距離までできて、彼女の身体は真っ逆様に海に飲み込まれていった。

身体が海面を破ったとき、着物と同じ白色に飛沫《ひまつ》は染まり、しかし、音はまったくどこからも聞こえなかった。

冴子は、しばらくの間、鳥居が消えていった海面に目を落としていた。そうしているうち、波の音が立ち上って、覚醒《かくせい》を促す。

「自殺」

その二文字が脳裏に明滅し始めた。

錦ヶ浦は、久方振りで過去の栄光を取り戻したことになる。

心臓の動悸《どうき》は激しく、冴子は胸を押さえてその場にしゃがみ込んでしまった。

白い着物を着た鳥居が空を舞う映像が脳に刻まれ、引きはがそうとするほどにますます粘着力を発揮してひだに絡みついてくる。

鳥居の身体は、一旦《いったん》、水平に自分のほうに近づいてきて、その後、海面を破って沈んでいった。現実のものとは思えない落下現象であり、不自然極まりない。

冴子は思い出していた。昨日の夜も、羽柴と食事をした帰り、ビルの上から落下してきた藤村精二《せいじ》を目の当たりにしていた。二日続けて、飛び下り自殺に遭遇してしまったのだ。しかも両者とも知人である。この偶然をどう考えればいいのか。

精二もまた、動きは重力の働きに逆らって、幽体離脱をするがごとく、肉体から霊魂が抜け、そのぶん軽くなったかのようにふわふわと舞い落ちてきた。にもかかわらず、地面に衝突したときの衝撃には、現実の重みがあった。ズンという地響きの後、彼の落下を証明するかのように、街路樹の枝がいつまでも揺れていた。

後味の悪さを胸にため込み、冴子は吐き気を覚えた。とにかく、いつまでも蹲《うずくま》っているわけにはいかない。善後策を考える必要があった。羽柴がいれば、すぐに相談するところだろうが、彼がいないとなれば、まず加賀山に知らせるべきだろう。

冴子は、男性スタッフの部屋に電話して加賀山を呼び出すと、ひとつひとつ言葉を短く区切って、たった今目にした光景を説明した。

「え、鳥居さんが……」

加賀山は絶句したまま二の句が継げないでいる。

「どうしましょう」

冴子は、そんな間の抜けた言葉しか出てこない自分に苛々《いらいら》しながら、受話器を握り締めた。

「とにかく、今から鳥居さんの部屋に行ってみましょう」

スタッフの部屋は同じ階にあり、電話を切って冴子が廊下に出ると、続いて加賀山、加藤、細川の三人が現れた。冴子は、鳥居の部屋の前に立って、彼らがやって来る前に、部屋のドアをノックしていた。中にはだれもいるはずがない。部屋の主は、ついさっき、錦ヶ浦の断崖《だんがい》から海の中に落ちていったのだ。今ごろは、岩を洗う波で、身体がもみくちゃにされているはずだった。

加賀山は、冴子に代わってドアを激しく叩《たた》いた。

「鳥居さん、起きていらっしゃいますか」

たった今投身自殺を遂げたという冴子の説明を、加賀山は信じていないわけではない。

抑えてはいたが、周囲への遠慮はなく、暗い廊下に声が響き渡る。ノックを中断し、ドアに耳をくっつけても、中からは何の物音も聞こえない。

「加藤、ちょっとマネージャーを呼んできてくれないか」

「わかりました」

加賀山が言うと、加藤はすぐに駆け出していた。

彼が戻って来るまでの数分間、冴子、加賀山、細川の三人は、壁に寄り掛かったまま無言を通す。悪くすれば、番組の制作が暗礁《あんしょう》に乗り上げるかもしれないと、皆の顔は一様に暗い。

加藤に伴われてやって来た客室マネージャーは、廊下を歩きながらマスターキィを取り出していた。念のためにもう一度ノックし、返事がないとみるや躊躇《ちゅうちょ》なくカギ穴にキィを差し込んでドアを開けた。

冴子の部屋と同じ大きさで、バスルームの位置が反転しているタイプだ。マネージャーはすぐに明かりをつけ、窓際へと歩いた。

ベッドには細長い膨らみがあり、枕の上に皺だらけの顔が載せられていた。何の乱れもなく毛布は肩までかけられ、身体はぴんとまっすぐに伸びきっている。冴子は、ベッドサイドに寄り、そこに横たわっているのが鳥居であることを確認して、思わず口に手を当てていた。倒れそうになる身体を自らの手で支え、頭を整理しようとする。

鳥居の顔は蛍光灯の下で青白く沈み、マネージャーは絶望の表情を浮かべて、身をかがめ、耳に口を寄せる。

「お客さま、お客さま」

返事がないのはもとより、呼吸がされていないことにすぐに気づいた。マネージャーは、鳥居の首筋に指を這《は》わせたが、脈を確認できなかった。

「亡くなられているようです」

マネージャーとしては大ごとにしたくはなかっただろうが、部屋で死体が発見されて警察に黙っているわけにはいかない。

「一応、警察に連絡を入れます」

部屋から警察に電話を入れたマネージャーは、沈鬱《ちんうつ》な顔で事情を説明し始めた。

残りの人間は言葉もなく呆然《ぼうぜん》と立ち尽くし、ただ冴子だけがよろめきながら、窓際のソファに倒れ込んでいった。すぐ目の前の丸テーブルにホテル備え付けの便箋《びんせん》が載っていた。

そこには文章が記載されている。

冴子は頬杖《ほおづえ》をついて、書かれたものを読んだ。

「もうわたし、へとへと。本当に疲れてしまいました。

ごめんなさい、お役に立てずに。

ものに触れただけで、そこに刻まれた記憶のようなものを読めるという力が、息子の死をきっかけとして、わたしに与えられました。一体だれが授けたものなのか、今、思えば、迷惑この上ない、一種の才能のようなものでした。うまく読めたこともありましたが、物に触れても、何も浮かばないこともたくさんございました。わたしに与えられた力は完全ではなく、どちらかといえば、気紛れに作用するものでした。皆様から期待されている以上、こたえなければと、いいかげんな嘘でごまかしたことも多々あります。人をだますより、自分をだますほうが、よほどつろうございます。

本日の午後、ハーブ園におきまして、自分の力のなさを思い知らされました。なんてちっぽけな人間。これまでやってきたことは、一体何だったんでしょう。世界は狂いかけています。とても手に負えるものではございません。これ以上、でしゃばっても恥の上塗りをするばかり。

ここで降りさせていただくわけにはまいりませんでしょうか。精も根も尽き果て、にっちもさっちも身体が言うことをききません。

勝手なことを申して本当に申し訳ありません。

羽柴さん、ご親切にいろいろとありがとうございました。みなさん、本当にお世話になりました。

冴子さん、あなたの願いがかなうことも、心より祈っています。でも、これであなたの望みはかなえられますね。

わたしは、向こうの世界で、息子と仲良く暮らすことにします。

二〇一二年十二月二十二日

鳥居繁子」

これが遺書であるのは疑うべくもない。冴子は、加賀山たちに便箋を指し示しながら、もう一度鳥居の死に顔をうかがった。鳥居の安らかな顔には、自然死特有の厳かさが見られる。これは遺書が存在するという事実と矛盾するものだ。死に様は、潮の満干に身を任せるがごとき大往生である。薬物を飲み下したのであれば、生と死の葛藤《かっとう》の跡が、もっと色濃く表情に出ているはずである。鳥居の場合、間違いなく老衰の死に方であった。

警察と救急車が来れば、冴子を始め、スタッフたちはみな事情聴取に応じなければならなくなるだろう。ホテルでの不審死となれば、検死が行われて騒ぎは短時間では収まらなくなる。そうなる前に、羽柴に連絡をしておこうと、冴子は、鳥居の部屋を出て自室に戻った。

まず腕時計を見て時刻を確認する。羽柴はテレビ局についている頃に違いない。

携帯電話のディスプレイに彼の番号を呼び出し、通話のボタンを押した。だが、聞こえてきたのは、留守録の応答メッセージだった。明らかに電源が切られている。普段繋《つな》がらないことなどないのに、なぜ今晩に限ってオフになっているのか、理由がわからない。

相手と繋がらない電話を握り締める冴子の脳裏に、ついさっき見たばかりの、羽柴に対する遺書の文句が蘇《よみがえ》った。

……でも、これであなたの望みはかなえられますね。

意味するところはひとつしかない。鳥居は羽柴の真意を知っていたことになる。

声さえ聞けば緊張が解けただろうに、電話が繋がらなかったせいでよけい、冴子の不安は高まった。

5

本格的な事情聴取は翌日に行われることとなり、冴子たちは、眠れぬ夜を過ごした後、朝の九時に警察の訪問を受けることになった。

検死の結果、鳥居の死に犯罪の可能性がまったくないことが確認されていた。病名として浮かぶのは心筋梗塞《こうそく》ぐらいであるが、苦しんだ様子もなく、冴子は、老衰というのがもっとも適しているのではないかと見当をつけていた。いずれ解剖が行われれば、他の病気の有無、特に心臓における疾患の有無が確認されるはずであるが、自然死であることは間違いなかった。だが、遺書の存在が、自然死という判断に齟齬《そご》をきたしてしまうのだ。話を聞いているうちに冴子は、遺書と死因に関する解釈に困った上での、事情聴取であるらしいと気づいた。

冴子は、警察官に訊《き》かれるまま、正直に、見たとおりのことを話した。

昨夜、寝ようとして窓を閉めようとしたところ、錦ヶ浦の崖《がけ》の縁に立つ白い影を発見したこと、よく見てみると鳥居であることが判明した……。

と、そこで警察官は割って入った。

「この距離から、しかも深夜、崖の途中に立つ人間の顔が識別できるはずないんですがねえ」

もっともである。視覚からの情報としたら、距離と闇の両方が、その可能性をまっこうから否定してくる。

「でも、わたしは、はっきりとわかったのです。それが鳥居さんだって」

ふたりの警官は、外に向けていた視線を戻し、

「うーん」

と、口をへの字に曲げた。

「虫の知らせってやつですか」

虫の知らせ……、それで構わない。冴子は、隣室で息を引き取ろうとする鳥居から、メッセージを送られたのだ。現実の映像ではなかった。心に直接届けられたイメージであり、敢《あ》えて説明しなくとも、ふたりの警察官にはそのことが飲み込めたのだ。

警察官のうちのひとりは五十代でひとりは三十代と見受けられた。長く警官をやっていれば、虫の知らせを信じざるを得ない局面には、何度か遭遇するものなのだろう。超自然現象をまっこうから非科学的と退ける人間の数は、実のところそう多くない。疑うこともなく、「そういうこともあるかもしれないなあ」と考えるのが一般的である。

「それから、どうしました」

五十代の警察官に尋ねられ、冴子は答える。

「もうびっくりして、すぐ加賀山さんに電話をかけて、知らせました」

「あなたは、あなたの見たものに、疑いを差し挟まなかったんですか」

「もちろん、幻覚かもしれないと、思わないでもなかった。でも、昼間の鳥居さんを見ていたので、ものすごく嫌な予感に襲われ……」

「嫌な予感とは？」

「前回の取材でもご一緒させていただいたんですが、今回は鳥居さん、特に疲労が激しくて、なんだか生きる気力を失くしてしまったように見受けられました」

「遺書をごらんになりましたよね」

「はい、テーブルの上に載っていましたから」

「不思議な人ですよね。ぼくらのように平凡な人間には、ちょっと推し量れないところがある」

遺書があるのが、腑《ふ》に落ちないと、ふたりの警察官は交互に感想を漏らした。冴子も気持ちは同じだったが、鳥居の人となりを知っているだけに、不思議さの度合いは彼らよりも少ない。

「鳥居さんがどんな人なのか、ご存じなのでしょう」

訊いたのは冴子のほうだった。

「ええ、テレビで何度か拝見したことがあります」

「鳥居さんのことをインチキ霊媒師と攻撃する人は、何人かいました。でも、わたしの見る限り、彼女には間違いなく霊的な力があります」

「だから、あんなことができるわけですか」

自殺を仄《ほの》めかす遺書を残し、その後、薬物を飲むでもなく自然死に至るというのは、常識を遥《はる》かに超えた荒業だった。

冴子は、ひとつうなずいて見せた。鳥居は、魂の消滅を願い、明確な意図のもとに、それを実行に移したのだ。

「即身成仏……。高僧のみしか為《な》し得ないような、高度な業を使ったというわけですか」

警察官は皮肉を言っているわけではなかった。ほかの解釈が成り立たないのだから、ここは素直に事実を認めるしかない。

三十代の警官が横から口を挟んできた。

「遺書の中に、力のなさを思い知らされた、ちっぽけな自分、というふうに、自分を卑下する言葉がありますけど、鳥居さん、何か自信を失うようなことが、あったんですか」

「わたしたちは、一昨日に生じた集団失踪《しっそう》事件の取材で、ハーブ園を訪れておりました」

「ああ、例の事件ですか」

「現場に行かれました？」

冴子が訊くと、ふたりは同時に首を縦に振る。

「行きましたよ。でもすぐに、山狩りのほうの応援に駆け付けました。ハーブ園から伊豆スカイラインまでの山中、くまなく捜しましたけど、何の痕跡《こんせき》も発見できませんでしたねえ」

冴子は、ふたりの警察官の頭蓋《とうがい》を覗《のぞ》き込むかのような熱心さで視線を通過させ、窓の外から錦ヶ浦を辿《たど》り、山の中腹の一点に焦点を合わせた。そのとき初めて、今、自分のいる部屋の中から、ハーブ園の斜面が見渡せることに気づいたのだった。そういえば、昨日ハーブ園にいて、錦ヶ浦の断崖《だんがい》越しにホテルの建物が見えたのを思い出す。

冴子は感受性が鋭いほうだった。普通の人には聞こえない音や、見えない現象を感知する力は、そこそこに持っていると自負するところがあった。だから、昨日のハーブ園は、心身に相当の負担を強いられた。あのとき自分の得た感覚をどう伝えればいいのだろうか。肉体の純粋な変化でいえば、生理現象が普段のリズムを失って乱れた、というのがもっとも的を射ている。尿意は耐えられないほどに膨れ、喉《のど》は渇き、足が異様に重くなった。もし仮にUFOによって別の天体に連れ去られ、地球とは異なった物理環境にほうり込まれたとしたら、たぶんあんな感触を得たのではないかと思う。

自分よりさらに霊感の高い鳥居にしてみれば、得た衝撃は何倍か大きかったはずだ。彼女は、そこで「ちっぽけな自分」という感想を抱いた。気持ちはわからないでもない。これまで確かな足場をもって支えてくれた世界が、支柱をなくして崩れようとするとき、人間は、一匹の蟻のごとき無力な自分を意識するのかもしれない。

さらに、羽柴が自分を必要としていないことに薄々感づいていったのも、拍車をかけた。冴子には、鳥居が自信を失い、生きる気力をなくしていった過程がわかるような気がする。

「鳥居さん、生きることに疲れちゃったんだと思うわ」

ハーブ園に行ったにもかかわらず、あの場の異様な雰囲気を察知できなかった警察官に、鳥居が受けた衝撃を説明するのは難しい。冴子は、簡単に「疲れた」という表現で済ませることにした。

冴子以外にも、加賀山、加藤、細川と、スタッフから一通りの話を聞き終え、相違点や矛盾点がないことを確認した後、警察官たちはホテルから去っていった。

鳥居が死んでしまった以上、番組の企画が白紙に戻る可能性は濃い。もはや熱海に留《とど》まる理由はなさそうだ。

冴子を始めスタッフたちは、早々にホテルをチェックアウトする準備に取り掛かった。

6

駅のエスカレーターは冴子を下町の雑踏へと導いていた。

年の瀬も押し迫った夕暮れ、人々が歩く歩幅は小さく、速い。

通りに並んだ店先から流れ出てくるというより、街全体にクリスマスソングが溢《あふ》れていた。

今日がクリスマスイブであることを意識し、立ち止まったすぐ横には、洒落《しゃれ》た装飾品の店があり、冴子は、思わずショーウインドウを覗き込んでいた。と同時に、羽柴の顔が脳裏に浮かんだ。三十代も半ばになり、クリスマスの狂乱とは無縁になっていても、なぜかクリスマスという響きは、愛する者を連想させてくる。

夫との結婚生活も末期に至るとクリスマスは他人《ひと》ごとのように通り過ぎていった。父がいた頃は毎年クリスマスのたびにプレゼントをもらっていたが、それらは学問を深めるための道具ばかりだった。バックギャモン、顕微鏡、電子タイプライター、製本用セット、天体望遠鏡、百科事典、リトグラフ、地球儀……、果ては機織り機を部屋に備え付けられそうになったこともある。女の子らしくかわいいアクセサリーを欲しいと思っても、つい ぞ願いが叶《かな》えられたためしはない。

商店街を抜け、住宅街に入るとすぐ、黒い花輪に彩られた塀が見えてくる。

鳥居の遺体は行政解剖された後、昨日のうちに大井町《おおいまち》の家に戻り、今日が通夜の日だった。

明確な死因が何も見つからなかったという報告を受けても、冴子は別段驚かなかった。当初から予想していたことである。

通夜の会場となる鳥居の実家は、それまで住んでいた土地に、テレビに出るようになってからの収入で建てた一戸建てだった。一人住まいにしては持て余すほどに大きく、広いだけによけい、通夜の会場が閑散と感じられ、本心から嘆き悲しむ人もなく、だれひとり身よりのない彼女の境遇を残酷に浮かび上がらせていた。

……今死んだら、自分も似たようなもの。

そんなふうに感じたとき、庭先の門をくぐり抜けてやって来る羽柴の姿が目に入った。冴子は周囲に見知った人のないことを確認しながら駆け寄り、彼の指に自分の指を絡め、胸に顔を押しつけた。駅から歩いてきて、すっかり冷えていた身体に、指先から得られた温かみがすうっと広がっていく。周りの者の目には死者を悼んでいると映っただろうが、そうではない。羽柴と会えた喜びを抑える行為だった。必死でカムフラージュしなければ、場違いに歓喜を弾《はじ》けさせてしまいそうだった。きのう丸一日会っていなかっただけで、こうも恋い焦がれる自分に、冴子は驚きすら覚えた。離婚後の鬱《うつ》に思い悩んでいた自分は一体どこにいってしまったのかと……。

冴子の心の内を察し、羽柴は低い声で囁《ささや》いた。

「すまない、このあとすぐ局に寄ってから、熱海に戻らなければならなくなった」

冴子の溶けかかっていた身体は、その一言で硬さを取り戻した。はっきり誘われていたわけではなかったが、クリスマスイブの今晩ぐらい一緒に過ごせると期待していたのだ。

ロマンチックなムードに水を差され、冴子は不服そうに首を傾げる。

「どうして?」

「すみやかに番組を制作するため」

顔を歪《ゆが》めて、羽柴は言葉を吐き出した。

羽柴は冴子の手を引いて会場の隅に移動すると、昨日のミーティングで番組作りの方針が変わったことを簡単に説明した。

番組の主役ともいえる鳥居の急死によって、撮影は打ち切りになるかと思えば、事は逆の方向に進み、プロデューサーは、収録済みの映像をうまく使い、なるべく早く仕上げるように指示を出してきたのだ。スタッフを始め、撮影クルーたちは再度熱海に集結しているという。

収録中の事故等で出演者が死んだのなら、番組の制作は即刻中止となるところだが、自然死である以上、その必要はないと判断された。それどころか、希代の霊能者である鳥居の、自殺とも自然死とも取れる不思議極まりない死は、他局のワイドショーで取り上げられるに違いなく、時機を逸しない放送が、高視聴率につながるという上層部の読みがあった。

「だからといって、なにもこんなときに……」

羽柴はそう言って苦笑いを漏らす。

年老いた鳥居繁子を熱海まで呼びつけ、取材に同行させたのは彼の指示であり、責任を感じないわけにはいかないようだ。ハーブ園に漂う異様な気配はこれまで以上に濃く、未知なる気配に鈍感な人間でさえ、ただならぬ空気を感じ取り、肌のざわめきを覚えた。鋭利に磨き込まれたアンテナを持つ鳥居にとって、感知し、肉体に取り入れられた異物がいかほどの量であったか知れない。身体への負担は相当に大きかったはずだ。

「でも、鳥居さん抜きで番組なんかできるの？」

鳥居に代わる新しいパーソナリティが必要なのはいうまでもなかった。人気パーソナリティを持ってこられればいいが、急遽《きゅうきょ》の穴埋めとなると局の女性アナウンサーを起用するのが妥当なところだ。外部のタレントを用いるにしても、状況は似たようなもので期待は薄い。それ以外、新しく使えるキャラクターとして、科学分野の専門家の名前もいくつか挙がっている。

ハーブ園での収録で、鳥居は、現場で起こった集団失踪《しっそう》に関して、内容のある意見をあまり喋《しゃべ》っていなかった。ただ一言彼女の台詞《せりふ》で覚えているのは、

「わたしの手には負えんわ」

という、諦《あきら》めの言葉である。熱海ハーブ園での出来事は心霊現象では説明できず、よって科学的解釈を俟《ま》つほかないという着地点にこの台詞をつなげれば、なんとか筋が通るかもしれなかった。

実際、現場には地磁気の乱れが見られ、夕暮れの空にはオーロラとおぼしき怪しげな光が放たれた。活断層、太陽黒点、地磁気の乱れ、大気の発光……、これらは科学的に関連づけられるだろうし、集団の心理に何らかの影響を与えた可能性も有り得る。

カメラの中央に陣取るのは、見栄えのいい女性レポーターであり、科学アドバイザーはあくまで解説役に徹してもらうというビジョンを、羽柴は簡単に冴子に説明した。

「だれか当てはあるの」

冴子は科学アドバイザーの名前を尋ねた。

「知り合いに国立大学理学部教授がいて、彼がおもしろい人間を紹介してくれたんだ。磯《いそ》

貝直樹《がいなおき》という、数学と物理のph.Dを取得した天才肌の男だそうだ。三十代と若く、ちょっと癖があるそうだが、アメリカから帰ったばかりで職がなく、マスコミ好きであるため、今回の役にはうってつけという御墨付きをもらってある。そこで冴子さん、もしよかったら、明日、品川駅でも熱海駅でもいいから、磯貝と落ち合ってハーブ園の現場まで彼を案内してもらえないかな」

エスコート役を頼まれ、冴子は、頷《うなず》くほかなかった。

「いいけど……」

冴子は今でもスタッフの一員である。

番組作りのコンセプトが渾沌《こんとん》としてきたのは否めなかった。鳥居を失い、科学の専門家を重用することは、とりもなおさず、オカルト的解釈から最新科学を用いた解釈への転換であり、羽柴の望んでいた方向と重なる。ただ、鳥居の映像も使うとなると、矛盾をきたさないかと、冴子は心配になる。

個人で動いている冴子が、集団の中で動いている羽柴に理想論を説けば、青臭い説教になりかねなかった。視聴率が取れると判断されたなら、鳥居の死すらも、そのための切り札とする……、テレビ人としては当然のことなのか。

「あなたはあなたで、最善を尽くすしかないわ」

羽柴は冴子の背中に手を回しながら、

「どういう意味」

と、訊《き》いた。会話の流れの中で浮いて聞こえたからだ。

「別に……」

冴子にしてみれば、父からよく言われていた言葉が、ふと口をついて出ただけで、深い意味はなかった。

冴子の背中にはまだ羽柴の手の感触があり、コートの上からでも温かみが伝わってきた。これまでと比べ、力の入れ方が微妙に異なっている。どことなくよそよそしく、おまけに心の疚《やま》しさを隠す、細かな指の動きが加わっていた。

手の感触からちょっとした異変を感じ取っていた冴子ではあったが、彼の心の奥の大きな葛藤《かっとう》にまでは到底思い至らなかった。

そのとき羽柴が望んでいたのは、冴子を正面から抱き締め、キスをし、結ばれることであった。すぐ手の届くところにいるのに、ためらう指先でしか気持ちを表現できないのがもどかしい。もう少しで制御できなくなるレベルにまで、好きだという気持ちが膨れ上がっていた。

男の身勝手さを思う存分発揮して、両方を手に入れられたらどんなに素晴らしいかと思う。家族も、恋人も両方……。しかし、そんなことをしたら、妻は間違いなく死んでしまう。それは、単なる思い込みではなく、確信に変わりつつあった。

鳥居の遺書には、表面的な文字の裏に羽柴にだけわかる暗号が込められていると感じたのは、遺書の内容を知って、数時間後のことだ。スタッフたちから遺書のコピーを見せられたとき、当然、気になったのは自分の名前宛てに寄せられた、「これであなたの望みはかなえられますね」という一文だった。

鳥居繁子に番組を降板してもらい、新たなキャラクターを立てたいという羽柴の方針を、鳥居が察知していたのは間違いなかった。担当ディレクターでありながら、彼女の能力を疑っていた羽柴は、自分の心の内を読まれていたという事実に、畏怖《いふ》の念を抱いた。ところが羽柴の想像力はそこで止まらなかった。一緒に仕事をしているうち、心の中を読まれたのだとすれば、冴子を愛する気持ちまで彼女に知られてしまったことになる。

「これであなたの望みはかなえられますね」

鳥居の口から発せられれば、無邪気な励ましのように聞こえるけれど、複雑に絡み合った関係性の中に置いてみると、たちどころに警句に変わる。

自分が死んで番組の方向を思うままに変えられてよかったでしょうと、そんな単純なことを言おうとしたのではない。鳥居は、羽柴と冴子の関係を見抜き、羽柴の妻に胸のしこりができ細胞診と精密検査を受けるべく指示がきたことも見抜いている。その上で書かれた文章だった。

望めば手に入る。手を伸ばせば届く距離に冴子はいる。しかし、それはもう片方の死という犠牲の上に成り立つと暗示している。二者択一の一方を選べばもう一方は失われるという、世界の裏側で綾《あや》を成す関係を、鳥居は、死の間際に教えようとしたのだ。冴子の部屋に泊まり、結ばれそうになる直前に胸のしこりを指先に感じて遠距離から妨害され、その翌日には妻の診察結果がおもわしくない方に進んでいることを告げられた。これは氷山の一角に過ぎない。冴子との関係を深め、戻れない領域へと一歩一歩足を踏み出していくたび、妻に下される癌の診断は確実なものとなり、抱き合う回数を重ねれば重ねるほど、妻は症状を悪化させて遂には死に至る。

そこまで考えたとき、羽柴は、背筋を這《は》い上がってくるような戦慄《せんりつ》を覚えたのだった。世界の表層で起こる様々な出来事は、実はその裏にある思惑やら因果応報やらが複雑に絡まった末の結果であり、常人には見えないその部分を鳥居は心の目で見ていたということ、それこそが彼女が手に入れた異能の正体であることを、初めて知った。

羽柴は顔をゆがめて涙を堪《こら》えるかのような表情になり、それを見た冴子が「おや」と思った瞬間、彼の口から告白が一気に吐き出されてきた。

「本当はきみのほうに一歩踏み出したい。でも、できない。ぼくには妻も子もいる」

冴子は、思わず「え」と声を上げてしまった。不意打ちを食らい、思考力は停止して、返す言葉が見つからなかった。ところが、心を整理したり、どう反応しようかと考える間もなく、条件反射のように言葉だけがすらすらと口をついて出てくる。

「知っていたわよ、そんなこと」

羽柴がついた嘘に対抗するためについた嘘ではない。冴子は、彼の独身を心底信じていた。

冴子は、混乱を悟られないよう、必死で平静を装った。

「あなたみたいな人を、女がほうっておくはずないもの」

返答に窮している羽柴を置き去りにして、なおもしゃあしゃあと、心と裏腹なことを喋る自分を、冴子は止めることができない。

「あなたは優し過ぎるから、わたしが望んでいたことをつい口にしただけ」

羽柴は、謝ることも、釈明することもできなかった。どのような台詞を言ったとしても、そこに自惚《うぬぼ》れが含まれることを恐れたからだ。

「ねえ、なぜ黙ってるの」

この期に及んでも、冴子は、羽柴の口から滔々《とうとう》と愛の言葉が溢《あふ》れ出ることを期待していた。

「嘘をついて、すまなかった。冴子さんとは、これからもずっといい友人でいられたらと思う」

冴子は、自分の両目がかっと見開かれるのを感じた。両拳《りょうこぶし》を握って羽柴の胸をがつんと打ちつけ、言ってやりたかった。

……妻と、子どもがいてもいいから、わたしを、愛して。お願い。ひとりにしないで。

7

ひとりで過ごすクリスマスイブを、肌が冷えるほどに意識するのは、久し振りのことである。

鳥居繁子の通夜が終わるや羽柴は、妻子持ちであることを告白した揚げ句、熱海に行ってしまった。クリスマスイブにもかかわらずひとり取り残された冴子は、夜の冷気を身に受けながら北沢のオフィスに寄り、父と藤村家との接点を調査してほしいと依頼して家路につき、たった今、玄関ドアをくぐり抜けたところだ。

あたたかな部屋の中で、肌が熱を取り戻すとともに胸の内の寒さが際立っていく。

こんなときは何をすべきだろう、と考える間もなく、冴子は、リモコンでテレビの電源をオンにしていた。

夜のニュース番組では、熱海のハーブ園で消えた九十一人の消息が今もって不明である現況を伝えていた。

そこで冴子は、父の手帳のカバーの裏から出てきたフロッピーのプリントアウトが、中途のままになっていることを思い出した。数枚印刷を終えたところで熱海の集団失踪《しっそう》事件を知り、そのまま放置されてしまっていた。

ひとりで過ごすクリスマスイブにすべきことはこれで決まった。

冴子は、父の書斎に入り、ワープロの前に座った。トレイには十八枚の原稿が置かれている。一昨日の朝、羽柴の手によって印刷されたものだ。原稿の冒頭ではなく後半の一部分のようだ。

最初のページを画面に呼び出し、新しい用紙を一枚セットして印刷のボタンを押してみる。パソコンと比べれば、信じられないほど遅く、のろのろと紙が巻き上がっていった。ディスプレイに表示できるのはたった半ページほどの分量だ。用紙を一枚一枚セットしてからボタンを押す仕様で、すべての原稿を印刷するのにかかる手間隙《てまひま》は計り知れない。だが、読みたいとなれば、こまめに印刷を繰り返すほかなかった。

二枚目の用紙をセットして印刷ボタンを押すと、冴子は、キッチンに行ってワインとチーズを持ってきた。

印刷し終わった原稿が十枚たまったところで、冴子は、プリントアウトしながら読み進めることにした。

父が原稿を書いたのは、失踪する直前の八月、ボリビア旅行で滞在したホテルと思われる。

冒頭部分は、紀行文ふうの書き出しだったが、全体的には新しい著作の下書きと日記の要素を兼ねたものであった。

一九九四年、八月十七日。ボリビア共和国。

アンデス山脈とオクシデンタル山脈に挟まれて、アルティプラノ高原が南北に延び、山脈を越えた東側にはアマゾンの熱帯密林地帯が広がっている。首都ラパスはこの高原の北にあって、三千八百九十メートルの高所に水をたたえるティティカカ湖からはほど近い距離にある。赤道と南回帰線の間にあるにもかかわらず、標高が高いせいで平均気温は一年を通して十度程度に落ち着き、一日における寒暖の高低差は激しい。雲ひとつない晴天が続く八月の乾季には、南からの強い風が吹いて気温が急激に下がることもあった。

しかし、今は午後の二時を少し過ぎたばかりで、気温は二十度に近い。空はさわやかに晴れ渡り、見事なまでに青を強調している。

ジープを運転するときはいつもジーンズにTシャツと決まっていた。軽装にもかかわらず額には汗が浮かび、首からかけたタオルでこれを拭《ふ》いても、皮膚の表面から次々にあふれてくる。土埃《つちぼこり》が入るために窓を開けることもできず、かといってエアコンは思うように効かなかった。

日本を発《た》ったのは一昨日のこと。昨日マイアミで飛行機を乗り継いで首都ラパスに入り、博物館の隣にあるホテルにチェックインしてすぐにジープを手配し、付近の地理をおおよそ調べ上げた。目的とするティアワナコの遺跡はラパスから七十キロばかり西にある。

朝の八時にホテルを出てまず北西に向かい、ティティカカ湖の東に湖峡で接するウイニヤマルカ湖をぐるりと一周して湖の景色を堪能《たんのう》して川沿いの道を引き返し、今まさにティアワナコの遺跡に向かうところである。

フロントグラスの向こうに半分未舗装の道路はまっすぐにのび、草原を切り裂いていた。のろしのように空に上がる煙の幾筋かが見えたかと思うと、ジープは小さな町に分け入っていった。

街路の両側にはベニヤ板やトタンで組み立てられた出店が並び、アイマラ族のインディオが清涼飲料水などを売っている。街道を走る車が上げる土煙を浴びて、出店の屋根や壁は茶色く煤《すす》け、しかし気にする素振りをひとつも見せず、質素な衣服を纏《まと》ったインディオたちは客が来るのをのんびりと待ち、あるいは三々五々集まって路上に座り、無駄話に興じていた。人々と交ざり合って豚がウロウロし、出店の壁に身をすり寄せて残飯を漁《あさ》るかと思えば、犬が交尾しながら飛び跳ねている。雑然とした町の背景をなしているのは、アンデス南部の山の連なりだった。このまま止まってしまいそうなほど時間はゆったりと流れ、しごく穏やかな午後の風景があちこちで滞っている。どこか懐かしい匂いがあった。大火災の後に復興した故郷の町並みを彷彿《ほうふつ》とさせる。

町を通り抜けると、また何もない草原の道に逆戻りした。バックミラーの中、通り過ぎた町が遠のいていく。

シートに深く身を沈め、ハンドルに軽く手を置くだけの寛《くつろ》いだ姿勢で運転を続ける。悪路から突き上げてくる振動がなければ、居眠りしてしまいそうだ。フロントグラスの前方に延びる道路が一次元の数直線のように見えてくる瞬間があった。

睡魔を押しやるため、もう一度、数学のことを考えようとした。

自分を起点とすれば前方に延びる数直線は正の領域、後方にのびる数直線は負の領域。さっき通ってきた町は明確なメルクマール、自然数といったところだ。

数直線は実数の連なりであり、一、二、三、とわかりやすい自然数の間を、それよりはるかに多い分数が埋めている。整数と分数を合わせて有理数というが、実数の範囲はそれだけではない。ところどころ、無理数という不思議な存在が顔をのぞかせる。

無理数の代表格は$\sqrt{2}$や$\sqrt{3}$であり、方程式の解となり得ないπなどの数字は超越数と呼ばれる。無理数は、小数点以下何桁《けた》まで求めても、数字はアトランダムに並ぶだけで循環せず、規則的なパターンが現れてこない。ようするに、無理数は分数という形式で表すことが不可能なのである。

学生の頃、ほんの遊びで、円周率πの値を小数点以下二千三百桁まで求めたことがあった。

……3・1415926535897932384626433832795028
841971693……、

当然のことながらどれほど長く数字を並べても、規則的なパターンは現れなかった。

無理数は、無限に、無秩序に数字が並ぶだけで着地点がない。もし仮に、無理数であると証明されている事実に反し、ある桁を超えたとたん、規則的なパターンが出現し始めたとしたら、そのときこそ本物の恐怖を味わうに違いない。

心霊現象などのオカルトの類《たぐ》いに触れても、ばかばかしいと思うだけで恐怖など微《み》塵《じん》も感じられないが、畏怖《いふ》の念を得るのは、まさにこういった瞬間なのである。ある境界を境に出現するパターンは、宇宙に遍在する者の意思を連想させるからだ。

あるいはまた無理数自体が持つ奇妙な性質。

分数で書き表すことができず、小数点以下無秩序に数字が並ぶというのは、着地点がないということであり、となれば前後にある数の大小の比較はできず、数直線の中に無理数の位置を正確に書き記すことはできなくなる。無理数という数の持つ底の深さ、不気味さはここに由来する。十八歳の頃、永遠に底に到達しない深い奈落《ならく》を思って、身震いしたことがあった。

自然数が、道路上のポイントに立つ標識であるとすれば、無理数は果てのない奈落だ。そして驚くことに、有理数と無理数を比較した場合、無理数のほうがはるかに多く存在する。有理数も無理数も無限に存在する以上、どちらの数が多いかという比較は無意味のように思われる。無限の範囲はどちらが広いかという概念で比べるほかなく、これは十九世紀の終わりに集合論を完成させたカントールにより、無理数のほうが無限の範囲はより広いと証明されていた。

今、数直線の上を歩いていると仮定してみよう。そこは足もとの確かな場所よりも、果てのない奈落のほうがずっと多くある道だ。しかし、だからといって、奈落に足を取られることなく、車は、まっすぐに走ることができる。現実に今、遺跡へと至る道にジープを走らせている。数学的な理屈と現実はかくのごとく異なっている。奈落に落ち込んで消えてしまうことなど、有り得そうもない。

自然数、有理数、無理数、超越数……、数の種類は様々あれど、ゼロは別格だ。ゼロは、数直線上には存在しない一種の暗黒である。数直線上を歩いていて足をとられ、すり鉢状の窪地《くぼち》に落下していくうちに周囲の様相は変わって、いつの間にか別次元にひょいと顔を出すような事態にもなりかねない。ゼロという概念は、ブラックホールとそっくりだ。

さらに数の概念を複素数にまで広げると、数直線からはみ出して二次元の平面に無数の虚数たちが林立し始める。二次方程式までならなんとかなるが、虚数の存在を認めなければ三次方程式を解くことはできない。

今走っている道の両側は広大な草原となっていて、大地は無数の植物で覆われている。頼りなく細い幹を揺らし、風に吹かれて地面を転がっていく草もあれば、地中深く根だけを張った草もある。あるいはまた、草木の間に隠れて、一体どれだけの動物が棲息《せいそく》することか……。

虚数……、それは実在と非実在の間をうろつき回る幽霊のようなものであり、これもまた、実数よりもはるかに多く存在する。実数が一次元の数直線で表されるとすれば、複素数は二次元の平面にまで範囲を拡大させる。幽霊たちの助けを借りなければ、自然界を数学で記述することができなくなるのだ。現実の世界において、それは何を意味するのだろう。

下からの衝撃を受けて車は大きくハンドルを取られ、ジープは蛇行していった。睡《ねむ》気《け》は一気に覚め、速い動きで車を制御して元のコースに戻していく。

何が起こったのかよくわからなかった。睡魔はうつるというが、ほんの一瞬、眠っていたのかもしれない。

外の空気にあたったほうがいいだろうと、ジープを路肩に停め、車外に降り立った。日差しは強く、空気は乾燥している。

両手を上にあげ、伸びをしながら今走ってきた道を振り返ると、ほんの二十メートルばかり先、アスファルトの切れ目に丸い穴が開いているのが見えた。路面状態は悪く、ところどころに凹凸があった。その中でも大きい部類の穴に、さっきハンドルを取られてしまったのだろう。

足下に転がる小石をひとつ蹴《け》飛《と》ばしてから、独り言を言ってみた。

「世界はみんなが思っているほど、堅牢《けんろう》にできてはいないんだ」

これまで我々は、橋を渡っていて、運良く崩れなかったというに過ぎない。

たとえば、虚数という、現実には有り得ない数を使わなければ、現代テクノロジーを維持するのは不可能になってしまっている。ここで仮に、天才数学者が現れ、虚数の実在を否定し、それが完璧に証明されたとしたらどうなるか。橋にたとえれば、完成し人々が渡り始めた後になって、橋梁《きょうりょう》部分を補強するためのボルトが一本も入っていなかったのが判明するのと同じだ。その瞬間、我々は橋がいつ崩壊してもおかしくないという事実を知る。ある日を境に世界が突如崩れ始めるとしたら、その兆候は数字のちょっとしたズレとなって現れる。数字のズレは、世界を解釈する方法を間違え、手抜き工事をしてしまった証拠のようなものだ。

もっと大きな問題はゼロだ。宇宙の物理定数に関わる計算をしていて、分母にゼロが出現したとたん無限大が生じて計算は不能となる。ゼロはすべてをご破算にする力を持っている。だからこそ、多くの数学者は、ゼロを手懐《てなず》け、ごまかすための工夫を凝らしてきた。いつかばれるはずの嘘を連ねてきたようなものだが、完全にごまかしがきかなくなったとき、さて宇宙はどんなしっぺ返しをするのか。そんなことを考えるとゾッとさせられる。有り得ざるところに出現するゼロは、宇宙構造の崩壊を知らせる兆候にほかならない。「原状回復を試みても絶対に間に合いませんよ」と、手遅れをあざ笑うかのようなサインなのだ。

手で庇《ひさし》を作って見上げると、路肩に設置された緑色の道路案内が目についた。そこにはティアワナコの遺跡までの距離が、記されている。

「九マイル」

一応自然数であることにほっとしつつも、なんとなくきりの悪いこの数字がどうにかならないものかと、首を傾げたくなる。

ティアワナコの遺跡に立つのは初めてである。ジープを駐車場に停め、車外に降り立ち、ざっと遺跡の周囲を見渡した。なんの変哲もない茶褐色の大地がどこまでも延び、遺跡と草原との境が明確ではない。全体の大きさは縦一キロ横五百メートルといった程度で、外周を歩いて回れば一時間ほどを要するだろう。古代遺跡を訪れたときは、まず周囲をざっと歩いて巡り、全体像を摑《つか》んだ後、細部の観察へと移行するのが常だったが、今回ばかりはちょっと大きすぎるようだ。入り口に掲げられた矢印に従って、カンタタイータを抜け、中心部たるカラササヤ西北の角に立つ「太陽の門」に向かう。

明後日に訪れる予定の南米ペルーの空中都市、マチュピチュが、標高二千四百メートルの切り立った尾根にあるのに対し、ティアワナコは標高こそ三千七百メートルと高いけれど、平坦《へいたん》で荒涼とした大地に建っている。共通項はどちらも石の巨大な建造物群ということだ。

マチュピチュ、ティアワナコ、南米にある両方の遺跡に共通するのは、何トン何十トン何百トンもある巨石を一体どうやって運び、高所に積み上げたかという疑問である。古代のマヤ人たちは、苦難をおしてなぜかくも巨大な石の建造物を造らねばならなかったのだろうか。その困難は想像を絶すると思われるのに、彼らはある日忽然《こつぜん》と、せっかく造った石の都を捨て、何処《どこ》へともなく去っていった。その理由もまた謎に包まれている。

世界の古代遺跡を巡っていて、天体の運行に合わせた石の配置や方向が、ある意味を表現しているのではないかと思うことは幾度となくあった。イギリス留学中に訪れたストーンヘンジでは特にその思いを強くした。約五千年前に造られた、巨石が円形に配置された建造物は、それ自体が暦であるという説が根強くある。現場を実際に見ても説の真偽を確認することができなかった。五千年も前にこれを造った人間たちが、太陽年と月の周期を知っていたのだとしたら、一般に信じられている人類の歴史は相当に混乱をきたしてしまう。

天動説から地動説へのパラダイムシフトは、一五四三年にコペルニクスが著した『天球の回転について』によってなされたとするのが歴史の常識となっている。だが、太古には、地球の公転周期どころか歳差運動まで把握していたのではないかという証拠が幾多発見されている。果たして石の建造物は、天体の動きを模しているのだろうか。古代の人間が、明確な意図もなく、数十トンもあるような石を大地に並べたりするとも思えない。

暦であるかどうかは別として、石の配置が何らかの意味を持つことは間違いないと思われた。

カラササヤの西北、乾燥した大地に両足を踏み締めて立つ「太陽の門」は、安山岩《あんざんがん》の一枚岩でできている。パリ凱旋門《がいせんもん》と似ているが、周囲の風景も異なれば大きさも異なり、凱旋門の小型版といったところだ。

写真で見て知っていた通り、門の東側の面には精緻《せいち》な絵模様が刻まれていた。文字の一種であると言われているが、これまで読解は不可能とされ、書かれている内容に関しては、様々な臆測《おくそく》が乱れ飛んできた。いわく、当時の科学知識が網羅されている、天体の運行に関するデータが記載されている……。

ピラミッドにしろ、ストーンヘンジにしろ、岩の建造物には必ず太陽を始めとする、天体の運行との関わりが取り沙汰《ざた》される。古代の人間が天体の運行を見守り、これを正確に把握しようと血眼になったのは、天体の動きが時間を測定する尺度だったからだ。一日は地球が自転する二十四時間で表され、一年は地球が太陽のまわりを公転する三百六十五日と五時間四十八分四十五秒で表現される。天体の動きが時間を決め、これによってカレンダーが作られる。古代の人々が正確なカレンダーを必要としてきたのは、農耕を生業とする場合、季節の正確な把握が必要不可欠であったからだ。しかし、一日と一年の長さ、その季節の移り変わりさえわかれば農耕には事足りると思われるのに、千年二千年先の未来まで示すカレンダーが、この国ではつくられていた。

ところで、岩に刻まれた絵文字が、古代エジプト文字のヒエログリフのようなものだとしたら、わたしにも読める可能性が出てくるのだが。

ヒエログリフとは、ナポレオンがエジプト遠征したおりに現地から持ち帰ったロゼッタストーンに刻まれていた象形文字のことである。使用されなくなって二千年あまりたったせいで、文字の意味を知る者はひとりとしていなくなってしまった。その読解は困難を極めたが、十九世紀前半フランス人の言語学者シャンポリオンによって初めてなされた。

　ごく低い姿勢から「太陽の門」の幾何学模様をビデオカメラとポラロイドカメラで撮影し、わかりにくい部分は自らスケッチブックに書き込んでいった。時間の余裕があれば、是が非でも読解に挑戦したいところだ。

　文明には、過去から現在へと順序よく段階を踏んで進歩したように見えない場合が多々ある。この原因が、絵文字の読解によってわかるかもしれない。

　ヒエログリフが忘れ去られたように、ピラミッドの建造技術もあっさりと忘れ去られてしまった。古代のエジプト人がどうやってあれほど巨大な石の建造物を造り上げたのか、方法に関しては今もって謎が多い。紀元前三千年から二千年に作られたエジプトや南米のピラミッドには既に円周率が使われている。しかし、歴史上円周率の発見は、それよりずっと後の時代とされている。あるいは、天体運行の正確な観測がなければ決して造られないような建造物が、近代科学の影も形もない頃から、既に造られていたという事実をどう説明したらいいのか。

　文明の流れを時間に置き換えると、過去と未来が渾然《こんぜん》としているように見えてくることがある。

　空からの俯瞰《ふかん》がなければ判別できないようなナスカの地上絵は、何のために描かれたのか。

　南極大陸が発見されたのは一八二〇年のはずなのに、氷に覆われたこの大陸の正確な地図が太古から存在するのはなぜか。

南米のインディオが古代に摂氏二千度近くまで熱を上げられる熔鉱炉《ようこうろ》を持っていた可能性があり、また驚くほど正確に天体の周期を知っていたのはなぜか。

コペルニクスが地動説を発見したのは独自の発想というより古代に書かれた書物を参照したと言われているが、その書物はいつの時代のものでだれによって書かれたのか。

南米ティティカカ湖で使われている葦船《あしぶね》が、古代ナイルで使われていた船と、造り方からデザインまでそっくりなのはなぜか。

経度の測定にはクロノメーターが必要であり、その発明が十八世紀であるにもかかわらず、正確な緯度経度が刻まれた世界地図が古代から存在するのはなぜか。

古代ヒンズー教の聖典「マハーバーラタ」の中に、明らかに核兵器の爆発を描写したと思われる記述があるのはなぜか。

紀元前千五百年から千二百年の間に編纂《へんさん》されたバラモン教の聖典「ヴェーダ」の中、種痘が効果的であることがはっきりと記述されているのはなぜか。

出所の明らかにされない文明が古代に存在した証拠は数々あり、それは順序立った段階を踏むことなく、突如、出現したような印象を与える。

似たようなテーマの本は既にたくさん出版されている。それらはみなこの問いの答えを、「失われた文明」で解釈しようとしていた。古代には太平洋の「ムー大陸」や大西洋の「アトランティス大陸」のような優れた文明を育《はぐく》んだ大陸があったが、天変地異の結果海に没して、大地とともに文明が失われてしまったとするものだ。

神話は、まったく根も葉もないところから発生するのではなく、民族に共通なある記憶を核として形成される。世界の神話を分析すれば、そのほとんどに洪水のエピソードが含まれているのが明らかになる。このことから、一万年以上前に、地球規模での大洪水があったのはほぼ間違いないと思われる。そこで本の筆者たちはこう仮定するのだ。一万年以上前、太平洋あるいは大西洋に、優れた文明を持った人々が暮らしていたが、大洪水によって大地は海に没し、土地をなくした民は世界に散って、進んだ文明を世界に伝えた。しかし、時が過ぎ、第一の世代が死んでしまうと、世代を経るごとにすぐれた文明の担い手たちの記憶は薄まり、現在から眺めると文明が衰退していったように見える……。

アトランティス大陸、ムー大陸という言葉には、人々の心をわくわくさせる響きがあった。

話の筋は通っているが、現在のところこの説が学界の主流をなしているというわけではない。大規模な海底都市が発掘されたという事実はないし、一万年以上も前に、円周率を正確に算出できるほどの文明が栄えていたとも考えられない。

しかし、紀元前一万年ほどの昔に、地球規模の異変が起こり、大洪水を引き起こしたというのは、地球物理の理論からも、世界各地の神話の分析からも、どうも本当らしい。古代文明なるものはロマンチックな空想かもしれないが、古代に起こった天変地異は真実であろう。

自然の災害は、歳差運動や地磁気の乱れなど、地球規模の異変によってもたらされ、それは天体の観測によって予知することができる。だからこそ、古代エジプトの民や南アメリカのインディオは、凄《すさ》まじいまでの執念で巨石を丘に運び上げ、天体の運行に忠実であるように配置した。やがて来る天変地異を予測するためであれば、どんな労力も厭《いと》わなかったに違いない。

古代の人々がなぜ巨大な岩の建造物を造らねばならなかったか、目的がどこかに文字で記載されているとしたら、探してみたいと思う。古代に書かれた文字ならとっくに意味は忘れ去られ、現代人にとって読解は難解な作業になる。暗号読解は難しければ難しいほど、楽しくなる。

大地にひざまずき、両手を広げて岩を抱き、ざらざらとした表面に指を這《は》わせて身体全体で感じ取ろうとした。岩を削って描かれた模様のひとつひとつを慈しみを込めて指でなぞり、無機物に耳を当て、太古の言葉を聞き取るのだ。

紙に書いた文字は焼ければ灰と化す。実際、スペイン人の征服によって、天文学に関する書、絵画、写本、象形文字の文書など、数多くの貴重な文献が焼き捨てられている。しかし大地に配された巨石や岩に刻まれた文字は、容易にこれを消すことができない。後の世にどうしても伝えなければならない情報があるとすれば、石の配置に意味を与え、石に刻んだ言語として残すほかないだろう。

カラササヤは二段構えの石壁に囲まれた広大な広場である。外壁の上には巨大な角柱がならび、これらもまた精巧な天体観測所として機能していたという説がある。

スペイン人がこの地を訪れ、ティアワナコを発見したときの驚きはいかばかりのものか。現地に住むインディオたちは、ティアワナコは完成された形である日突如としてこの地に出現したという言い伝えを、今でも信じているそうだ。それは、アステカ文明より遥《はる》か以前の出来事であるという。

偏見かもしれないが、先ほど通過した町で見かけたのんびりとたたずむインディオたちの祖先がこの遺跡を造ったといわれても、なんとなく無理があるような気がする。

遺跡ができた年代をはっきりさせることはできない。五百年前という歴史学者もいれば、二千四百年前という考古学者、一万七千年前という科学者もいて、答えを絞り込める段階ではなかった。

数々の疑問を胸に秘めながら、わたしは、アカパナと呼ばれるピラミッドに登ることにした。

東西南北に沿ってきっちりと大地に嵌《は》め込まれた、一辺の長さ二百メートルばかりの、階段状ピラミッドである。しかし、残念なことに当時の面影を残すのは下部のみで、上部に積まれてあったはずの石はほとんどスペイン人によって採石されてしまい、ただの小山と化している。

最高地点に立って周囲を見回した。当時ティティカカ湖の水面は今よりも三十メートルほど高く、北の方角からかつての湖岸線が湾曲して迫っていたはずだ。今眺めているものと風景はだいぶ異なっている。空想の中で、高く草の茂る草原に水を湛《たた》えて当時の風景を心に思い浮かべた。今自分のいる大地を島状に残し、たっぷりとした水位を誇って山間にあまねく延びる水路は、空を映して青い蛇のごとくのたくっていたに違いない。

アカパナピラミッドに登ったときに受けた衝撃は、ギザやテオティワカンを訪れて得た高揚感とは基本的に異なるものであった。もっと単純かつ純粋なもの、間違いなく自分はこの風景に触れたことがあるという懐かしさが、感情を刺激してきたのだ。既視感に似ているけれど、もっとずっと強烈だった。目をしばたたけば消える感覚ではなく、眺めるほどに風景への親近感が湧いて、以前この場所に住んでいたという印象が強まっていくのだ。

目を閉じて懐かしさを噛《か》み締めていると、柑橘《かんきつ》系の香りが鼻孔に忍び込んできた。匂いほど、過去の記憶を鮮明に蘇《よみがえ》らせるものはない。度を超えた既視感がこの匂いを引き連れてきたものと思われる。

太陽は中天からわずか西に傾きかけていたが南半球の日差しは強く、額に手を当てて、目を細めた。

ここティアワナコも、マチュピチュ同様、ある日を境に住民たちが一斉にいなくなったという歴史を持つ。

せっかく苦労して築いた石の都市から、逃げ出す住民の心理に関して、どのように想像力を働かせればいいのだろうか。都市からの脱出に限らず、人間はそれまで住んでいた場所を突然捨てることがある。多くの歴史学者や考古学者は、環境の変化から起因する食糧不足というありきたりな答えで、その理由を説明しようとしてきた。このテティアワナコにしても同じで、気候が乾燥化することによって降水量が減り、農耕漁労牧畜等の生業基盤が維持できなくなり、社会が崩壊に向かったという説が主流である。住民たちは、よりよき豊饒《ほうじょう》の大地を目指して、旅立ったというわけだ。

世に流布している一般論を簡単に信じるわけにはいかなかった。食糧を求めて民族が移動することもなくはないが、その発想からすべてを説明しようというのは短絡的に過ぎる。

そもそも、古代の人間と現代の人間とでは思考の道筋が多少異なるという前提が必要だ。現代人は「道徳」「愛」「善」などという抽象概念を苦もなく操ることができるけれど、古代の人間には、書き言葉を扱うごく一部の人間を除き、これらを把握することは不可能だったはずである。抽象概念は、豊かで複雑な書き言葉に習熟することによってしか得られないからだ。古代人の認識と現代人の認識にはズレがある。現代に流通している理屈をそのまま古代に当てはめると、どうしてもズレが拡大され、真実の姿から離れてしまう。ではどうすべきか。現代からの類推を捨て、当時の言語を十分に考察し、認識能力の程度を十分に理解した上で、頭の中で想像する作業が必要となる。古代の人間は、「生」や「死」をどのように考えていたのだろうか。現代の尺度を捨て、彼らのリアルな感覚を体内に再現できてようやく、真実の姿が見えてくる。

たとえば古代マチュピチュの住民が街を捨てた理由として、強大な敵の来襲に怯《おび》えたという説がもっともらしく語られている。実際、その頃のインカ帝国はスペイン人の侵略に怯えていたが、実際に、強大な敵に襲われた痕跡《こんせき》が残っているわけではない。百数十体の人骨は発見されているが、戦争によって殺された人間のものではなかった。

マチュピチュを最初に発見したのはアメリカ人の考古学者、ハイラム・ビンガムである。彼は、マチュピチュ発見当初、伝説の都市ビルカバンバだとばかり思い込んだが、どこを発掘してもインカ帝国の黄金が見つからず、別の古代都市に行き当たったと判断するに至る。黄金が見つからなかった代わりに、発掘隊は「葬儀の石」の近くの墓地を掘り起こして、百七十三体のミイラを発見する。奇妙なことにそのうちの百五十体が女性であった。

この点について、考古学者たちは、マチュピチュには神殿が多く、機能的には祭祀《さいし》都市であり、だからそれを司《つかさど》る巫女《みこ》たちが多く住んでいたのだと説明する。

あるいはまた、スペイン軍の襲来を恐れてマチュピチュの住民が都市を後にするとき、足手まといになる老婦人たちを墓地に葬ったという説もある。

しかし、いずれにしろ、新天地に食糧を求めて街を捨てたり、敵の来襲を恐れて逃げ出したりと、単純に想像できる説が主流だ。百七十三体の人骨のうち、百五十体が女性であったという事実に、たとえどんな解釈を与えたとしても、ある個人が作り出したフィクションの域を出るものではない。他人の作り出した物語を信じるか、信じないか、フィクションを信じるぐらいなら、より説得力のある物語を自分で作り上げるほうがまだましだ。

既視感と非常によく似た感覚に、再び襲われようとしていた。現在眺めているのと同じ風景を間違いなく、どこかで見たことがある。視覚のみならず、聴覚、嗅覚《きゅうかく》、味覚、皮膚感覚のすべてに働きかけてくる。土埃《つちぼこり》を含む風が耳元で囁《ささや》くようだった。素肌に纏《まと》いつく空気はざらっとして、太陽に焦げた大地の味がした。

ただの感覚といった生易しいものではない。うなじのあたりをぞくぞくと悪寒が立ち上って、皮膚には鳥肌が立つ。最初のうち何が原因かわからなかった。風景を眺めているというより、何ものかから見られているという感覚だ。ひとりではない。多くのものに観察されている。あるいはステージに立って、聴衆に語りかけるような臨場感があった。

「低所にある神殿」は、幅九メートル長さ十二メートルで、一・八メートルの深さを持つプール状の構造物で、南側に低所に下りるための階段がある。階段の下り口に立って、ざっと正面を見下ろした。長方形の窪地《くぼち》の周囲は緻密《ちみつ》に組み合わされた石で囲まれ、中央には石の大きな柱が一本、小さな柱が二本立っている。

円柱の石に刻まれているのは、ビラコチャと呼ばれる人間の肖像である。

南米各地にはビラコチャにまつわる古代伝説が流布している。ビラコチャとはひとりの人間というより、ある種の才能を持った人間の集団を指すと考えたほうがいいようだ。名前はビラコチャ以外に様々なものが与えられ、やって来る年代も場所も微妙にずれている。ただ、顔や身体の特徴はどれも似たりよったり、背が高く、色白で、顎鬚《あごひげ》をはやしていて、ローブを羽織り、腰のあたりにベルトを巻いているというスタイルだ。

ビラコチャはある日どこからともなく現れ、土地の人々に様々な恩恵を与えた、と言われている。灌漑《かんがい》水路を作り、石の建造物の作り方を教え、畑を作り、はたまた病人を治癒させる力を持つ。人々に慈悲を説き、喧嘩《けんか》を諌《いさ》め、善い行いを奨励し、威厳を漂わせ、皆の尊敬を集めた。彼はまず科学者であり、同時に建築家、芸術家であった。言葉を自由に操り、世界最古の言語であるアイマラ語を伝えたのも彼であった。一言でいえば、未開の地に文明と秩序をもたらす者。神のごとき存在であった。

しかし、ビラコチャは一か所にとどまることなく、仕事を終えるとまた何処へともなく去ってしまうという。

石の表面に描かれた図柄は、精緻で写実的なものではなく、抽象に偏っている。ビラコチャの髪は長く、口の周りにはゆたかな髭《ひげ》がたくわえられている。額は富士山の形をして、鼻もふくよかで、顔全体の肉付きがいい。目はただの円として描かれ、眉《まゆ》と唇は、太く捩《ねじ》った綱のごとき雄々しさだ。しかし、間近から見れば明らかな通り、その目には涙があふれている。長年の磨耗によって石が窪み、涙が頰に流れているように見えるのではない。制作過程において、はっきりと意図して作られたものだ。泣いているビラコチャ像に共感したのだろうか、わたしもまた涙を流しかけ、知らず知らずハンカチを頰に当てていた。

立像のうしろに陽が傾き、後光のような縁取りがなされつつあった。太陽と立像の顔が重なったとき、太陽そのものが泣いているかのような錯覚を覚えた。

日の暮れようとするティアワナコから首都ラパスに車で戻ろうとして、バックパックを背負ってひとり旅を続ける日本人青年からヒッチハイクを請われてしまった。夕暮れという時間を考えれば、断るわけにもいかず、ジープに乗せてあげたところ、これがよく喋《しゃべ》る青年で、シートとシートの隙間から身を乗り出して熱心に古代遺跡に関しての自説を披露してくれた。彼は明日にはマチュピチュに向かうらしく、古代遺跡から住民が消えてしまった理由を、「駆り立てられるような恐怖」という感情で説明しようとしていた。生物にとって恐怖は根源的なものである。移動の原因に恐怖を置く彼の説は、あながちばかにできない。

ティアワナコ博物館の前で青年を降ろし、昨日チェックインしたホテルに到着したのは、まだ明るさの残っている頃だった。

部屋に入って、ショルダーバッグをテーブルの上に放り、ベッドに挟まれたナイトテーブルの時計に目をやった。夕方の五時を少し回ったところだ。そのままソファに身体を倒し込み、天井を見上げながら、寝転がる。

部屋でしばらく休んでから街に出て、夕食を食べるつもりでいた。行くレストランの目星はつけてある。エストゥディアンテ広場の前にあるカジュアルなカフェで、ホテルから歩いて五分もかからない。

電話をかけ予約を入れると、八時からなら席が空いていると言われた。シャワーを浴びてもまだ時間があまるので、ついさっき思いついたことを書いておこうと思う。

情報が満載された「太陽の門」にインスピレーションを与えられたのだ。

以前からわたしは、地球上の生命（DNA）はどのように誕生したかという問題が、気にかかってならなかった。文字の刻まれた「太陽の門」を眺め、既視感に似た感覚を抱いたとき、わたしは確信を深めた。生命は情報という観点から分析でき、その誕生と進化には光の作用があったのだと。

その前に生命がいかにして視覚を手に入れたかということを論じてみたいと思う。眼の誕生はいかにして為《な》されたか、だ。

生命が視覚を手に入れたのはカンブリア紀であり、生命多様性の大爆発に乗じて外部の世界を見るという能力が進化したとされる。同時にカンブリア紀から捕食が始まった。生命は、互いに食らい合うことによって、多様性を増していった。オスとメスの分化、生殖もこの延長線上にあると思われる。自然淘汰《とうた》による適者生存という進化論の基本概念によれば、外部を見る力を有する者は獲物を捕らえやすく、その有利さが視覚の進化を促したというふうにとらえる。

しかしこの解釈はあまりにありきたりだ。ものが見えれば確かに捕獲は容易になるが、同時に捕食者から逃げるのも容易になる。

進化論は大筋のところで正しいように見えるが、ところどころ疑問を差し挟むべきところが出てくる。特に、あとで詳しく説明するけれど、言語を扱う脳が出現すると、急に進化論の基本概念は成り立たなくなるのだ。

さて、視覚を手に入れることによって、生命を取り巻く環境がどのように変化するか、考えてみよう。たとえば、ミミズのような眼を持たない種にとって、世界は、皮膚の接触によって知ることのできる表面であり、次元は三次元より低くなってしまう。生命が、進化の過程で視覚を得るというのは、次元をひとつ追加するかのごとき、とんでもない飛躍を実現することである。陸に上がったり、空を飛んだりするのとは根本的に異なり、異世界への扉を開けるようなものだ。

奇蹟《きせき》ともいうべき視覚獲得を、わたしは光との相互作用のメカニズムとして考える。たとえば、こんなたとえ話はどうか。

わたしは以前、娘が借りてきたビデオで『ポセイドン・アドベンチャー』という映画を観たことがある。巨大な波を受けて豪華客船が転覆し、徐々に沈んでいく中にあって、牧師に導かれた一行は船底に向かって上っていくというアドベンチャー物語だ。上が下となり、下が上となった、上下逆転した客船の外部では、救助ヘリが船底に着陸して、生存者がいたら救助すべく待ち構えている。最後の難関をくぐって船底に到着した生存者一行は、鉄板を叩《たた》いて音を鳴らすことによって、外部にいる救助隊に居場所を知らせ、音によって生存を確信した救助隊は、船底の一部をバーナーで丸く焼き切り、救助へのルートを開いた。

眼のでき方はこれと似ている。脳の内部のみの問題ではない。頭蓋《ずがい》の内から神経が延びていっただけではなく、外部からの援助があって視覚へのルートが開けた。内部と外部、両者が協力し合って、ようやく成し遂げた大事業が眼の獲得である。外部にあって、神経を導き、手助けを与えたのは、太陽の光だ。

情報をもたらすのは光であり、この観点からすれば、地球上最初の生命もまた、光との相互作用によって誕生したのだと思われてならない。

生命誕生のメカニズムは未《いま》だ明らかにされてないが、ブラックスモーカーが原初生命の子宮とする説が急浮上している。ブラックスモーカーとは、地殻の裂け目から染み込んだ海水がマグマによって熱せられ、海底から噴き出す噴出孔のことである。海の底の地の裂け目ともいえる場所で、熱水を浴びているうち細胞が偶然自己組織化を始めたというのだが、果たしてそんなところに光が届くのだろうか。まったく光が届かないか、届いたとしてもほんの少量であるとしたら、ブラックスモーカーは生命誕生のゆり籠《かご》の座を追われなければならない。

　では一体、どんな解釈があり得るだろうか。ここで、ひとつわたしが立てた仮説を披露しよう。これまで、わたしは、太陽光との相互作用が生命誕生における重大なファクターとなったとばかり思っていたが、となると、どうしても矛盾点がふたつ出てきてしまう。

　ひとつ。もし偶然に生命が誕生したとしたら、地球生命DNAには右巻き、左巻きニパターンの巻き方があっていいはずなのに、すべて右巻きで統一されている。一方向のみのらせん構造を付与する力はどこからきたのか。

　ふたつ。生命は太陽系ができて五億年ばかり経過した頃のある一瞬に、同時多発的に誕生して、現在の地球を埋めるすべての系統へと進化したと思われるが、生命の誕生が太陽系の歴史の中のある一瞬に限定されているのはなぜか。

　右巻きというひとつの方向性を与え得て、一時期のみに限定された現象は何かと考えていて、わたしはふと、ブラックホールの消滅を思いついた。ブラックホールは、消滅するときに光や粒子を放出する。太陽系ができて五億年ばかりたった頃、太陽系からほど近い距離のところで、ブラックホールが消滅し、そこから発せられた光との相互作用で地球上に生命が誕生したのだとすれば、誕生の瞬間は一時に限定される。

しかも、ふつうブラックホールは回転しているため、周囲の環境に一方向の回転作用を与えることができる。

ブラックホール消滅時の一瞬の輝きが、生命誕生の原動力となった。ゼロの力だ。真空のゆがみからものが生成されるのと似ている。

生命の誕生は、情報の誕生とまったく同じ意味を持つ。ATGC四つの塩基の三つが連なってひとつのアミノ酸を指定し、アミノ酸が二百個程度繋《つな》がって初めて生命として意味のあるたんぱく質ができる。それはとりもなおさず、ATGC四つの言語で記載された情報そのものだ。生命イコール情報である。

情報は何によってもたらされたか。もちろん、光だ。

旧約聖書の『創世記』における天地創造のくだりで、神はまず何と叫んだか。

「光あれ！」

それが最初の言葉だ。神が最初に光を作り、光との相互作用によって、生命が誕生した。

ところで、ここで少し、恐竜絶滅の話題に触れておこうと思う。話が逸《そ》れるように思われるかもしれないが、そうではない。

六千五百万年前、すべての恐竜が同時に滅んだのは生命進化の過程における一大事件であり、その原因に関しては様々な説が取り沙汰《ざた》されてきた。現在、もっとも有力なのは、巨大隕石《いんせき》の衝突によって引き起こされた気象の変化が影響を与えたというものである。メキシコ半島には実際にそのときにできた巨大なクレーターが残っているという。

しかし、罠《わな》に嵌《は》まってはならない。自然を言語によって正しく記述しようとするとき、ふたつの解釈法がある。ひとつは、言われて初めてそうかと気づくような、シンプルで美しい解釈。もうひとつは、その時代の風潮に無意識のうちに侵された、だれもが思い付く、平凡でありきたりな解釈。コペルニクスの地動説や、アインシュタインの相対性理論が前者だとすると、恐竜絶滅の理由としての巨大隕石衝突説は、間違いなく後者に分類される。

恐竜絶滅の理由として巨大隕石衝突説が持ち上がったのは、一九七〇年代のことである。この時代の風潮はいかがなものであったか。東西冷戦の真っ只中《まただなか》にあり、世界の終わりといえばだれもが、核兵器が飛び交った末の荒涼を思い浮かべた。強力な爆弾が落ちて一斉にオシマイとなるシナリオ。実に単純である。

それを無意識のうちに当てはめたのが、巨大隕石衝突恐竜絶滅説である。確かに、当時、巨大隕石が衝突したかもしれないが、恐竜という種がそれによって一斉に絶滅したというのは無理がある。いくら環境が激変したとしても、生き残る個体が必ず出てくるはずだ。わたしは、恐竜の絶滅は、種全体の内部スイッチが作動したことによる、生物学的な絶滅であると考えている。後の繁栄を哺乳《ほにゅう》類に譲るため、彼らは内部的な因子によって自ら表舞台から身を引いたのだ。あまねく種全体に行き渡る光との相互作用により、恐竜の内部に芽生えていた絶滅へのスイッチが一斉に作動したのである。

時代はずいぶん下り、ほんの五万年ばかり前になると、これと似た事態が生じた。ネアンデルタール人から、我々の直接の祖先であるクロマニヨン人（ホモサピエンス）へのバトンタッチである。アフリカから移動したネアンデルタール人とクロマニヨン人は、ほぼ同時期、ヨーロッパで暮らしていたが、およそ五万年前を境として、ネアンデルタール人は絶滅に向かい、クロマニヨン人は繁栄へ向かう。両者の間に交配は不可能で、セックスをしても子どもが生まれることはない。脳の容量はネアンデルタール人のほうが大きいとさえ言われている。同様の自然環境の中にいたにもかかわらず、なぜ、一方は滅び、一方は繁栄に向かったのか。

両者を分けるものは、言語である。ネアンデルタール人は、自然を記述できるほどに洗練された言語を持ち得なかったが、クロマニヨン人はそれを手に入れた。

世代交代を分けたカギは言語である。

原始生命の誕生、恐竜の絶滅、ネアンデルタール人からクロマニヨン人への移行……、つらつらと語ってきたところで、わたしはもうひとつの仮説を提示しようと思う。

原始生命の誕生、眼の誕生、言語の誕生……、新しい情報の創出という観点でとらえれば、これらはすべて同じメカニズムが働いたと見るべきであり、原始生命誕生の謎を解明しようとした場合、もっとも近い過去に起こった、言語獲得という謎の解明から類推するほうがずっと近道となる。三十九億年前に起こったことより、ほんの五万年前に起こったことのほうが、わかりやすいに決まっているからだ。実験室の中で、有機物を豊富に含んだ原始スープをいくらかき混ぜたところで、真実に至る道が開くはずもなかろう。

恐竜の絶滅と、ネアンデルタール人の絶滅にも、同じメカニズムが働いたのである。ではなぜ、恐竜やネアンデルタール人は、絶滅しなければならなかったのだろうか。眼の誕生によって準備されたのは、脳の発達である。眼は、頭蓋を破って脳が飛び出したようなものだ。外部情報を視覚によって得ることがさらなる進化を可能にし、やがて言語を操れるほどの脳を出現させた。

恐竜の絶滅によって準備されたのは哺乳類の繁栄であり、それはまた脳の発達を準備したも同然である。恐竜は爬虫《はちゅう》類の一種であり、卵で生まれる。哺乳類の胎児は生まれる前の一定期間を子宮で過ごす。脳の発達にとって、これが大切になってくる。胎児の間、ゆったりとした羊水で満たされた子宮で暮らすことによって、脳の発達はうながされる。卵で生まれる爬虫類では脳の進化に限界があるのだ。

ネアンデルタール人からクロマニヨン人の移行においてカギを握ったのは、言語を持つか否かだった。

進化は、言語を操る脳を発生させるべく導かれてきたという道筋が見えてくるようだ。

この流れには、望んでいない方向に行きそうになると、あたかも軌道修正をはかるかのような動きが働いた。陰で糸を引き、導いたのは光だ。

しかし、なぜだろう。なぜ宇宙＝神は、言語を扱える脳が生まれるように取り計らったのか。理由はひとつ、宇宙＝神が、数学を含めた言語によって記述されることを望んだからだ。そうしなければ、宇宙にとっての広がりと進化と成長が、もたらされなかったからだ。

数学という言語によってなぜ宇宙が記述できるのか、子どものころから不思議でならなかった。

自然現象が数学によって美しく記述され、ＤＮＡ全体の総意として支持されると、宇宙は、ご褒美としてか、その証拠を提示してくれることがある。

アインシュタインが、純粋に脳内の働きによって思考し、物質とエネルギーによって生じた時空の歪《ゆが》みが重力場であると解釈し、一般相対性理論を打ち立てた。それが認められるや、四年後、西アフリカでの日蝕《にっしょく》の観察中、太陽による光の屈折を見せることによって、宇宙は「おまえの説は合格」というお墨付きを与えた。フリードマンが純粋に理論から出発して、宇宙は静的ではないという結論に達した七年後、スペクトル分析によってジェームズ・ウェッブは宇宙が遠くにいけばいくほど速い速度で遠ざかっていることを発見し、さらに三十三年後、宇宙マイクロ波背景放射が発見され、フリードマンの理論はお墨付きをいただくことになった。ディラックが数学の計算結果から反物質を予言すると、しばらくして宇宙は陽電子なるものを現実に出現させてくれた。数学的言語によって記述されることによって、宇宙は物理定数を変化させ、これまでにない新しい現象や物質を生み出す。言語との相互作用によって、宇宙もまた進化し、成長してゆくのだ。コペルニクスの地動説が世に出た後に、地球が太陽の周りを回り始めたとしても、おかしくはない。

宇宙は、数学的言語によって記述されることを必要とし、DNAに言語という能力を与えた。

夜空を見上げれば無数の星々が瞬いているのが見える。だれもが、どこかほかの惑星には我々とは異なった生命がいると期待するに違いない。しかし、残念ながら、宇宙に存在する生命はDNAのみである。もし人間以外に知的生命がいるとすれば、彼らは我々とは別の宇宙の住人であって、感知することはできない。彼らはまた彼らの方法で、宇宙と呼応して、別の宇宙を形作っているというだけだ。

ビッグバン以来、宇宙は絶え間なく膨張を続けている。宇宙に果てがあるとして、それは刻一刻と我々から遠ざかっている。果てが遠ざかるという現象が、わたしにはDNAの認識能力からの逃亡と見えることがある。ほら、ここまでおいでと、鬼ごっこをするようなものだ。

主体と客体の相互作用が大切であることは、人間の社会となんら変わることはない。支え合い、成長し合うことによって、進歩が生まれる。だからこそ、これが崩れると大変なことになる。宇宙を記述する方法を間違い、その矛盾が拡大されていくと、向こうはパニックに陥ってどう応《こた》えていいかわからなくなる。宇宙は永遠に続く鬼ごっこを止めて匙《さじ》を投げるだろう。

人間だって同じだ。夫婦の溝が深まって、互いに矛盾した要求ばかり出し合えば、ふたりの関係は壊れ、離婚を余儀なくされる。関係の解消、ようするにリセットが必要となる。

たとえば、事故か病気で視力を失った人間が、盲目の生活を強いられたとしよう。彼が、感覚器官のひとつが失われたという自覚を持ち、彼を取り囲む環境とうまく折り合いをつけ、関係を調節できれば、日常生活は不都合なく進む。しかし、感覚器官の欠損を認めず、視力があったときと同じ行動を彼が持続しようとすれば、たちどころに不都合が生じる。テーブルの角に身体をぶつけたり、階段を踏み外して転げ落ちたり、車にはねられたりと、生活は立ち行かなくなる。

生きていく条件が変わったとしても、主体と客体がうまく調和されれば問題は起きないが、そうでない場合、関係は崩壊して生命の危機に瀕《ひん》してしまうのだ。

宇宙とDNAとの関係も同様である。

宇宙は確固たるモノの実在によって構成されているわけではない。消滅と生成を繰り返しながら流れる事象のネットワークであり、完璧《かんぺき》でも、不変でもない。物理や数学にしても、今のところ検証に耐えているというだけで、正しいという保証はどこにもない。すべては仮説である。だからこそ、自然との関係を正常に保つため、言語によって、正確に、美しく記述するための努力を怠ってはならない。
ところで、「太陽の門」に描かれていた文字は、自然を美しく記述したものなのだろうか。

そんなことを思ったとき、偶然、ワープロを載せたテーブルの上でバッグの口が開き、ポラロイド写真が数枚滑り出すのが見えた。斜めになったスケッチブックの上で、写真がゆっくりと重力の力で滑っている。

写真が床に落ちようとしたところで、さっと手を伸ばしてスケッチブックを取り、写真をどけて、「太陽の門」の模様をスケッチしたページを開いた。

ポラロイド写真を何枚か、スケッチブックの上に並べ、両者を見比べているうち、わたしの視線は、次第に写真のほうへと吸い寄せられていった。

「太陽の門」の中央には太陽神とでもいうような人物像が描かれ、両手を広げ、角ばった顔から光の筋を発散させている。これもまたビラコチャの別バージョンだろう。両側には正方形の枠が三段に並び、枠内には動物を模した絵が描かれていた。どれも似たようなもので羽を広げて飛ぶ鳥といったところか。その下に一段で並ぶのは直線を主とした幾何学模様である。

どれもみな似たような絵柄。しかし、細部は微妙に異なっている。鳥の顔の向きは、ビラコチャ像の右と左にあるもので異なっているし、羽の広げかたにも差がある。

ビラコチャ像の左右にある鳥の絵柄とは別に、背後から隙をついてうかがうように構える鳥のレリーフがあり、眺めているうち、その一点が構図を破壊しているように見えてきた。他の鳥に比べて図体《ずうたい》はでかく、ビラコチャ像よりわずかに小振りというに過ぎない。

羽は、ブーメランを二枚X状に重ねた形をして、頭と手足を持ち、四肢の形状は鳥というより、人間そのもの、背負っている変形の羽が鳥を彷彿《ほうふつ》とさせるだけだ。

ぬるりとした蛇のような顔の上部には、角に似た突起があった。

連想されるのは、ＰＬＵＭＥＤ　ＳＥＲＰＥＮＴ……、「翼ある蛇」といったところか。しかし、南米に伝承される「翼ある蛇」は、ビラコチャの別称ともいえる存在で、善のイメージにあふれている。しかるに、今眺めているレリーフは印象がずいぶんと異なっていた。右手を顎《あご》の位置に振り上げ、左手を股間《こかん》の横にだらりと垂らして手の平を正面に向けている。膝下《ひざした》からふくらはぎにかけて瘤《こぶ》状に膨らみ、足が不釣り合いに大きく、鰭《ひれ》のついた左足を一歩前に踏み出そうとしていた。

他の絵と比べ物にならない躍動感と写実性が、周囲に調和することのない異色を浮き上がらせ、まるで生きているかのようであった。

指摘されて初めてわかったことであるが、この「翼ある蛇」は、抽象的な創造物ではなく、だれかの顔と肉体的特徴を、忠実に模しているに違いない。だからこれほど生々しく、同時に、見る者に嫌悪感を与える。

原稿はそこで終わっている。
しばらく思考力が働かず、冴子は、読み終わったことさえ気づかなかった。

やがてティアワナコの景観を頭の隅に追いやり、父が何のためにこの原稿を書こうとしたのか、その理由について考え始めた。古代遺跡を巡る紀行文なのだろうか。あるいは紀行文の体裁をとっていて、時間に逆行するかのように、行きつ戻りつ相前後する文明進歩の原因に、独自の解釈を試みようとするものなのか。それとも、巨石を積み上げて造った街からなぜ住民が一夜でいなくなってしまったのか、集団失踪《しっそう》の謎を解こうとしたものなのか。

おそらくこの時点では、体験したこと、考えたことを思いつくまま記述し、後々テーマを絞り込んで書き直すつもりではなかったかと思われる。父はときどきそんな書き方をすることがあった。これは日記の要素を含んだ、ラフな下書きといったところだ。後半では、地球生命の誕生と進化に関して、独自の論を展開している。冴子に宛てた絵ハガキに書かれたキィワードは、この部分の要点を列挙したものに間違いなさそうだ。

四十億年ばかり前に太陽系付近でブラックホールの消滅が起こり、その影響で誕生した地球生命が、光との相互作用によって進化を遂げ、脇道に逸《そ》れないよう適度な調整を受けながら、数学を含めた言語を操る脳を手に入れるまでに成長していく過程が、視覚の獲得と言語の獲得、恐竜の絶滅とネアンデルタール人の絶滅などの共通項を探りながら、わかりやすく解説されている。一般的に、進化は偶然の作用を受け、無目的であると解釈される中にあって、父は敢《あ》えて「合目的論」の立場をとろうとしていた。そして、宇宙＝神が地球生命に言語能力を与えた理由を、「宇宙自体が数学的言語で記述されることを望んでいるから」という、幾分突飛なアイデアを披露する。生命と物質との、光と情報を媒介とした相互作用によって、両者間の関係性は深まり、宇宙自体さらなる進化が可能になるからだ。

ブラックホールと情報理論について俊哉《としや》と語り合ったことがあった。彼から受け取った、ごく最近に発表された科学論文の中には、ブラックホールが消滅するとき、周囲のエントロピーが減少するという説が含まれていた。エントロピーが減少すれば、構造が生じる可能性が増えるわけで、この機に乗じて生命が誕生することもなきにしもあらずだ。

父の仮説だけに、冴子は、これを信じる側に回りたかった。

唯一不吉なのは、関係性が壊れたときに、未曾有《みぞう》のカタストロフィが起こることを暗示しているところである。

父に言わせれば、宇宙は生成と消滅を繰り返して流れる事象のネットワークであり、盤石な体制に裏打ちされたモノの実在は否定すべきものとなる。世界は不確かであり、あやふやであり、流動的であり、仮説に満ちている。

冴子にとって、そのような世界は想像可能だし、素直に認めることができる。だとしても、冴子には、絶対に疑い得ないものがひとつだけあった。唯一疑い得ないもの……、それは父から得た愛情だった。

十八年前、父がこの文章を書いていたときの情景が、頭に思い描かれてくる。懐かしい声で、脳裏の内側から語りかけてくるようだ。ところが、父の面影がはっきりしてくるほどに、逆に、どこかがおかしいと思われてきた。冴子は、ここに書かれた父の実像に、どことなく違和感を覚えた。父が書いた文章であるのは間違いないのに、微妙なズレが随所に見受けられる。

冴子は、異臭の正体をつかまえるべく、もう一度最初からページを捲《めく》り始めた。

読み進むうちわかってきたのは、記述の中に父に対して抱いていた印象と異なる部分があり、それが違和感の源となっているらしいということだ。

たとえば原稿の中で、父はビラコチャ像の前に立ち、既視感にも似た強い感情に襲われ、涙を流すシーンが描かれている。ところが冴子にとって、父が泣くというのは、どうにもピンとこないのだ。十八年前に父がいなくなるまで、冴子は父の泣いている姿を一度たりとも見たことがなかった。特に原稿の中で、父は頬にハンカチを当てたと描写されている。冴子が知っている限り、父は普段ハンカチなど持ち歩かない。頬を伝わる涙をハンカチで拭《ぬぐ》う姿など、冴子が抱いている父の実像からかけ離れたものだった。

冴子の知らないところで父はこっそり涙を流し、あるいはハンカチを目に当てることがあったかもしれないが、そんな姿を見せないよう、気をつけていただけなのだろうか。親の死後、生前の印象と異なる情報が次々と旧知であった人間の口から語られるのは、ままあることだ。
冴子は、この点を保留して、再読を続けた。
とある箇所で、立ち止まらざるを得なくなってしまった。シーンがうまく頭に入ってこない箇所が一つあった。

夕方近くになり、ティアワナコの遺跡を後にするところで、父は、たまたま知り合ったバックパッキングを背負った青年から、ラパスまで車に乗せていってくれないかと頼まれ、父は頼みを聞いて青年を同乗させる。ラパスに向かう車の中、彼の饒舌《じょうぜつ》な様子は次のように描かれている。

「シートとシートの隙間から身を乗り出して熱心に古代遺跡に関しての自説を披露してくれた」

一回目に読んだとき、冴子はさらりと流して、このシーンに疑問を持たなかった。しかし、二度目となると違う。わかりにくい描写に違和感を覚えたのだ。問題点はただひとつ、「シートとシートの隙間から身を乗り出して」という表現である。

父の原稿を読んでいると、いつもシーンが自然に頭の中を流れていって澱《よど》みがない。字面を追っていて情景が明瞭《めいりょう》に浮かぶのだ。しかし、何ひとつ難しい表現のないこの箇所で、光景が具体的な映像となって結ばれないのは、なぜだろう。冴子は、前後を読み返して考えてみた。

青年からヒッチハイクを請われ、父は彼をジープに乗せる。そこまでのところ、青年が助手席に乗り込んだとばかり思っていた。だから、シートとシートの隙間から身を乗り出す、という行動がうまく像を結べず、引っ掛かってしまったのだ。助手席に座っている人間が、さらに前に身を乗り出せば、フロントグラスにぶつかってしまうでしょう……、先入観が先に立ってしまった結果である。

青年が描写通りの行動をとったとすれば、どうなるか。彼が座った場所は運転する父の隣、助手席ではありえず、リアシートだったことになる。だから運転中の父との会話に熱中した彼は、運転席と助手席のシートをわけるようにして、身を乗り出すことになった。

なぜ父は彼を助手席に乗せなかったのだろう。父とのドライブを無数に経験している冴子にとって、これは大きな疑問である。自分はいつも父が運転する車の助手席に座ってきた。リアシートに座ったこともあるけれど、それは特別の理由があってのことだ。

助手席に大きな荷物が載っていたのだろうか。前日にはホテルにチェックインし、スーツケース等の荷物は部屋に置いてきて、このときの父は身軽であった。荷物を置いていたはずはない。

青年をリアシートに乗せた理由としてもっとも考えられるのは、既に助手席に別の人が座っていたから、というものだ。ジープを運転してティアワナコに向かう途中の記述に「睡魔はうつるというが」という記述があったのを、冴子は思い出した。このとき既に助手席には人が乗っていたと仮定すれば辻褄《つじつま》は合う。その人は車の揺れに誘われてうつらうつらと居眠りを始め、ひとり取り残された父は、数学の世界に思考を巡らせることによって、眠気を振り払おうとした。

冴子はこの仮説をたてた上で、直後にある描写のひとつひとつに目を光らせた。ホテルに戻った父は、「ショルダーバッグをテーブルの上に放り、ベッドに挟まれたナイトテーブルの時計に目をやった」とある。ベッドがナイトテーブルを挟んでいる以上、ベッドの数は当然ふたつと取るべきだ。いわゆるツインルーム。だが父は、ひとりでホテルに泊まる場合、必ずダブルを注文していた。スタンダードであろうと、スィートであろうと、その好みは変わらない。ツインを選択するのは同宿する人間がいるときのみだった。

またその直後、父は夕食を取るために近所のカフェに予約の電話を入れているが、これも相当に変だ。ひとりの場合、父はふらふらと街に出て、気に入った店に一見《いちげん》の客として入る。前もってレストランを調べ、予約の電話を入れるのは、待たせたり歩かせたりしたくない、大切な同伴者がいるときのみである。

十七年間を共に過ごし、共に世界各地を回った経験から、父の習癖は知り尽くしていた。これらの点から、単独旅行の体裁を取りながら実は同伴者がいたのではないかという可能性が大きくクローズアップされてくる。その人間は、ビラコチャ像の前で泣く父の傍らに立ち、そっとハンカチを差し出した。間違いなく女性である。

もっとも気になるのは、ラストから三行目に、「指摘されて初めてわかったことであるが」という表現がある。となると、その場にいた第三者に指摘されて初めて気づいたと受け取るのが自然である。さらにその人間から、鳥のレリーフは抽象的な創造物ではなく、だれかの顔と肉体的特徴を忠実に模したもの……、ようするにモデルがいると指摘されているのだ。

写真は添付されておらず、文章だけをたよりに鳥のレリーフの図柄を想像するほかなかった。突起を頭上に冠して、蛇のようにぬるりとした顔を思い浮かべたとき、冴子の脳裏には「悪魔」という名称で呼ばれる魔物の像が重なった。想像の中だけに、一旦《いったん》形成されると拭い去れなくなるほどに、その容貌《ようぼう》は粘着力を持つ。

冴子は耐え切れず、声を上げた。

身を震わせる一方で、理性がしきりと妄想を抑え込もうとしていた。深呼吸を繰り返し、冷静になるように言い聞かす。根拠もなく広がっていく連想の輪に過ぎない。ところが、考え始めると止まらなくなってしまうのだ。金縛りという悪い癖が出る前に、防がなければならない。伊那《いな》の病院の二の舞いは御免だった。しかし、連想はさらに加速されていく。

藤村家で地震に遭遇して病院に運ばれ、夜のベッドに寝ていて金縛りに陥ったとき、傍らに立った者の気配が思い出されてならない。意識は制御を離れて、ある人物の影を背後の闇に形成してゆく。

冴子は、机の前に座り、原稿に目を落としたままの姿勢で、じっと背中のあたりの気配をうかがった。だれもいないのはわかりきっている。だが、背中から腰のあたりがこそばゆい。想像力によって生成された人物は、本物以上の存在感を持つ。

実在しないはずの茫漠《ぼうばく》とした影は、おのれをアピールするかのように、くぐもった金属音を響かせてきた。ジャラジャラと鳴る鍵束《かぎたば》の音が、背骨のすぐ後ろに、ふわふわと漂う。

……いないってば、だれもいないってば。

冴子は心にそう念じ続けた。

8

冴子から言われるまでもなかった。栗山眞一郎《しんいちろう》の手帳が高遠の藤村宅で発見されたことを、単なる偶然で片付けるのは無理がある。

オフィスの回転椅子に深く座り過ぎていた北沢は、滑り落ちそうになってあわてて腰を引き上げた。

過去の一ページに、栗山眞一郎の手から、藤村家に手帳が渡ったという場面が確実にあった。眞一郎は藤村家の一員を知っていたのだろうか。友人知人でなかったとしても、どこか共通の場所に偶然に居合わせたとか。それはいつでどこなのか……。

北沢は場所にポイントを絞り、もう一度失踪《しっそう》者のファイルを丹念に洗っていこうとした。見逃している点が必ずあるはずである。

栗山眞一郎に関するファイル、藤村家に関するファイル、糸魚川《いといがわ》で失踪した三人の男女に関するファイル……、資料の厚さはそれぞれ違う。

眞一郎の行方調査は冴子から依頼された上、潤沢な資金が提供されていたため、調査にかけた時間は膨大で、資料も断トツに多い。藤村家のファイルは、冴子が調査したものを受け取った上で、自分自身で補足調査したものを付け加えてある。

糸魚川で失踪した三人のうち、特に念入りに調査したのは高山瑞穂《みずほ》だった。彼女の両親から直接に依頼を受けていたからだ。高山瑞穂に関する資料は、眞一郎よりは少なく、藤村家のものよりは多いといったところだ。

コンビニエンスストアの防犯ビデオに記録された映像を見ているため、高山瑞穂の身体の特徴は完全に把握してある。店内で地震に見舞われ、床に這《は》いつくばる彼女の細い腕、その手首に巻かれた銀色のブレスレットが、強く記憶に残っていた。彼女は業界紙の編集をしていて、ヒスイ工芸品の取材で糸魚川を訪れて、事件に巻き込まれてしまった。

北沢は、失踪直前の行動に至るまで、彼女の私生活はすべて調べ上げてあった。

まだ探偵になりたての頃、失踪した女性の調査を依頼され、彼女の海外渡航歴を調べてみると失踪する二か月前にベトナムに行っていることが判明し、これは怪しいと睨《にら》んですぐ現地に飛んだところ、いともあっけなくベトナム人の愛人と暮らすターゲットが発見されたことがあった。一旦日本に帰ったものの、旅行中にできた愛人のことが忘れられず、愛の逃避行となったわけだが、彼女の場合、熱が冷めるのも早く、北沢の説得に早々に応じてくれ、北沢の仕事は依頼者の感謝で報いられた。

以来北沢は、失踪者が過去にどこを訪れているか、特に海外渡航歴は必ず調べる癖がついてしまった。藤村家における冴子の調査では、この点が欠落していた。彼女は家族ひとりひとりの海外渡航歴調査を漏らしていたのである。

栗山眞一郎と藤村孝太の両人に、探す限りにおいて、日本における親交は見当たらない。手始めにどこからやろうかと考えた北沢が、まず海外渡航歴に目をつけたのは、当然の成り行きだった。

栗山眞一郎の場合、海外渡航回数は膨大な数に上る。欧米を始め、アジア、アフリカ、オセアニアと、世界のほとんどに行き尽くしたといっても過言ではない。失踪の二、三年前に絞っても、イギリス、フランス、アメリカ、インド、メキシコ、ロシア、モンゴル……、失踪直前に訪れていたペルー、ボリビアと、地域を限定することなく、世界を満遍なく巡っているといった感じだ。

それに比べれば、藤村一家のほうに海外渡航歴はほとんど見当たらない。香港やグアムに団体旅行で訪れた程度だった。いずれも家族旅行であり、ふたりの子どもたちが小学生であった頃のことである。

北沢は「ふう」と息をついて天井を見上げた。身体がだるく、集中力が涌《わ》かないのだ。どこかに変調をきたしているのだろうか。

トイレに立ち、椅子に戻り、藤村家のメンバーそれぞれの経歴をまとめてあるカードをぱらぱらとめくっていて、ふと南米の文字が閃《ひらめ》いた。家族の中に、ただひとり南米を旅している人間がいたのだ。しかも、単独での旅行であり、場違いな印象がある。

藤村晴子。藤村家の主人、孝太の妻であり、子どもたちにとっての母は、一九九四年の八月に、学校の夏休みを利用して南米を訪れている。当時晴子は二十八歳の若さで、孝太と結婚していたが、まだ子どもは生まれていなかった。長女の扶美《ふみ》が生まれるのはその翌年である。

共通の場を発見したのではないかというかすかな手応《てごた》えを得ると、北沢は急に元気になり、思考速度を上げていった。

南米のどこでふたりが出会ったのかが問題だ。眞一郎が訪れた場所がペルーとボリビアに限定されているのだから、もしふたりが出会ったとしたら、この二国のうちのどちらかということになる。しかし、ペルー、ボリビアといっても広い。さらなる絞り込みが必要だ。眞一郎は、何冊かの本の中で南米の古代遺跡について触れている。ということは、必ず、現地にある古代遺跡を訪れているはずだ。

ペルーとボリビアにどんな古代遺跡があるのか、北沢は知らなかった。

そのとき、オフィスの奥のドアが開いて、俊哉が顔を出した。

「親父《おやじ》、ちょっと、これ見てよ」

俊哉は、何か見せたいものがあるらしく、書類を持ち上げて見せたが、北沢は、無視して手招きした。

「いいところに来た。おまえ、南米のペルーとボリビアにどんな古代遺跡があるか、知らないか」

「どうしたんだよ、突然」

俊哉は、書籍や資料が乱雑に積まれた机の間を縫って、父の横にやって来た。

「お嬢ちゃんの父さんと、藤村家との接点が見つかりそうなんだ」

「ふーん、その場所が、ペルーとボリビアの遺跡ってわけ？」

「まあ、そうだ」

「ペルーといえば、すぐに浮かぶのは、マチュピチュだよね。でも、ほかにももっとあるはずだ」

俊哉は、すぐにパソコンを立ち上げ、ペルーとボリビアの古代遺跡の検索を始めた。北沢はその後ろに立って、ディスプレイに並ぶ、クスコ、ナスカ、マチュピチュなどの文字を見つめる。どれも聞いたことのある名称だったが、詳しく知っているわけではない。俊哉は、ひとつひとつをクリックして、遺跡の概要を父親に説明していった。クスコは古代遺跡というよりインカ帝国を象徴する場所であり、歴代皇帝の居城のあった首都である。インカ時代の建造物としては石組みだけが残され、現在はその基盤の上にカトリックの教会やスペイン風の建造物がある。

ナスカは地上絵で有名だが、正確には古代遺跡というべきではない。世界の不思議を扱ったテレビ番組で、北沢は、空中から撮影された巨大なクモや猿、ハチドリなどを象《かたど》ったものや幾何学模様の映像を観たことがあった。なぜこのようなものが描かれたのか、その目的が番組の中、様々に論議されていたが、ひとつとして納得できるものはなかったと、北沢は覚えている。

マチュピチュは空中都市の異名を取るほど、切り立った断崖の上に建つことで有名だ。伝説の都市「ビルカバンバ」を探していた考古学者が、二十世紀の初頭、偶然にアンデスの麓《ふもと》で発見したもので、巨石を積み上げて造られた精巧な建造物である。

北沢がもっとも興味を抱いたのは、マチュピチュであった。これこそまさしく古代遺跡というにぴったりだ。彼はディスプレイに顔を近づけ、解説文を読んでいった。

ひとつの数字が目の前を流れ、しかしそのまま行き過ぎることなく、フックをきかせて脳の襞《ひだ》にしがみついてきた。北沢は、二、三行前に戻り、もう一度、今度はゆっくりとその箇所を読んだ。

「…………、十六世紀の初頭までのある日を境に、町は突如もぬけの殻になった。住民はどんな理由があったか知らないが、一斉に町を去っていったのだ。その後、四百年ばかりが経過して、ビンガムの発掘隊が共同墓地を掘り起こしたところ、百七十三体の遺骨が発見され、そのうちの百五十体が女性であることが判明した。遺骨のほとんどには、生存中に外部からの圧力を受けて四肢が切断された形跡がある。町を去るにおいて足手まといになった住民を共同墓地に葬ったという説もあるが、四肢の切断という事実を鑑《かんが》みれば、真相は明らかではないというべきだろう」

北沢と俊哉は同時にその箇所を読み終わって、顔を見合わせた。

「嫌だね、こんな死にかた」

俊哉は、四肢の切断された遺体、という表現にいたく想像力を刺激されたようだった。

北沢は、複雑に絡まった事象と事象を結ぶ糸が仄見《ほのみ》えてくる中で、栗山眞一郎と藤村晴子の接点が、南米ペルーのマチュピチュにあるのではないかという確信を深めていた。

冴子は、明日の朝、熱海に向かう途中で、北沢の事務所に寄ることになっていた。そのとき、この新しい情報を、是が非でも教えようと思う。ほぼ同じ時期に、栗山眞一郎と、藤村晴子は南米のボリビアとペルーを旅していた。接点は必ずここにある。ふたりはどこかで出会っていたに決まっている。でなければ、眞一郎の手帳が晴子の家で発見されるわけがない。

資料をまとめたところで北沢は顔を上げた。

「ところで、おまえ、おれに何か見せたいものがあったんじゃないのか」

「そうそう、忘れるところだった」

俊哉は脇に挟んでいた数枚のプリントを北沢に渡した。インターネットの記事をプリントアウトしたものらしく、一枚目にタイトルが記載されていた。

『ゼロ磁場で人が消える』

「ネットで、地磁気と失踪《しっそう》の関連を探していたら、たまたまこんな情報を目にしたんだ」

俊哉から渡されたプリントに北沢は目を通していった。

「秋葉《あきは》街道」と呼ばれる国道一五二号線は、浜松の天竜《てんりゅう》と茅野《ちの》を結ぶ国道であるが、二か所で道が分断されて現在においても一本に繋《つな》がってはいない。中央構造線という活断層の真上を走る道路のため、ところどころ工事不能な箇所があるためだ。秋葉街道を浜松から北上し、大鹿村《おおしかむら》を経て駒ヶ根《こまがね》方面に左折する三叉路《さんさろ》の手前が分杭峠《ぶんぐいとうげ》で、峠の駐車場から獣道を数十メートル入った先に、磁場がゼロになるといわれるポイントがある。そこで、理由もなく、人間が消えてしまう現象が、数件報告されているというのだ。二、三の報告例は、すべて若者たちの目撃談として語られている。都市伝説の類《たぐ》いを超えるものではないだろうと、北沢には内容に信憑《しんぴょう》性が感じられなかった。ただ唯一気になったのは、問題のゼロ磁場が、高遠の藤村家からほんの十キロばかり南下した地点にあるという事実だ。あまりに近い。

北沢は、真偽を保留したまま、明日の朝、冴子に渡すべきファイルの中に、プリントを差し込んだ。冴子なら、何かいい解釈を思い付くだろうという期待を込めて……。

第五章　亀　裂

1

二千年ばかり前、地中海を望む断崖《だんがい》絶壁に数百人の初期キリスト教信者たちが集まって、巨大な穴を穿《うが》ったことがあった。

何のために？　みなで寄り集まり、終末のときを迎えるためである。

崖《がけ》の上は浅い峡谷が幾筋も走り、あたり一面は奇岩の原。円錐《えんすい》形や三角錐《さんかくすい》の、先端の鋭い岩が空に向かって屹立《きつりつ》し、大地は濃いグレーに沈んでいる。緑色のアクセントを添えるのは、岩と岩の隙間からほんのわずかに顔を出す雑草のみ。

人々はロープに宙吊《ちゅうづ》りにされて、海の見える岩壁に横穴を掘り、集まった人間をすべて収容できるほどの大きさにまで成長させた。次に待っていたのは洞窟《どうくつ》の内部を飾る作業である。鑿《のみ》を使って岩に彫刻し、壁の平坦《へいたん》な面は絵の具を使って咲き乱れる花の絵で埋め尽くした。

やがて準備が整うと、人々は洞窟に籠《こも》って不毛の大地に祈りを捧《ささ》げ、海と向かい合って来世の到来を待ち望んだ。

彼らは終末が来るという神の預言を信じ、敬虔《けいけん》な気持ちでその時を迎えようとした。洞窟内での滞在は数日間に及んだ。

夜が明けて海から朝日が射すたび、終わるはずの世界が再び始まったような気がして、彼らはまた一心に祈りを捧げる。太陽が頭上を越えて背後に落ちても、闇の中で岩に砕ける波の音が、この世の存続を訴え続けていた。

世界の終わりという言葉は、彼らにとって、えも言われぬ魅力をもたらした。もし終わりがあるのならその瞬間に立ち会い、よりよき来世にあやかりたいという願いは、現世を否定することから始まる。古い時代、生きることは苦しみに満ち、悲惨なものであった。

しかし、いくら待っても世界の終わりは来ず、彼らは、落胆と安堵《あんど》、両方に心を揺らしてその場を立ち去った。残されたのは断崖に穿たれた巨大な空間と、岩の彫刻、そして壁に塗られた原色の花々だった。

それが終末を待ちわびた人々の心の証《あかし》だった。彼らはやがて来る時代に花のイメージを持っていたのだろう。

冴子は、父に連れられて地中海を訪れたとき、そんなエピソードに彩られた洞窟を実際にのぞいたことがあった。

想像していたより穴は小さく、咲き乱れる花の絵といっても、赤い抽象的な模様が落書きのように描きなぐられていただけで、子ども心に「なあんだ」と呟《つぶや》いたのを覚えている。冴子がそんなことを思い出したのも、新幹線の窓から風景を眺めるうち、ふと何気なく、世界の終わりという言葉を連想したからだ。何が働きかけてくるのかわからなかったが、小さな違和感が風景のうちに点在している。

富士山が見えたのはほんの一瞬だった。空気が澄んでいるせいで富士山の輪郭は際立っていた。暮れも押し迫った時季というのに、山頂は一片の雪も抱いてはいない。その秀麗な山が、丹沢《たんざわ》と箱根の間から顔を出したとき、褐色の地肌をした頂が胴震いするように揺れた。

冴子自身、世界の終わりを考えたことは何度もあった。友人と話していて、たわいもなく話題に上ったものだ。

……世界が滅ぶ日はだれと迎える？

……最後の晩餐《ばんさん》には何を食べたい？

……明日世界が滅ぶとしたら、今日は何をする？

冴子は、死からの連想で考えた。もし自分が死んだら、意識は消滅して、何も感じなくなる。無だ。

無には、恐怖すらも含まれない。

そんなことを考えているうち、冴子を乗せた新幹線は熱海駅に到着した。駅で、アドバイザーとして撮影に協力することになった物理学者と落ち合って、ハーブ園に送り届ける手筈《てはず》になっている。

改札を出たところで、冴子は、到着した旨を伝えるため、羽柴の携帯電話に連絡を入れた。

半日ぶりで聞く羽柴の声によそよそしさはなく、わずかに興奮気味だった。

「まさにグッドタイミング。物理学者の磯貝直樹から、たった今、電話が入ったところなんだ。彼は今、新幹線で熱海に着いたばかりらしい。たぶん、同じ列車だ。落ち合って、一緒のタクシーで来てほしいんだけど」

一緒に来いと言われても、磯貝とはもちろん一面識もない。

「どうやって、その人と落ち合えばいいのかしら」

「彼の、携帯の番号言うからメモしてくれないか」

冴子はバッグから手帳を取り出そうとして、手を止めた。片手で携帯電話を持ちながら数字をメモするのは骨が折れる作業だ。

「暗記するからだいじょうぶ。言って」

「本当に？」

羽柴は疑わしそうに確認した。

「わたし、こう見えても、数字にはけっこう強いの」

羽柴が十一桁《けた》の数字を言うと、冴子は、声に出して繰り返した。

その直後、改札を抜けてタクシー乗り場に向かおうとしていた男が立ち止まり、冴子のほうを振り返ってきた。男は、最初のうち対象を絞り込めず、視線を彷徨《さまよ》わせたが、やがて冴子に焦点を合わせて目に強い力を込めてきた。

羽柴と話しながら、冴子は、皮膚を圧迫する鼓動を胸に受け、この波長は何だろうと顔を上げ、男の視線と合った。

「そっちは、どう？」

羽柴に仕事の進捗《しんちょく》状況を訊《き》きながら、冴子の意識は正面に立つ男に奪われていった。

一度見たら忘れられない顔だった。身体は中肉中背で、革のジャケットの下に精悍《せいかん》な肉体がイメージできる。褐色の肌、目鼻立ちのくっきりとした顔立ちと相俟《あいま》って、日本人離れした雰囲気を漂わせていた。顎《あご》と鼻の下にはよく手入れされた髭《ひげ》をたくわえる代わりに、頭はスキンヘッドだった。一見して年齢不詳というべきだろうが、肌の色つやには三十代の若さがある。

男は、リズミカルな靴音とともに近づいてきて、冴子の前で立ち止まった。その存在感に、冴子は本能的な動作で身体をうしろにのけぞらせていた。

冴子が電話中なのもお構いなし、男はにこりともしないで訊いた。

「あなたが今口に出した数字は、わたしの携帯の番号です」

言われて、冴子はごくりと唾《つば》を飲み込み、男に目礼を返してから、電話の羽柴に言った。

「磯貝さんと会うことができたようです。これからそちらにお連れします」

携帯電話の通話ボタンをオフにし、バッグに入れる間も、男は、じっと冴子の動作を見守り続けた。

「だれですか、あなたは」

問われ、説明しようとして、冴子の声は震えた。

「磯貝直樹さんでいらっしゃいますね。わたくし、栗山冴子と申しまして、羽柴ディレクターの下で働いている者でございます」

「なんだ、そうですか。お出迎えご苦労さまです」

磯貝はそこでようやく表情を緩め、相手が何者かわかって警戒の色を解くかのように、微《かす》かな笑みを浮かべた。それにしても、自分の携帯電話の番号を、他人が口にするのを聞いただけで、なぜこれほど警戒するのか、理解に苦しむところだ。

タクシー乗り場に案内し、冴子は磯貝を先に乗せようとしたが、彼は頑として拒み、女性を先に乗せようとする。アメリカ暮らしが長く、レディファーストのマナーが染み込んでいるに違いない。冴子は抵抗を諦《あきら》めて、奥のシートに身をすべりこませるや、ドライバーに行き先を告げた。

「ハーブ園まで、お願いします」

羽柴たち一行とはハーブ園の入り口で落ち合うことになっていた。

2

その頃、羽柴と加賀山のふたりは、ロケハンのために熱海ハーブ園の斜面を上っていた。さっきまで日差しは強く、冬とは思えないぽかぽか陽気だったが、山の西側に太陽が隠れると、急に気温が下がってくる。

明日から始まる撮影で、どのシーンをどういった構成で使うか、風景を綿密に押さえておく必要があり、そのためのロケーションハンティングである。その上で、早急に台本を仕上げなければならず、ディレクターの羽柴にとって、これからが時間との勝負だ。冴子と磯貝は熱海駅からタクシーに乗り、こちらに向かっている。専属アナウンサーの赤木祥《あかぎしょう》子《こ》の到着は、明日の朝になるという。赤木の到着前には、科学アドバイザーの磯貝にぜひともここの風景を見ておいてもらいたいところだ。どんな解説が得られるのか、事前に知った上で、赤木の台詞《せりふ》のおおまかな流れを、台本に書きこまなければならない。

この場所で起きた現象に、磯貝はどんな見解を示すのだろうと、羽柴の興味はかきたてられ、坂を上る歩幅も大きくなりがちだった。鳥居繁子を起用した番組作りから、科学的な解説を前面に出す方針に切り換えたことにより、彼自身のやる気も高まっていた。自分の考えた案が採用され、実現できる喜びは無上のものだ。

羽柴が先を歩き、少し距離をおいて、背中を丸めた加賀山がついてくる。加賀山の歩みは遅く、力がなかった。ランチの時間には旺盛《おうせい》な食欲を見せ、精力に溢《あふ》れているように見えたのに、今は見る影もなく、一回り小さくなってしまったような印象を受ける。

羽柴は加賀山の変わりようを不思議がり、小声で訊いた。

「なんだか、元気ないじゃないか。疲れちまったのか」

加賀山は、坂の途中で立ち止まり、大儀そうに顔を上げた。

「おれ、なんか嫌なんだよな。ここに来るたびに、身体がもぞもぞとする」

身体がもぞもぞとするという表現は、羽柴にも当てはまった。この場所における磁場の狂いが、身体に影響を与えているに違いない。

二年前に、連続して自殺者を出した廃墟《はいきょ》に取材に行ったことがあり、そのときもカメラマンのひとりが身体の不調を訴えたことがあった。羽柴は、そのときのカメラマンのやる気のなさそうな顔を思い出していた。彼は、連続して自殺者が出たという事実を意識し過ぎ、場の雰囲気に嫌なものを嗅《か》ぎ取っていた。

だが、今感じているこのもぞもぞとした肌のざわめきには、科学的な根拠があるはずだった。

香りの小道を上り、小さな広場に出ると、眼前に海が見渡せた。山頂に至るための近道であり、三日前は通らなかったコースである。

初めての風景だと思うと、羽柴は思わず立ち止まった。

海岸線から十キロほどの沖合に浮かぶ初島が、海に向かって延びる影に飲み込まれようとしていた。三日前と似ているのだけれど、陰影に微妙な差があった。時間のせいだけではない。今日のほうが空気が白濁しているように見える。

海を見るといつも、羽柴の心は寛大になるけれど、今回に限っては逆に、興奮が煽《あお》られる。

振り向いて加賀山のほうを見下ろせば、彼は丸木で縁取りされた段々に、ゆっくり一歩一歩足を乗せていた。つかず離れず、微妙な距離を保ちながらの歩行は、気の進まない心の内を示すようだ。

「日が沈まないうちに、さっさとかたづけましょうや」

背後で加賀山が呟《つぶや》いたが、羽柴は構わず、何かに導かれるように、力強く前に進んだ。

すぐ左下を蛇行する国道一三五号線から、潮風に持ち上げられるように、車の音が聞こえてくる。何台かの車は、冬にもかかわらず窓を開け、大音声でスピーカーを鳴らし、クリスマスソングをまき散らしていた。エンジン音と重なり、大音量に似合わないゆったりとした曲調……、『きよしこの夜』のメロディが雑木林の隙間を伝わり、前後左右から回り込んでくる。

前方に、石畳の部分だけが、ツル性植物の絡まったアーチで覆われているパティオが現れた。正午前後ならば斑状《まだら》の影を落とすはずのアーチをくぐり、羽柴は、小高い丘の上に出た。先の広場には木製のベンチとテーブルが円形に並び、真ん中には朱色の屋根をした犬小屋のような建物がぽつんとひとつある。

ベンチの隙間を抜け、さらに生け垣を越えようと身体を伸び上がらせたところで、羽柴の身体は、凍り付いたように動きを止めた。声もなく、手を前に伸ばし、呼吸するのを忘れた。ただ眼球だけが小さく円を描いて、縁の周囲を追うだけだ。

羽柴は何か言おうとして、言葉が出なかった。何を喋《しゃべ》ったところで、目の前のこの現実を描写する適切な表現が見つからない。第一、だれに向かって声を発すればいいのか。あとからやって来る加賀山にしたところで、見さえすればわかる。いや、そうとも限らない。たとえ網膜が風景をそのままの姿でとらえたとしても、心の奥底で納得を拒むに違いない。

山の斜面に向かって右側は、ゆったりとした谷になっていたが、底の部分をさらに丸く削って、ぽっかりと巨大な穴が開いていた。

人間の力で造られた穴でないことは一目瞭然《りょうぜん》である。

直径百メートルばかり、深さは五、六十メートルといった大きく丸い穴で、クレーターと呼ぶのがもっとも適している。底のほうに目を凝らした。北西から南東方向にかけて亀裂《きれつ》が走っているように見受けられた。大地の裂け目は黒く、ぎざぎざとして、さらにその下に込められた力の存在を予感させる。

眺めているうち、羽柴は、活火山の火口をのぞいているときの気分になってきた。活火山ではないけれど、ここから南に下れば、大室山《おおむろやま》と小室山《こむろやま》が連なっている。大室山の山頂には、これと同じようなお鉢があり、周囲を歩いて回ることもできる。

山頂の火口がなぜできたのか理由はわかっている。しかし、眼前に突如出現したクレーターに関しては、何もかもが不明だった。三日前の午後に来たとき、こんなものはなかった。昨日も今日も、周囲では何の騒ぎも持ち上がっていなかった。となると、ここ数時間のうちにできたとしか考えられない。

なによりも不気味なのはあたり一帯に降り注ぐ静けさ、穏やかさだ。何事もなかったかのようにこれほど巨大なクレーターを出現させておいて、「すべて世は事もなし」といった静寂で包み込むのには、逆に意図が感じられる。

……なぜ、だれも気付かないんだ。

羽柴は思わず空を見上げていた。三日前は、上空にはヘリコプターが飛び回っていたが、今日の空は静かだ。天変地異とも呼べる現象に、なぜ世間はこうも平然としていられるのかわからない。あるいは、まだだれひとりとしてこのクレーターの存在に気づいていないのか。

背後から足音が近づいてくるのがわかっても、羽柴は振り向かなかった。加賀山が追いついてきたに違いない。

加賀山は、ほぼ同じ位置に立って、お鉢の底を覗《のぞ》き込み、わざと大袈裟《おおげさ》に、

「だから、おれ、嫌なんだよなあ」

と嘆き、笑い声を含ませていった。笑いでもしなければ、この現実をどう扱っていいかわからないのだろう。

クレーターの縁の一方の端は、曾我神社にまで及んでいた。目についたのは石段の前に

ある赤い鳥居だった。その直前にまでクレーターの縁が迫り、鳥居の一本の足は大地に埋まり、もう一本の足は、半球状の空洞の上に突き出ていた。間一髪で大地の縁に引っ掛かったという恰好《かっこう》だった。

羽柴の目に、その赤い鳥居は、現実と非現実を繋《つな》ぎ止めるホッチキスの針のように見えた。

3

タクシーの中に沈滞する沈黙が、冴子は我慢ならなかった。

初対面の人間であっても、如才なく会話の糸口を見つけ、心地好《よ》い会話でもてなす自信はあった。狭い車内にふたりだけでいて、相手に黙り込まれるのは苦手である。普段ならとっくにスムーズな会話に持ち込めているところだが、磯貝直樹は、話す意志のないことを態度で表し、リアシートに座るやいなや、断りもなく、ノートパソコンを膝《ひざ》の上に広げて、冴子の存在を一切無視する暴挙に出た。

キィボードを叩《たた》き、指を歯に当てて考え込み、うめき声をひとつ発したかと思うと、またキィボードを叩く……、その繰り返しの中に込められた真剣さが、冴子から話しかける勇気を奪っていた。

初対面の人間からこういった仕打ちを受けるのは初めてだった。女性はともかく、男性からの受けはいつもよく、社交に関して自信があっただけに、冴子は傷つき、最初の戸惑いはやがて小さな怒りへと変わっていった。常識的な人間なら、「すみません、どうしてもやりかけの仕事があるものですから」と断った上で、パソコンを開く。冴子なら間違いなくそうしているはずだ。にもかかわらず、この男は冴子の存在を黙殺している。自分と違う価値観や行動形式を持つ人間にはどうしても反発したくなるものだ。

冴子はバッグからファイルを取り出し、対抗手段に出ることにした。

磯貝直樹のプロフィールはメールに添付されたデータで、昨夜のうちに送られてきていた。内容量はそこそこに多く、プリントアウトしてバッグに入れてある。

存在を無視された腹癒《はらい》せに、プロフィールをじっくり読んでやろうと、膝の上にファイルを広げた。どうすればこのキャラクターが形成されるかという興味もあった。

父は音響学が専門の大学教授、母はピアノ講師で、職場結婚の結果生まれたのが、長男の磯貝直樹である。

中学入学の時点で、磯貝は、数学や理科の教師をはるかに凌駕《りょうが》する才能を発揮し、その特異な才能に邪魔され、日本の高校になじめず、高校から単身でアメリカに渡って、翌年早々にはイエール大学で数学と理論物理を学ぶことになった。

大学を卒業しないうちにカーネギー・メロン大学の修士課程に進み、修士論文を出す前に博士課程に進み、そこで初めて博士号を取得した磯貝は、中学卒業後いきなり博士課程修了という学歴を持つに至る。高校、大学、大学院修士課程と、正式に卒業していないのだ。博士号を得ていなければ、最終学歴は中卒になってしまうところだった。

専門分野は数学から理論物理、素粒子物理までの多岐に及んだ。化学と量子物理、医学と理論物理、数論と生物学など、博士号を二つ三つ保持する研究者などアメリカにはごまんといるが、磯貝もそのうちのひとりである。

米軍の研究所からリクルートを受けたのは、二十四歳のときだった。ずいぶん若いと思われるが、アメリカ軍の研究者はみな、十代後半か二十五歳ぐらいまでの天才少年ばかりで、二十四歳で米軍研究所の研究者になるのは、おくてのほうらしい。アリゾナの砂漠の地下に建設された研究施設で、磯貝は三年間を過ごした。

冴子は、頭にアメリカの広大な砂漠の風景を思い浮かべていた。アリゾナやニューメキシコに広がる砂漠を、実際に訪れたことはなかった。空想の中で展開する風景のもとになっているのは、子どもの頃に見た映画だろうと思う。西部劇なのか現代劇なのか、映画のタイトルも内容も忘れてしまったが、髪の長いネイティブアメリカンが、荒野を見下ろす丘の上に座り、笛のようなものを吹いているシーンが印象に残っている。最初のうち、高みからの俯瞰《ふかん》で、地平線まで続く荒涼とした大地をとらえていた。やがてカメラの焦点は、馬に乗ってやって来るひとりの男へと合っていく。男が乗る馬の歩みはゆったりしたものだ。背後から夕日を受け、男の顔はシルエットになって、造作をうかがうことはできない。近づいても近づいても判明しない男の顔、周囲に点在するサボテン、大地に一定のリズムを刻むひづめの音、そしてその下にある地下研究施設……。

乾燥し切った大地の下、数百メートルの地下に、米軍の研究施設があるといわれても、冴子はにわかに信じがたかった。子どもの頃、スクリーンで親しんだ砂漠の風景と、超近代的な施設がうまくなじまない。

ところが、地下の施設は若き研究者にとってまさにパラダイスといえるものだった。アリゾナの地下の、人工太陽で照らされた研究室に並ぶ膨大な量の超並列スーパーコンピューター群は圧巻の一語で、ほとんど無限ともいえるような予算を使って自由に研究できる環境など他には有り得ないという。おまけに周りにいるのはみな天才少年。アリゾナで暮らした歳月には、磯貝にとっての青春が凝縮されていたに違いない。

冴子は、読みかけのまま次のファイルに進んだ。二十七歳で母校カーネギー・メロン大学に呼び戻されてからも、磯貝は、米軍の研究所との間を行き来していたが、二年前、三十三歳で准教授に就任したのをきっかけに、表面上、軍との関係は切れた。

それでも大学は軍関係者に待遇がよかった。磯貝は、准教授にもかかわらず教授と同じ広さの部屋を与えられ、予算もある程度自由に使うことができた。しかし、この部屋の広さが、あとあと命取りとなる。

磯貝は、広すぎる部屋を、天井まで高さのある書棚でふたつに区切り、奥の、客が来ても見えない部屋の隅を利用し、親友の量子生物学者、クリス・ロバートと組んで、ある実験を行ったのだ。

チンパンジーの頭蓋《とうがい》を開き、脳に直接電極を刺し、反応をモニターするという実験である。

実験も終盤に差し掛かった頃、別の同僚の口から漏れて動物実験の模様はあっという間に、カーネギー・メロン大学倫理委員会の知るところとなり、問題としてクローズアップされていった。

委員会で査問にかけられ、激しく糾弾され、磯貝と友人の生物学者は窮地に追い込まれた。何がいけなかったのか、明らかである。チンパンジーをモルモットに使った動物実験がいけなかった。では、どうすればよかったのか。これも答えは簡単、人間の脳で実験すればよかったのである。なぜなら、チンパンジーは実験の同意書にサインできないからだ。

冴子は苦笑いを漏らした。

……この人たち、どうかしてる。

率直な感想だった。磯貝だけではない。この男の周りにいる人間はみんなどうかしているとしか思えない。

人体実験ならなぜ許されるのか。事前にコンセンサスを得て、同意書にサインすることができるからだ。それさえあれば、裁判になっても負けることはない。しかし、チンパンジーは同意書にサインができないから、チンパンジーの意思を無視して実験を行ったことになる。

突き詰めれば、問題はそこだ。チンパンジーはこの実験を望んでいたのか、望んでいなかったのか、不明であるということ。

倫理委員会から「チンパンジーは望んでいなかった実験を無理やり施された」と責められ、磯貝は「いや、チンパンジーは望んでいたのかもしれません。なぜなら電極を刺されたとき気持ちよさそうな顔をしてましたから」と応酬するや、この茶番劇は恰好《かっこう》の材料として、テレビや雑誌等のマスコミに取り上げられることになった。おまけに、磯貝と生物学者のクリスがゲイの恋人同士であることが暴露され、科学界のスキャンダルは次々と飛び火して、周囲の研究者をも巻き込んだ。

不穏な動きが出てきたのはこのあたりからである。カリフォルニアからやって来た動物愛護団体が、大学を取り囲んで抗議デモを行い、磯貝は糾弾の矢面に立たされた。南部にある急進派の団体が動き始めたという情報を得るや、磯貝は、直接的な被害が自分の身に及ぶことを想定し始めた。

堕胎に手を染める医師が殺害された例を挙げるまでもなく、チンパンジー虐待の罰として死刑宣告を受ける可能性は十分にある。

磯貝がアメリカでの研究に見切りをつけ、日本に帰ってきたのはこのあたりの事情による。学内で大きなトラブルを起こし、危険が身に迫ったとあっては、もはやアメリカにとどまる理由はなかった。帰国したのが今年の九月。それから三か月がたった現在も、彼はまだ無職のままだ。

冴子には納得するところがあった。自分に対する態度に普通の男性とは違うところがあり、それがどこに起因するものかわからず、不安にさせられた。だが、恋人が男性ということなら、なんとなく理解できる。この男は女性に興味がないのだ。その上、頭はいいのだろうが、たぶんイカれている。

恋人同士の研究者が、ふたり仲良くチンパンジーの頭蓋を開く光景が、さらに常軌を逸したイメージとなって、冴子の頭に展開した。

実験台にくくりつけられたチンパンジーの頭蓋を開け、生きて湯気をたてる脳に、直接電極を刺し込む瞬間、ふたりの研究者たちは悦に入った表情で興奮気味に囁《ささや》き合う。はたして、脳に電極を刺すのが何のための実験なのか、ファイルに記載がなかった。本当に必要なものであったのか、それとも虐待を趣味とする二人組みのお遊びに過ぎなかったのか……。悪意を持ってファイルを読む冴子には、後者のように思えてならない。

首筋を撫《な》でる空気の流れにはっとして振り向くと、磯貝の顔がすぐ横にあった。ファイルを読むのに熱中するあまり気づかなかった。彼はパソコンのふたを閉じ、冴子のほうに身をよじって、自分のことが書かれたファイルには目もくれず、冴子の項《うなじ》のあたりに鼻を近づけてうっとりと両目を閉じている。

「あなた、いい匂いがするね」

冴子は、

「え」

と訊《き》き返して、上半身を横にずらした。言葉の意味が伝わってこなかったからだ。

磯貝は薄く目を開き、片手を冴子の膝《ひざ》に置いて故意にファイルの束を潰《つぶ》した。

「そんなにぼくのことを知りたければ個人的に教えてあげるのに」

口説き文句に似た磯貝の言葉が、理解しかけていた彼のキャラクターを一気に突き崩し、冴子は、脳髄に電極を刺されたような衝撃を覚えた。顔を窓の外に向け、呼吸を整えるのが精一杯だった。

4

太陽はまだ頭上にあり、寒さを感じるほどではなかった。にもかかわらず身体が震えるのは、向き合っている現象に対して、説明する術《すべ》を持たないからだ。背筋を悪寒が立ち上って膀胱《ぼうこう》が刺激されてならない。羽柴と加賀山には、丘の斜面に現れたクレーターが、異次元への扉のように感じられた。

クレーターの縁はもろく、近寄ると土砂は崩れ、バラバラと音をたてて斜面を転がっていった。危うく引っ掛かっている赤い鳥居が、窪《くぼ》みのほうにいつ傾き始めてもおかしくない。

加賀山は腰の引けた恰好でおそるおそる底を覗《のぞ》き込み、足下が崩れるのを見て、二歩三歩と後ろに下がった。そのまま振り返ると、遊歩道の脇のスペースに鬱蒼《うっそう》と木々が生い茂り、枝の下で、誘うように等身大の鳥のモニュメントが立っているのが見えた。

さっきから尿意を我慢していたが、もうこれ以上耐えられそうになかった。

加賀山は、小走りに木々の茂みに近づいて、草の上に足を踏み出した。小さな谷の前に立ち、鳥のモニュメントの横に並ぶ恰好だった。それは、籐《とう》を使って作られた模型で、翼を広げたカモメを象《かたど》ったものだ。三日前、カモメの大群の、尋常では有り得ない飛翔《ひしょう》を目にしたばかりなので余計に気味が悪く、尿意は一気に増し、チャックを下げるのももどかしく迸《ほとばし》り出て、左手をわずかに濡《ぬ》らした。

「ちぇっ」

濡れた手をコートの裾《すそ》でこすりながら、加賀山は気持ちよく放尿した。

加賀山は、籐でできた巨大なカモメのモニュメントの横で放尿しながら、ひとり納得のいく解釈を頭に浮かべていた。

九十一人もの人間が一気に消滅してしまったこと、巨大クレーターの出現、両者を包括的に説明し得るのは、加賀山にとってUFOのみである。彼の頭の中にはごく自然に流れができていた。四日前ここにUFOが着陸して、九十一人の人間を連れ去った。そしてクレーターはUFOの着陸跡にほかならない。しかし、それでは時間的な順序が違ってくる。三日前、ここにクレーターができ、しかる後、失踪《しっそう》が起きなければおかしい。三日前、ここにクレーターができ、しかる後、失踪が起きなければおかしい。三日前、ここにクレーターはなかった。

UFOのメカニズムを知らない以上、そんなことはどうでもいいことだった。いずれにせよ、想像の範囲を超えている。

加賀山は、羽柴のところに戻るとさっそく自分の考えを述べた。

「UFO以外に有り得ませんよ。こんなことができるのは。ね、そうでしょ」

頭頂部は禿《は》げ上がり、それ以外の髪を長く伸ばすという、落ち武者ふうのあまり清潔とはいえない髪形のためか、加賀山の顔は、歴史の教科書に出てくる宣教師のようだった。

羽柴は舌を鳴らした。すべてUFOと結びつけようという態度が腹立たしい。

UFOを見たという証言を元に、その船影を映像に収めようと躍起になった撮影スタッフを、羽柴は何人も知っている。しかし、オーストラリアやカナダを始めとする海外取材が、実を結んだ例はなかった。イギリスの麦畑に夜中に忽然《こつぜん》と現れたミステリーサークルをUFOと関連づけた番組もあまた制作されてきた。だが、ミステリーサークル自体、老人二人組みのいたずらと判明して、番組の評判は地に落ちてしまった。

いずれも他局が制作した番組であったが、他山の石とすべきは明らかだ。迂闊《うかつ》に手を出して、火傷《やけど》をするわけにはいかなかった。心霊現象ならまだ適当にお茶を濁すことができる。しかし、UFOとなるとどうしても扱いを慎重にせざるを得ない。UFOの存在を匂わす程度ならいいが、それ以上は踏み込めない。当初から加賀山がUFOに囚《とら》われ過ぎていると、羽柴は苦々しく考えていた。

「いいかげんにしろよ」

加賀山にというより、羽柴は自分を取り囲むこの現実に文句を言いたかった。

「だって、こんな不思議な現象、見たことないですよ。他にどんな解釈があるっていうんですか」

加賀山は、羽柴のほうに一歩近付いてくる。

三日前、動物の奇妙な行動や植生の変化を目の当たりにした者は、集団失踪が人為的な誘拐の類《たぐ》いでないことぐらい、とっくに納得ずみである。現場に触れた者はみな、肌が粟《あわ》立つほどの悪寒を覚え、生理現象の乱れを体験させられた。尿の回数が増えたのは加賀山だけではない。普段回数の少ない冴子も、我慢できないほどの尿意を覚えたのだった。地磁気の乱れがあったことも実証されている。反時計回りで磁石の針は回転し続けた。UFOが実在するとすれば、その動力源は反重力ではないかという説がまことしやかに囁かれている。羽柴も加賀山も、反重力なる力がどのようなものか、根本的に理解しているわけではなかったが、その力を利用した離着陸の後には、なんとなく地磁気の乱れが残りそうな気もする。

だからといって、UFOのしわざというのは、あまりにばかげている。九十一人の人間を収容できるとしたら、その大きさはいかほどのものだろうか。四日前の午後、巨大な未確認物体の飛行が目撃されたり、ダイナミックな異変が起きたという情報はなく、現場には何の痕跡《こんせき》も残されていなかった。それが、今になってこんな巨大なクレーターができるとは、神にからかわれ、弄《もてあそ》ばれているような気分になる。

「そんなことより……」

羽柴には早急にすべきことがあった。

この異様な風景を早急にカメラにおさめるべきであったのに、クレーターの出現に動転するあまり、数分間というものただぼんやりと眺めて過ごしてしまった。対処が遅れ、貴重な画《え》を撮り逃がしたとあっては、ディレクターの名折れである。一刻も早くホテルに待機中のカメラマンを呼び寄せ、現場の映像を記録しておくべきだ。

胸ポケットから携帯電話を取り出し、カメラマンの細川に電話しようとしたまさにそのとき、逆に、着信音が鳴った。

声の主は冴子で、たった今、熱海ハーブ園の門に着いて、タクシーを降りたところだという。

羽柴は慌てて携帯電話を耳から離し、加賀山に向かって手を上げ、

「ホテルに電話して細川たちをここに呼んでくれ」

と、素早く指示を出し、冴子との会話に戻った。

「そっちは、どう?」

冴子に訊かれ、羽柴は言葉に詰まった。自分自身納得できないことを、どうやって他人に説明しろというのか。早く来て、自分の目で見てほしいというほかない。

「大変なことが起こっている。訊かれても、なんと言えばいいのか、説明できないんだ。実際に目で見てもらうしかない。磯貝さんがなんと言うか、みものだよ」

羽柴の喋《しゃべ》り方は緊迫を孕《はら》んでいなかった。現実感は薄れ、微熱に冒された頭で夢の中身を語るかのようだった。

「すぐ、そっちに行けると思う。ただ、長居はできないわ」

「どうして？」

「このまま高遠の藤村家に行こうと思うの」

「高遠……、どうして」

「だって、父の手帳が、藤村家で発見されたんですもの。あの家にはまだまだ見落としているものがあるわ。ところで、羽柴さん、手帳をどこで見つけたの？」

「一階の、夫婦の部屋、仏壇の前だったと思う」

冴子は、胸の内で「ああ、やっぱり」と呟《つぶや》いていた。

父と藤村晴子が、ペルー、ボリビア旅行で行動を共にしていた可能性があることを、ついさっき、北沢の事務所で知らされたばかりだった。手帳は、父の手から晴子に渡されたに違いない。番組とは無関係の個人的な問題であり、電話で説明するには時間がかかり過ぎる。羽柴には敢《あ》えて言う必要のないことだった。

「その前にまずここに来て、現実を見るべきだ」

「もちろん行くわよ。磯貝直樹の身柄引き渡しがあるもの」

羽柴は笑いながら、訊《き》いた。

「ところで、磯貝は、今、そこにいるの？」

「タクシーを降りるや、トイレに飛び込んでいったわ」

「どんな人？」

「どんなって……、会って、あなたが判断すべきね」

「わかった。待ってる。とにかくすぐに来てくれ」

羽柴は電話を切り、腕時計を見ながら、高遠に行くルートを思い浮かべた。新幹線で東京まで戻って中央本線に乗り換えるか、富士市から身延《みのぶ》線に乗り換えるか、いずれのルートを取っても、着く頃には暗くなっている。彼女の心にどんな変化が起こったか知れないが、夜になるのも構わず、ひとりで高遠郊外の藤村家に行こうという気持ちは到底理解できない。尋常ではない決意が感じられた。昼間、撮影スタッフたちと一緒であっても、あの家の中の異様な気配には悪寒を覚えた。理由もなく一家が失踪を遂げた現場だから、そう感じるだけなのか。それとも、もともとあの家には他の場所とは異なる独特の異臭が充満していたのか。

羽柴の脳裏に、家の中で見たモノの数々が、明滅していった。中身が完全に蒸発したビールのグラス。直《じか》に手で触れることのできなかった歯ブラシ。洗面台の表面には歯磨き粉の滓《かす》がいぼ状に点在し、排水口には抜け落ちた毛が数本絡み付いていた。かつて皮膚であったものの残滓《ざんし》は垢《あか》となってバスルームの底に固着し、リフォームしたばかりの床をカビが覆い……、カメラとなって家の隅々を這《は》い進んでいく羽柴の目は、夫婦の寝室に入り込み、仏壇にたてかけられた遺影の前で止まった。亡くなった祖父の顔がそこにある。頭髪は一本もなく完全なスキンヘッド、顔は西瓜《すいか》の種に似た輪郭をして、何本もの皺《しわ》に刻まれたその顔は、蛇のようにつるんとして、驚くほど藤村精二と似ている。

羽柴は首を横に振った。ひとりで高遠に行こうとする冴子が理解できなかった。もともと自分の手におえる女性ではなかったのかもしれない。

　羽柴は、驚きかつ呆《あき》れ、しかし一方では、冴子の勇気を称《たた》えたくなってきた。

5

　レストランからハーブ園の内部に入ると、冴子と磯貝は、羽柴と加賀山がいるはずの曾我神社を目指して、丘の中腹に至る坂を上り始めた。

　筋肉でひき締まった磯貝の身体はしなやかだ。急な坂を上がって呼吸が乱れることもなく、さっきからずっと歩幅を一定に保ち続けている。トレーニングを毎週欠かさず、体力に自信のある冴子も、磯貝のペースにはついていくのがやっとだった。磯貝は、後ろからついてくる女性を気遣う素振りを見せず、ぶつぶつ独り言を繰り返しながら、駆け足に近い速度で段々を上っていた。

　会ったばかりの人間の性格を見極めるのは不可能に近いと承知の上で、冴子は、磯貝の行動様式の分析を試みた。どうも磯貝の内部には、側にいる人間にまるで無関心になる時間と、間合いをつめて関係を押しつけてくる時間が、交互に現れてくるようだ。今、冴子は完全に放っておかれていて、磯貝はそれに気づかずにいる。おそらく彼に悪気はない。

　分析が正しいかどうか、試してみたくもあり、丸木で縁取りされた段々を上る途中、冴子はふいに立ち止まって顔を上げた。

周囲は静かだった。風はなく、樹木の枝は完全に動きを止めている。立ち止まった瞬間、肌がじわりと熱を持ち、汗が滲《にじ》み出てきた。暮れも押し迫る頃というのに、まるで寒さを感じない。

磯貝は、冴子が立ち止まったのに気づかず階段を上り続け、ふたりの距離は離れていった。冴子は、上の段に片足を乗せた半身の姿勢で、膝《ひざ》の上に手を置き、森閑としたあたりの空気を思いっきり吸い込んだ。

ふたりの距離が二十メートルになろうとする頃、磯貝ははっと立ち止まって、背後の気配をうかがった。直後に振り返り、冴子においてきぼりを食わせたことを発見するや、凄《すさ》まじい勢いで階段を駆け下り始めた。スリムな革のパンツに革のジャケットという黒ずくめの出で立《い》ちは、空から舞い降りてくるコウモリを連想させた。速くリズミカルな足の動きは、彼がかつて相当のアスリートであったことの証《あかし》だが、スポーツ歴に関することはファイルに何も記載されていなかったように思う。

磯貝は冴子の横に立って腰のあたりに手を添え、

「どうかしましたか」

と、真剣な表情で顔を覗《のぞ》き込んでくる。必要以上に顔を近づけられて圧迫を受けた冴子は、背を反らせた。

「いえ、ちょっと疲れてしまったものですから」

「ああ、またやってしまった」

磯貝は芝居がかった態度で空を見上げた。

「すみません、ぼく、無神経なところがあって、考え事に夢中になると、あたかも周囲に人が存在しないがごとく振る舞うことが多くなり……、いや、自分では気づかないんです。友人から指摘されて、初めてわかる。注意してるんですが、いつも失敗ばかりで」

態度は慇懃《いんぎん》で、真摯《しんし》さが滲み出ていた。冴子は自分の分析が正しかったことがわかり、多少寛大になることができた。

「あなたは考えるのがお仕事なんですから、それでいいんです」

深く思考することのできる人間への尊敬は、冴子の中に染みついている。

磯貝は、何度もまばたきし、自分のスキンヘッドを撫《な》でた手でジャケットの襟を立て、妙に誇らしげな顔をした。

「少しどこかに座ってお話でもしますか」

曾我神社の付近で待っている羽柴の顔が脳裏をよぎり、冴子は、

「さあ、どうでしょう。あまり時間がないので、歩きながらのほうがいいと思いますわ」

と言いながら、一歩を踏み出した。磯貝は、ぎこちなく歩幅を合わせ、ゆっくりと彼女に従い、その上、人が変わったように、面白おかしくアメリカ軍の研究施設にいた頃の体験談を話し始めた。人をもてなそうという意欲を前面に出した語り口だった。

「実を言うと、飛来したUFOを捕獲し、分析して得られた技術はとっくに兵器に応用されているんですよ。例えばステルス爆撃機や光通信などがそうです。知ってますか。宇宙

人は捕虜として軍事施設の地下室に暮らしていて、アドバイザー的な役が与えられているんですよ。ちなみに彼らも地球人と同じDNA型の生命体であり、このことから宇宙にはある状況下では必然的に生命が誕生する理論があると想定されます。宇宙人は、一メートルほどの身長で頭が大きく、毛髪は一本もない……、ちょうどぼくのようにね。映画制作の取材要請を受け、スタッフのひとりがスティーブン・スピルバーグに宇宙人を紹介した……、そんなエピソードをどこかで聞いたことありませんか。で、作られた映画が……」

顔色ひとつ変えず磯貝がそう言ったとき、冴子は、不覚にも声を出して笑ってしまった。

「実際に、宇宙人を見たことあるんですか」

冴子が訊くと、磯貝は笑いながら手を振った。

「いや、一般に流布している噂ですよ。実際には、宇宙人なんて、いませんでした。少なくとも、ぼくは会っていません」

一般人が興味を持ちそうなエピソードを、誇張を交えて話したのだろうが、冴子の興味はもっと別のところにある。

「ところで、今、磯貝さんの頭を占めている大問題というのは何？」

ときどき自分の存在より優先され、磯貝の頭を占拠して周囲への配慮を失わせるものの正体こそ、冴子は知りたかった。

磯貝の顔から笑いが引いたことから、彼の頭には相当差し迫った問題が渦を巻いているのが感じ取れる。

「どうも信じられない話なんですが、πの値に変化が生じたらしいのです」

πという記号が意味するのは、3・14159265358979323846264338327950288……、以下永遠に続いて、決してパターンの現れない数列である。

そのπの値に関して何か新しい情報がもたらされたのだろうか。

「大学の同僚にシリル・バートという奴がいまして、ぼくの友人なんですが、彼はまた軍の研究所にいた共通の友人、ゲイリーから受け取ったレポートをぼくに伝えてきた。つい三、四日前のことです。ゲイリーはスタンフォード大学で数論を研究していて、研究所に新しく導入されることになったコンピューターをチェックするために、πの値を小数点以下五千億桁《けた》まで求めようとしたらしい。πの値は一兆桁近くまで計算され、小数点以下の数字が決定されていますから、ひとつでも違った数字が出てくれれば、演算のエラーがすぐにチェックできます。仮に、エネルギーが尽きるまでコンピューターを動かしたところで、πの正確な値を知ることはできません。無理数である以上、分数で表すことができず、小数点以下にはアトランダムに0から9までの数字が並ぶことはわかりきっている。どこまでいっても絶対に規則性は現れない。これは数学の論理として証明されている。ゲイリーは、数字の列に何らかの異変が生じた場合、警告ブザーが鳴るように設定して、コンピューターが正確に演算を行うかどうかのチェックを始めたのです」

そこで磯貝は言葉を止め、焦点の定まらない目を向けてきた。

あとを継いだのは冴子だった。

「そこで、ブザーが鳴ったってわけですね」

「そうです」

「つまり、規則性が現れたってこと？」

磯貝は首を横に振り、苦しそうに言葉を吐き出した。

「まったく信じられないことながら、ある桁を超えたところで、突如0が出現して無数に並び始めた」

父が書いた手記の一節に、πの値に関しての記述があったことを、冴子は思い出していた。

……無理数であると証明されている事実に反し、ある桁を超えたとたん、規則的なパターンが出現し始めたとしたら、そのときこそ本物の恐怖を味わうに違いない。

「ゲイリーさんって方、恐ろしい目にあったのね」

「恐ろしい目にあった……、うまいことを言いますね。でも、ゲイリーが最初に持った感覚は、恐ろしいというのとはちょっと違う。数列を見ても、彼は信じることができなかった。コンピューターがミスを犯したに違いないと、罵《のの》りの声を上げ、最初からチェックしていったのです。ところがどこにもミスはない。この時点で彼は友人たちの協力を仰ぎました。研究者にはよくあることです。他の研究者からアドバイスを得、客観的に眺めることにより、勝手な思い込みを排除するのです」

「ところが、だれが検証しても間違いはどこにもなかった」
結論を最初から知っているかのような言い方に驚き、磯貝は、嬉《うれ》しそうに口許《くちもと》を緩めた。
「現物をご覧にいれましょうか。送られてきたデータがパソコンに入っています」
磯貝は立ち止まって肩からショルダーバッグを下ろし、中からノートパソコンを取り出すと、電源をオンにしながら段々の縁に座った。彼の隣に座って、ディスプレイを覗き込むと、画面いっぱいに並んだ数列の中央から先に、無数の0が並んでいる。
「……0539442820393012748163815853039643992
547020167275932857436644110962566337300
000000000000000000000000000000000000000
000000000000000000000000000000000000000
000000000000000000000……」
循環小数の場合なら、小数点以下同じ数字が繰り返される。たとえば17÷7は2・42857142857142857……、と小数点以下に永遠に428571が繰り返され、これは分数あるいは循環小数として、有理数の中に分類される。それに対し、πや√2は無理数であり、小数点以下はまったく無秩序に数字が並ぶだけのはずだ。にもかかわらず、ある桁を超えたところで無限に0が並び始めたことをディスプレイの数列は示している。
冴子は、不規則に並んだ数字の列と0列との間に、分かちがたい溝があるように感じた。ふたつのカテゴリーは、生と死の世界を象徴している。不規則な数列の世界が躍動感に溢《あふ》れているのに対し、0列の世界は、生命が生起するきっかけすら排除された完全に凍りついた世界と見えた。不規則な数列は、多様性と彩りに満ち、0列は単調で退屈で、美しさがない。

何らかの予兆……。冴子は、ある境を超えたところに出現した不気味なパターンに、宇宙に遍在するものの意志を読み取り、畏怖《いふ》の念を抱いた。

神の意志であるとしたら、それは何だろう。いいことなのか、悪いことなのか。冴子には前者であるとはとても思えなかった。地球上の生命にとって、いいことであるはずがない。

「もっと計算を進めれば、また無秩序な数列が現れる可能性はないんでしょうか」

冴子は、0列は無秩序の中に出現した小さな偶然であり、いずれ元に戻るという可能性を示唆した。

「彼らも同じことを考えました。でも、異変が発見されて以降、コンピューターを駆使してその先を計算してみたものの、0列が果てしなく並ぶだけでアトランダムな数字に戻ることはなかった。彼らが本物の恐怖を味わうことになったのは、このあたりからなんです。コンピューターの誤作動でもなく、複数の専門家に見てもらってもミスはない。客観的な検証を受け、間違いなく0が永遠に並ぶというパターンが生じたことが確認された瞬間、全身が鳥肌に覆われ、間歇《かんけつ》的な震えが止まらなかったと、シリルは書いてきています。しかも、この現象は世界に普遍なのです。どこの国のどのコンピューターで計算しても、五千億桁を超えたところで0列が出現するようになった」

数字が何の規則性もなく五千億個並んだ後、突如出現した0列にすべてのスペースを奪われてしまった。しかも、それは世界共通の事態であるというのだ。

冴子の頭を支配したのは、もっとも単純なひとつの問いだった。πといっても、たかだか数字の羅列である。値に異変が起きたとして日々の日常にどんな影響が生じるのか。

だが、実際その疑問を磯貝に向けることはなかった。父から物理と数学の手ほどきを受けてきた冴子は、とっくに心得ている。πの値は宇宙の諸現象を記述する方程式の中にたくさん使われていて、値に変化が生じたとすれば、現実世界で必ず何らかの影響が出てくるはずだ。数字が乱れたり、数学上の定理が崩れたりするのは、物理法則の崩壊の前触れである。わかっていて、彼女には現実味が湧かなかった。人類どころか、他のいかなる生物も、かつて一度もそのような事態に遭遇したことがなかったからだ。

不吉な影が忍び寄る気配を察知し、冴子の背筋はようやくざわついてきた。πの値に変化が生じたと聞かされてから、その意味を理解して怖さを覚えるまでには確かにタイムラグがあった。ところが、一旦《いったん》理解するや、時間経過と共にその意味は身体の細部に滲透《しんとう》して、総毛立つ皮膚の表面積がじわじわと拡大されていった。

磯貝がパソコンをしまうのを見届けてから、冴子はまた段々を上がり始めた。ふたりはしばらく無言のまま、歩くことだけに集中した。

足下から風が吹き上がってきたが、ブーツに覆われた脚が寒さを感じることはなかった。

風は生暖かく、吹いたと思う間もなく止まって、枝振りを一瞬で変えた。

どこからともなく、土がこぼれる音がさらさらと聞こえた。太陽はまだ高く、ようやく西に傾こうとする頃だ。ここ何日間か、晴れて乾燥した日が続いたせいで、日差しはきらきらと刺《とげ》を含んで眩《まぶ》しい。太陽を直接見ることはできないが、それにしては、明るさが少し足りないと感じられた。

朝焼けとも夕焼けとも違う、朱にオレンジが混ざった淡い光が木々の隙間から降り注いで大地に斑《まだら》模様を作っていたが、それが途切れたと思った瞬間、眼前に巨大なクレーターが現れた。

まず冴子が足を止め、二、三秒遅れて、磯貝がクレーターの縁で立ちすくんだ。

三日前ここに来ている冴子にとって、突然のクレーター出現は驚嘆の域をはるかに超えた出来事だった。クレーターは、むせかえるような土の臭いをあたりに発散しながらも、圧倒的な静寂をたたえていた。冴子の立つ位置から眺めると、円周は0そのものと見える。

磯貝の反応は、冴子が小さな悲鳴を上げたことへの共振に近かった。初めてハーブ園を訪れた者の目に、眼前のクレーターは巨大な地下施設を作る途中でほうり出された工事現場としか見えず、驚きの度合いは冴子に比ぶべくもない。

羽柴と加賀山は、左に四分の一周ばかり縁をたどったところで生け垣に片足をかけ、大きな穴を覗《のぞ》き込んでいた。ふたりは、冴子と磯貝の姿を認めると、場違いに元気よく手を振ってみせた。

冴子は、歩み寄ってくるふたりに磯貝を紹介することができなかった。喉《のど》の奥に悲鳴の塊が引っ掛かったまま、声が出ないのだ。

磯貝は自ら名乗りながら、大袈裟《おおげさ》に両手を差し出してふたりとかわるがわる握手を交わした。加賀山に対してはおざなりに、しかし羽柴には情熱のこもった握り方で、なかなか放そうとしない。磯貝は、羽柴の手を握ったまま、穴のほうに一歩近づき、鼻の頭を擦《こす》った。

「強烈な土の臭いですね」

「さっそくですが、これどう思います？」

羽柴は遠慮がちに手を振りほどいてお手上げのポーズを取った。

「すり鉢状の巨大な穴、としかいいようがない」

磯貝の顔はわずかに上気して、赤みが差していた。

羽柴は、これまでの経緯をざっと磯貝に説明した上で、この場の静けさから判断し、クレーターを発見した最初の人間が自分たちであるかもしれないと、意見を述べた。

最初のうち円形と見えたが、よく観察すると穴の周囲は楕円《だえん》であることがわかる。くぼみの表面は襞《ひだ》状にゆったりと波打っていた。プリンを皿に盛った後の、空になった容器を、冴子は思い浮かべていた。この場合、皿の上に盛られたのは、ピラミッドといったところだろう。いや、ピラミッドではない。これと似たようなものを、以前にも一度、見たことがあった。イギリスの丘陵地帯を、父とドライブしていたときだ。マウントと呼ばれるこんもりとした丘が道路の脇にあり、それが自然の造形物ではなく、ある目的を持って古代の人間が造ったものであると、父から教わったことがある。冴子は、聞いていて日本の古墳を連想したのを覚えている。

前傾姿勢を直して腰を伸ばした磯貝は、神妙な面持ちで唇を舐《な》めた。

「隕石《いんせき》が衝突した跡のようですが、どうもそうではなさそうですね」

「ええ、衝撃はまったくなかったですから」

羽柴は即座に状況説明を加えた。実際、気象庁に問い合わせても、隕石の衝突時に起こるであろう強い振動や地震の類《たぐ》いは、一切計測されていないということだ。

「形が似ているというだけで……」

磯貝は、そう言いながらクレーターの縁に近づき、おそるおそる身体を曲げ、表面の土に手を触れてみる。

「外部からの圧力は加わっていない。いつできたんですか、これ」

答えたのは羽柴だった。

「はっきりしたことはわかりません。ほんの一時間前かもしれないし、半日前かもしれない」

「問題はこいつのでき方です」

「いやあ、どうやってできたのか、まったくわかりません。人知れず、こっそりと、一瞬で誕生したとしか思えない」

「つまり、隕石がぶつかって凹《へこ》んだわけでもなく、人間たちがショベルカーでせっせと土を掘り起こしたわけでもないと……、確かなんですね」

「間違いありません」

「本当にそれでいいんですか。とすると、あなた、大変なことになりますよ」

磯貝は、羽柴に一歩近づき、指を突き立てた。責任を追及されるがごとき言い方に鼻白み、羽柴は冴子のほうに顔を向けて助けを求めた。

「どう、大変なことになるというのですか」

磯貝は、革のジャケットのジッパーをおろして前をはだけ、持っていたショルダーバッグを土の上に置いた。

冴子には、言おうとしていることが読めていた。

「E＝MC²」

囁《ささや》くような冴子の声に、磯貝は大仰にのけぞって手を打った。官能が刺激されて恍惚《こうこつ》に浸り、全身ますます熱を帯びる。

「そう、問題はE＝MC²です。アインシュタインが打ち立てた、この式からわかるのは、物質は莫大《ばくだい》なエネルギーを持っているということです。たとえば、ほんの一グラムの物質を全てエネルギーに変えれば、東京ドーム一杯分の水を瞬時に沸騰させることができるんです。だから、そう、この理論は兵器に応用された。核爆弾は、原子核分裂によって質量を消滅させることによって、エネルギーを引き出しているんです。原子核融合も同じ理屈。でも、その場合、消滅する物質はほんのわずか。にもかかわらず、原爆の威力はよくご存じでしょう。でも、そんなものとは比較にならないほど効率のいい方法があるのです。反物質をぶつけてモノを丸ごと消滅させるのです」

「反物質？」

どこかで聞いたことのある言葉だったが、正確に理解しているわけではなく、羽柴は、聞き返した。

「物質を構成する原子は、陽子、中性子、電子などでできている。これらには、同じ質量を持ちながら、正負反対の電荷を持つ反粒子があることがわかってます。宇宙が始まったばかりの頃は、粒子と同数の反粒子が存在したらしいんだが、なぜか反粒子だけがなくなってしまった。反粒子とは、いってみれば、双子の片割れみたいなものかな。姿形はそっくりなんだが、性格は正反対。簡単にいえば、粒子がプラス1だとしたら、反粒子はマイナス1のようなものです。プラスとマイナスが出合えば借金はチャラで0となる。つまり、ふたつが出合うと、消滅してしまうのです」

「そんなもの本当に発見されてるんですか」

加賀山の疑わしそうな目を、磯貝はぴしゃりと封じ込めた。

「発見されているどころか、スイスにある欧州原子核研究機構《セルン》の高エネルギー加速器の中で、実際に作られてますよ」

製造した反粒子を粒子と触れないようどうやって隔離させるのか、当然の疑問が湧き起こる隙も与えず、磯貝は説明を進めた。

「反粒子はなにも高エネルギー加速器の中だけで作られるわけではない。宇宙空間のほうがずっと作りやすく、空から降ってくる場合もある。反物質が、電磁波に乗って、磁気や地球内部構造が絡んだ複雑な経路を辿《たど》って、地球の特定のポイントに届けられたとしたら、人間が消えたり、一夜にして巨大なクレーターができたりすることもあるでしょうね。でも、いいですか。このクレーターが、大量の土砂の消滅によってできたとしたら……、わたしが、大変なことになると言った意味がもうおわかりでしょう。たとえばここにあったのが五十万トンの土砂だとして、すべてエネルギーに変われば、凄《すさ》まじい量のエネルギーが残されることになる。一体いかほどのものかおわかりですか。原爆にして、約五千億発の破壊力です。地球上の核兵器をすべて集めても、到底比較にならないほど、膨大なエネルギーがこの場所から発散したことになる」

五千億個の核爆弾を地球表面にむらなく敷き詰め、一斉に爆破させたらどうなるか、その地獄絵図は三者三様にイメージとして広がり、地球が木っ端みじんに砕け散るシーンで結論は統一されていった。

「もし、そうなら、わたしたちは今、本当にここにこうしていられるのでしょうか。とっくに生きる地盤を失っています」

足が地に着く感覚を確かめるまでもなく、地球は確かに存在する。

冴子は不安げに大地を踏みしめ、柔らかな土の感触を得た。

「ということは、つまり……、このクレーターは、土砂の消滅によってできたわけではない、ということですよね」

加賀山の、安易に不安を取り除こうとする物言いに対し、磯貝は警告を発した。

「いや、わかりませんよ。我々が気づいていないだけで、地球はもはや存在しないのかもしれない」

思惟《しい》を働かせる主体に疑いを差し挟めば、足下の感触など何の役にも立たないと知れる。この宇宙が存在しているという唯一確からしい前提も、実のところ証明は不可能である。

山側から吹き下ろす風が樹木をざわめかせ、曾我神社の屋根に触れると、何百という絵馬が一斉にカランカランと鳴り出した。音に導かれて四人が振り返ると、クレーターの縁に危うい状態で引っ掛かっていた鳥居が、ズルリと音をたてて傾いていくのが見てとれた。やがて、現実の領域に片足を残して踏ん張っていた鳥居は、ゆっくりと窪《くぼ》みに倒れ込み、土砂を押し流しながら蟻地獄の底に向かって滑っていった。

全体が赤く塗られているせいか、褐色の土の上を滑落してゆく鳥居は余計に異様で、これから起こる出来事を象徴しているようにも見えた。

加賀山が二歩三歩後退するのと逆に、磯貝と冴子は穴の縁に近付き、完全に止まるまで鳥居の動きを目で追い続けた。

鳥居はクレーターの底で逆立ちし、あたりは完全に静寂を取り戻した。木々の合間から鳥のさえずりが聞こえるほどの静けさが、冴子に、自然の不思議さをそっと囁きかける。

時間がたつほどにますます空は明るくなるようだ。

6

細川カメラマンによるクレーターの撮影を終えると、一行は歩いて丘を下ってホテルに帰ることにした。

門の手前でレストランのほうに折れ、ぞろぞろと歩き始めたところで、磯貝は立ち止まり、羽柴に声をかけた。

「あの、ちょっと、いいですか」

「なんでしょう」

「ホテルの部屋はわたしひとりで一室なんですか」

「もちろんです」

磯貝ははっきりと読み取れるほどのはにかみを見せ、打って変わってしどろもどろの喋《しゃべ》り方になった。

「あの、もしよろしかったら、友人をひとり呼びたいんですけど」

「友人？」

唐突な申し出に羽柴は真顔になった。

「友人であり、量子生物学者のクリス・ロバートという奴です。いえ、彼もアドバイザーとして雇ってほしいというわけではないんです。恐ろしく優秀な頭脳の持ち主で、彼ならクレーターができた意味を解明するヒントを提示できるかもしれない。わたし自身、彼のアドバイスが必要なのです。羽柴さんにとってもきっとプラスになりますよ、保証します」

チェックした資料の中にクリス・ロバートの名前は既に見ていた。カーネギー・メロン大学でチンパンジーの動物実験を行ったときの相棒であり、磯貝の恋人という触れ込みであった。

チンパンジーの脳に電極を刺す実験が、動物愛護団体から糾弾され、身の危険を感じて磯貝は日本に逃げ帰ってきた。危険な状況の中、大切な恋人をひとり残してくるわけにもいかなかったと察しはつく。クリスも一緒に日本に連れ帰ったに違いない。

「別に構いませんよ。お呼びになったらいかがです」

羽柴があっさり許可を与えた瞬間、磯貝の頬に赤みが差すのがわかった。

胸ポケットから素早く携帯電話を抜き出し、ボタンを押して耳に当てる磯貝を尻目《しりめ》に、冴子と羽柴は連れ立って駐車場のほうへと歩き出した。先にホテルに戻っているよう加賀山たちに指示を出してから、羽柴は冴子の背中を軽く押して幹線道路へと導いた。

「本当に行くのかい」

歩きながら、羽柴は念を押した。

「手をこまねいて眺めているわけにはいかないもの」

「なにか、心境の変化でも、あったのかな」

「父がいなくなってから、わたしは時間を無駄にしてきた。でも、これ以上無駄にできないわ」

「それにしても、今から行くことはないと思うけど」

「藤村家にはきっとわたしたちが見落としたものがある。でもこれはあなたの仕事とは無関係。純粋にわたしだけの問題なの」

羽柴は腕時計に目を落とした。午後の三時を回ったところだ。

「どうやって行くの？」

「駅前でレンタカーを借りるわ」

「高遠に着く頃には、暗くなってしまうね」

「あの家の中、電気と水道は、まだ生きているんでしょ」

「ああ、大丈夫だと思う」

「じゃ、安心。少なくとも、暗闇の中で、右往左往する心配はない」

「今夜はどこに泊まるつもり？」

「伊那市内にビジネスホテルでも探すわ」

「よかった」

冴子は肘《ひじ》で軽く羽柴の脇腹をつついた。

「よかったって……、まさかわたしがひとりであの家に泊まるとでも思っていたわけ？」

「無茶な女は何をするかわからない」

「明日には戻るつもり」

冴子は、顎《あご》をつんと上げて見せた。

「とにかく、新しい発見があったら、深夜でも構わない、すぐ知らせてほしい」

「もちろん」

「それと、ぼくの力が必要になったときも」

言葉に嘘はなかった。本当に冴子から助けを要請された場合には、仕事を放り出してでも駆けつけたかった。

冴子の性格には今ひとつ摑《つか》みきれないところがある。エキセントリックな中に古風を漂わせ、平凡な結婚願望をあからさまに見せる一方で、芯《しん》の強さを見せたりと、性格をひとくくりにできる表現はまるで浮かばない。人間はだれしも、相反するキャラクターの宝庫だとわかってはいる。彼女の場合、その振幅が激しすぎるように思う。愛しているのは確かだとしても、自分に相応《ふさわ》しい相手かどうかいまひとつ自信が持てないでいた。だから羽柴は、チャンスがあるのなら、冴子がどんな場合に助けを必要とするのか試してみたくもあった。その要請に対して自分がどのように応《こた》えられるかで、ふたりの関係性や距離感が明らかになる。

冴子と羽柴はゆっくりとしたペースで一三五号線のほうに歩いた。偶然にやってきた空のタクシーを見て、冴子は、手を上げた。

「駅までなら、ぼくの車で送っていくのに」

そう言って冴子の手を取った羽柴に、冴子は静かに首を横に振るだけだった。

「あなたにはやらなければならないことがたくさんある。時間を無駄にしちゃ、だめ」

その通りだった。羽柴はホテルの部屋に戻って早急に台本を仕上げねばならない。しかも、空車のタクシーは既にふたりの横に停まっている。

「じゃ、気をつけて」

羽柴と冴子は、手を絡め合い、視線を絡め合った。後続の車からクラクションを鳴らされて羽柴が一歩退くと、冴子はくるりと身体をひねってリアシートに腰を滑り込ませ、そろえられた膝頭《ひざがしら》からブーツの順に視界から消え、同時にドアが閉まった。

車が動き出してしばらくすると、タクシーが見えなくなるまで、見送るつもりだった。羽柴はそれに応えて手を振った。タクシーが見えなくなるまで、見送るつもりだった。

やがてカーブに差し掛かり、冴子を乗せたタクシーが前方から消えても、羽柴はその場から立ち去ることができなかった。リアシートに吸い込まれた冴子の腰が、残像の中で艶《なま》めかしく動いて挑発するようだった。スカートの裾《すそ》からブーツまで、脚はストッキングにおおわれ、素肌の露出はどこにもなかったけれど、その滑らかな感触を指先ははっきりと覚えている。

羽柴は、冴子を乗せたタクシーが走り去った方向に、一歩を踏み出しかけた。それは、無意識に出たぎこちない動きであり、バランスを失ってよろめいて初めて、隙をついて浮上した衝動の意味を認識した。

思わぬ方向に舵《かじ》を切ってみたいという欲求がときどき強く顔を出すことがあった。心と肉体がそれぞれ別の方向に弾《はじ》けようとするとき、これまでの羽柴は、理性でどうにか自制してきた。大学を卒業してテレビ局に就職してからも、番組作りに精を出しつつも、ついぞ自分の本性を爆発させたことはなかった。これまで何事もなく、平凡に、順調に人生を歩んできて、そろそろ先が見えてくる頃だった。毎日お決まりの軌道を破壊して、リセットしたいというわくわくした衝動は、常に性愛への激しい欲望と重なって、急激に頭をもたげてくる。

自制心を解き放って自由になれるときがあるとすれば、明日に世界が終わると宣言された夜だけだ。世界が終わろうとする最後の夜こそ、現世での束縛をすべて捨て去り、存分に官能の炎に焼かれてみたく思う。

……しかし、結局、このまま行くしかない。

羽柴はそう呟《つぶや》きながら二、三度軽く頬を叩《たた》き、正気を取り戻させた上で、ホテルへの道を歩き始めた。

だれしも終末を予測することは不可能であり、「最後の晩餐《ばんさん》」の譬《たと》え話は不毛に終わるのが常だった。

羽柴がいるホテルの部屋は東側の海に面していた。部屋の照明を全部点《つ》けたとしても、そう明るくはならない。薄明かりの中で資料を読み終わり、デスクから立ち上がって窓の外を眺めると、水平線が乳白色に染まっていた。

白夜の国に行ったことはなかったが、これがそうなのではと思わせる白々とした光が、海の底から浮かび上がっていた。光は、空の低い位置にある月とは無関係に、長い帯となって海の果てに横たわっている。

羽柴はそう気にするでもなく窓辺から離れ、資料から得られた問題点を整理すべく、ベッドの上にひっくり返った。マットレスに身体が沈み込み、その柔らかさに刺激され、冴子の肌が思い出されてくる。今は妄想にかかずらっている暇はなく、羽柴は、冴子の面影を押しやって、原稿に目を戻した。番組を制作する上での、おおまかな流れをどうするか、これから決めなければならない。

まず第一の問題は、ハーブ園における大量失踪《しっそう》事件を、これまで追っていた連続失踪事件の延長線上に置くかどうかだ。熱海という土地柄が、丹那《たんな》断層とほど近い距離にあることを考えれば、同種のものとひとくくりにできそうだが、消えた人間の数が三桁《けた》近くまではね上がったことが、慎重になれと警告を発する。これまでは数人という範囲で失踪していたのが、いきなり九十一人になった事実をどう考えればいいのか。原因を同じくする失踪の、規模が拡大されただけと見なすべきか、悩むところだ。

その点を保留して、羽柴の思考は、冴子から渡されたファイルへと移っていった。

ファイルは、これまでの失踪がすべて太陽黒点の活発な動きと関連があることを、示唆していた。

磯貝の仮説によれば、地殻の構造と太陽黒点がもたらす地磁気の異常が複雑に絡んでいるらしいということだが、物理に疎い羽柴にはいまいちピンとこない。さらに、今日の午後に誕生したクレーターを、失踪事件と関連づけるかどうか、だ。

もう一度磯貝から意見を聞くべきだろうと、羽柴は、様々な問題点を整理したファイルを脇に挟んで立ち上がった。午後六時からの夕食は、磯貝を含めたスタッフたちと一緒にとり、ミーティングも兼ねる予定になっている。

食事中は皆、食べるのに夢中で、仕事の会話どころではなく、食後のミーティングを部屋に持ち越そうということになった。磯貝のツインルームが集合場所であり、窓際に置かれた一組のソファに羽柴と加賀山が座り、磯貝は窓際に設置されたデスクでパソコンを立ち上げ、カメラマンの細川と音声の加藤は絨毯《じゅうたん》に直《じか》にあぐらをかいて座った。

加賀山は冷蔵庫からビールを取り出し、グラスに注いでその場にいる全員に手渡しながら、口火を切る。

「今回の切り口は、これで決まりですね」

加賀山は、テーブルの上に置かれた皿を頭上にかざして回して見せた。

彼の精神が異常をきたしてきたように見受けられた。熱に浮かされ、現実を直視することを避けるかのように、加賀山は羽柴と目を合わせなかった。意識的に逸《そ》らし、自嘲《じちょう》気味の薄ら笑いを浮かべている。以前、こんなことはなかった。羽柴の目に、白い皿は物凄《ものすご》く不吉なものとして映った。

「ちょっと貸せよ」

羽柴は、加賀山から皿を取り、手の届かないテーブルの端に移した。

「な、こっちの線でいくべきだろ」

加賀山は、皿を取り上げられたことにも気づかない様子で、同じ台詞《せりふ》ばかり繰り返している。加賀山が提案する「こっちの線」が何のことか、その場にいる全員がわかっていて、だれも取り合おうとしなかった。彼は、ハーブ園の斜面にUFOが着陸し、九十一人もの人間を連れ去ったと言いたいのだ。そんな方向での番組作りなど、羽柴にとって考えるだにおぞましい。

細川が何気なく、

「他にも、もっと、あるんじゃないですか」

と言うと、加賀山が即座に嚙《か》みついてきた。

「ほかになにがあるってんだよ」

加賀山と細川の会話を聞いていて、加藤は顔をしかめた。

羽柴は、ふと冴子のことが気になり、携帯電話をポケットから取り出しかけたところで、ドアがノックされた。

会話に加わることなく、ひとりパソコンを広げて海外からのメールをチェックしていた

磯貝が、驚いたように立ち上がり、

「はい」

返事をして、周囲を見回した。

もっともドアの近くにいた加藤がノブを引くと、そこには眼鏡をかけた小柄な黒人が立っていた。手にアタッシェケースを持ち、怯《おび》えた面持ちで部屋を眺め渡して磯貝と目が合うと、「あ」と小さく声を漏らし、一気に全身の緊張を解いていった。

磯貝もまた、開いたドアの向こうに立つ人間を認めるや、満面に笑みを浮かべ、この瞬間をどんなに待ちわびていたかという情熱をもって駆け寄り、じっと見つめ合い、両手を握り合った。

ふたりは交互に名を呼び合った。

「ナオキ」

「クリス。待っていたよ」

磯貝は、皆のほうに振り向き、クリス・ロバートを紹介したが、その間も嬉《うれ》しそうな表情を崩そうともしなかった。これほどあからさまな愛の発露を目の当たりにして、羽柴のほうが照れ、その場にいるのが恥ずかしくなってくる。

磯貝は、クリスがいかに優れているかを羽柴や加賀山たちに力説し、その喧伝《けんでん》が熱を帯びるにしたがって、クリスのナイーブそうな瞳《ひとみ》に不安が現れ、そっと磯貝の肘《ひじ》を引いてきた。

磯貝はクリスより五歳ほど年上で、保護者の役を演じているのが見てとれる。

「どうしたの」

磯貝が優しく振り返ると、涙目になったクリスが、

「なんだか大変なことが起こっているらしい」

と訴えかけてきた。

そのあと、磯貝とクリスは英語で語り合い、やがて興奮気味に声をふり絞るまでになっていった。クリスからの報告を受け、磯貝が興奮したという構図である。

会話が一段落したところで、羽柴は手に持ったままの携帯電話をポケットにおさめ、説明を請うた。

「なにがあったのか、説明してもらえませんか」

磯貝は、興奮冷めやらずといった顔で、クリスと並んでパソコンの前に座り、ディスプレイに顔を近づけた。そして、クリスの指示する通りパソコンを操作し、表示された画面を必死で読み始めた。心の動揺は、飛び出さんばかりに見開かれた両眼からも明らかだ。

羽柴と加賀山は、磯貝とクリスの背後に回って、ディスプレイを覗《のぞ》き込んだ。そこにあるのは桁の大きないくつかの数字と、数式がちりばめられた英語の文書で、磯貝とクリスのほかには一読して意味のわかる者はだれもいなかった。

「だれからのメールですか」

羽柴が尋ねた。送り主がわかれば、内容の見当もつくというものだ。

「シリル・バート……、カーネギー・メロン大学での元同僚で、親友です。ありがたいことに、日本に帰国してからも、こうやってちょくちょく科学情報を流してくれる」

「で、彼は何と言ってきたんですか」

羽柴の問い掛けに、磯貝はデスクを両手で叩《たた》いて答えた。

「ありえない」

パソコンのディスプレイに怒りをぶつけるその態度から、よほど重大な事態が生じたのだと察しがついた。

剣幕に押され、部屋にいる者はじっと息を殺し、磯貝の説明を待つのだが、彼は両目を閉じ、ぶつぶつと独り言を言いながら考え込み、クリスに助言を求めた。

羽柴は痺《しび》れを切らし、せっついた。

「よかったら、説明してくれませんか」

磯貝は、深呼吸をひとつして、羽柴たちのほうに振り向き、充血した目を天井に向けた。

「πの値にパターンが生じただけじゃない。リーマン予想が崩れた」

力の抜けた磯貝のつぶやきは、羽柴にさしたる影響力をもたらさなかった。πの値に変化が生じたらしいことは夕食時のミーティングで説明を受け、なんとか理解することができた。しかし、リーマン予想となると、皆目見当がつかない。

「何が起こったのか、説明してくれませんか」

「リーマン予想が崩れた」

磯貝は同じ台詞を力なく繰り返すだけだ。

「だから……、その、リーマン予想って、何なんです」

「問題が提起されたのは百五十年前、自然数を扱った数論上最大の難問といっていいでしょう。自然数の中で素数（1とその数でしか割れない自然数）だけを小さいほうから順に拾い出していくとします。1は素数ではない。2、3、5、7、11、13、17、19、23、29、31、37、41、43……、と、素数は無限に出現してきますが、たとえば、数が多くなるにしたがって出現の度合いは減っていくように見える。そして、素数が出現するときの振るまいには規則性があるのではないかと予測が立てられるようになった。難しいことは省きます。天才数学者、リーマンはこの規則性に関して、公式をたて、それが正しいことを証明しようとしたが、これが半端じゃなく難しい。リーマンのゼータ関数の0点が、複素平面上のSの値が1／2＋ti上にしか現れないことから、規則性があるのはほぼ確実と見られていた。だが、たった今クリスから得た情報を元に、シリルの報告をチェックしたところ、これが崩れたことが証明されたというのです。恐ろしいことに、リーマンのゼータ関数の0点が、1／2＋ti以外の複素平面から次々に発見され、予想が崩れたと……」

喋《しゃべ》りながら、磯貝の歯と歯が合わなくなり、最後のほうが聞き取りにくい。羽柴はむしように苛《いら》立《だ》った。

「それが何なんです。ただ、数学の予想が間違っていたというだけじゃないですか」

　身体をわななかせ、抱き合わんばかりに肩を寄せ合う磯貝とクリスの気持ちが、羽柴には理解できないのだ。

「リーマン予想が成り立つという仮定のもと、数千もの定理がここにぶら下がっていたんですよ。リーマン予想が崩れれば、それらの定理も一気に崩壊する。あってはならない事態、まさに悪夢です」

「ようするにこういうことですね。本来不規則な法則に支配されていた領域に規則性が現れ、規則性が予想されていた領域に不規則がもたらされた」

　羽柴は自分が理解した範囲で、πの数字に変化が生じたことと、リーマン予想が崩れたことを、ひとつにまとめてみる。

「そうです。しかも、不吉なのは、両方に0が無数に出現していることなんです」

　深い溜《た》め息の後、羽柴は言い募る。

「しかし、だからって……」

　だからといって、羽柴には、磯貝の怯えが理解できないのだ。数字にちょっとした乱れが生じたところで、我々が立つ基盤はびくともしないと思い込んでいたからだ。

「言うまでもなく、物理法則のほとんどは数学の論理によって構築されている。でもね。我々の生活を保障する科学の法則にしたところで、今のところ証明されているというに過ぎないのですよ。逆に、反証可能なところが、科学の基本的特性なのであって……、ああ、どうしてこんなことがわからないのですか。素数とはつまり、現実世界の中の元素にたとえることができる。これを掛け合わせることによって、すべての数字が表現できるのです。さて、素数が現れる頻度を調べていくうち、その振るまいが、量子の世界と重なり合うということがわかってきたんです。概念的な数の世界が、どこかで現実と繋《つな》がっているということなのです。リーマン予想が崩れるということは……、リーマンの0点が1／2＋ｔｉ以外の数直線に出現したということは、我々が生きている次元の数が変化するという兆候なのかもしれないじゃないですか。いや、ただの可能性ですけどね。我々の宇宙を構成する数字の値が、いまある姿よりほんのちょっとズレただけで、世界は成り立たなくなるのです。たとえば、自然界にある四つの力のうち、強い核力の値がほんのちょっと大きくなっただけで太陽は膨張して爆発するだろうし、ほんのちょっと小さくなれば太陽は輝きを失ってしまう。いいですか、πの値に規則性が現れた、数論の規則性に乱れが生じた……、これらの変化には、必ず意味があります。意味があるということは、現実世界の中で、目に見える形で、変化が現れてくるということです」

最初のうちポカンとした表情で話を聞いていた加賀山は、徐々に苛立ちを激しくし、身体を小刻みに揺らしていった。磯貝が喋る内容が、理解できたわけではない。部屋に充満し始めた不穏なムードに、神経が過剰に反応した結果だった。

「いいかげんなことばかり言いやがって」

加賀山は、怒声を上げながらテーブルの端に置かれた皿に手を伸ばしたが、すんでのところで羽柴に奪われ、ふて腐れたように立ち上がって窓辺に寄った。

ヒステリックな行為に眉《まゆ》を顰《ひそ》め、嫌悪の表情で見守っていた磯貝は、一段落したのを見計らって、会話を再開させた。

「それを証明するように、アメリカ大統領の科学顧問が招集され始めました」

クリスに念を押すと、彼は今にも泣き出しそうに口を歪《ゆが》め、目だけで小さくうなずいた。

「アメリカ大統領直属の科学顧問ディビッド・フォンタナの弟子のひとりがクリスの友人でして、一昨日、クリスは彼から報告を受けたそうなんです。ディビッドだけじゃなく、ダインパーカー・ホーム、ランダウなど素粒子物理、量子重力理論の最高権威が続々とワシントンに集結している。NASAの長官もです。NASAからの報告を受け、大統領が動いた結果でしょうね。彼らは何かとてつもない情報を握った。それは間違いありません。わたし自身、米軍の研究施設にいたから、わかるのです。こんな場合、厳重に箝口令《かんこうれい》が敷かれて、問題の中身が何なのかはまったく不明なんですよ。彼らはこういう場合徹底してます。当然、電話やメールなんて連絡手段に使いませんからね。まあ、おおよその察しはつきます。NASAが得た情報を元に、大統領の科学顧問のみならず、物理学界の最高権威たちが集められ、国家安全保障委員会が特別招集された。想像するだに恐ろしい、とんでもない危機が生じたとしか考えられない。箝口令が敷かれたのはそのためです。ようするに、情報が漏れた場合のパニックを恐れているのです」

今のところ中身については何も言えず、想像の範囲を超えるものではないと釘《くぎ》を刺されても、羽柴は質問を止めることができなかった。

「何が起ころうとしているのです。推測で構わないですから、教えてください。そのためにこそ、あなたを呼んだのですから」

磯貝とクリスは羽柴の質問を無視して、英語でふたことみこと言葉を交わした。それは彼らだけにわかる愛の囁《ささや》きのように聞こえた。

「少し時間をいただけませんか。我々だけで情報収集にトライしてみます」

より多くの情報を集めなければ正確なことは何もわからない。

「わかりました」

羽柴はふたりに時間を与えた。

数学上の定理や定数にちょっとした変化が生じたという情報が、世界各地からもたらされたのはわかる。しかし、その程度のことで、なぜ彼らがあれほど恐れるのか、理由が羽柴にはわからない。いや、実感が湧かないといったほうがいいだろう。

磯貝は、顔から脂汗を流し、嚙《か》み合わなくなった奥歯の振動を隠そうともしなかった。横にいるクリスに余計な心配をかけたくないという心配りから、懊悩《おうのう》が外に表れるのを極力隠そうとして、果たせなかったというところだ。

超越数であるπにパターンが現れ、リーマン予想が崩れたと言われても、羽柴の口から出る言葉は、「だからなんなんだ」以外に有り得ない。

国立大学の入試に必要とされたため、しかたなく学んだのが数学だった。社会学志望の羽柴は、微分積分の知識など将来何の役にも立たないと承知の上、数学の奥にある真理に迫ろうというのではなく、受験を乗り切るための手段として、要領よく解法を学んだだけだ。

だが、ここにきて、初めて数の刃《やいば》を突き付けられた。超越数であるπにパターンが現れたというのはまだわかりやすいが、リーマン予想の本質となるとまるで理解できない。素数の振るまいの規則性を発見しようと研究しているうち、量子的な振るまいとの関連が指摘されるようになったと、ついさっき磯貝は説明した。概念的な数の世界が、見えない糸によって、現実の世界と繋がっているらしいということなのだろうか。物質界の中で、素数は元素にたとえられる。素数の規則性に変化が生じたというのは、元素の周期表が崩壊するようなものであり、であれば、現実世界に影響が及ぶのもあながち有り得なくもない。

とにかく、今の羽柴は、磯貝とクリスが新たな情報を探り出すのを待つほかなかった。

磯貝とクリスは今、部屋にこもっていた。NASAが異変を察知し、ワシントンに科学者たちが招集されたのは事実らしいが、彼らが抱える問題の中身は不明である。うまくすれば推測できるかもしれないと、彼らは電話回線をフル活用し、パソコンを立ち上げ、世界中のネットワークにリンクし始めた。友人知人のつてを辿《たど》り、情報収集に乗り出したのである。情報量を増やすことにより、カンバス上にひとつの模様が浮かび上がってくるのではという期待があった。NASAが摑《つか》んだ内容を推測できるという確信のもと、彼らは世界中の仲間たちと、現在、連絡を取り合っている。

羽柴は、彼らふたりの働きぶりに満足だった。相応のギャラを得る責任感からではなく、純粋に科学的な好奇心に突き動かされて未知の領域に挑もうとする姿勢が頼もしい。NASAが摑んだ秘密を自分たちが解明できれば、ものすごいスクープになるのは間違いない。入局以来最大のチャンスを思えば、興奮が抑えられなくなる。羽柴は、磯貝とクリスに結果を出してくれと祈ることしきりだった。

番組作りの活路をそこに見出《みいだ》すほかない。

番組作りの進行に頭を奪われつつも、さっきから羽柴の脳裏には冴子の顔が浮かんでは消えていた。時間経過とともに高遠の方角に遠のいていく冴子のイメージによって、不安はいやがうえにも高まっていく。

携帯電話をポケットから取り出し、冴子の番号をプッシュしようとして、ディスプレイに着信の表示があることに気づいた。電話がかかってきたのを聞き逃していたようだ。

「0265-98-97××」

携帯電話からかけられたものではなく、一見して相手が冴子でないことがわかった。留守録のメッセージはなく、だれからなのか不明である。番号に見覚えがないかどうか記憶を探っても、まるで心当たりがない。第一、「0265」という市外局番がどこなのか知らなかった。

「だれか知ってるか、この番号」

羽柴はそう言って数字を読み上げた。最初に気づいたのは加賀山だった。

「それ、伊那市の市外局番ですよ」

「伊那……」

今、冴子が向かっている場所である。この電話は伊那からかけられてきた。彼《か》の地にあって、ここにいる我々と関わりのある場所はひとつしかない。市外局番がどこのものか気づいた瞬間から、心の片隅には藤村家の室内が思い浮かんでいた。

「加賀山、伊那の藤村家の番号は、わかるか」

羽柴に訊《き》かれ、加賀山は、怯《おび》えたように肩をびくんと揺らした。

「なぜですか」

「おれの携帯に、伊那から」

「いやだな、羽柴さん、何考えてんですか」

しかし、加賀山の生理は、自分自身の連想すら拒否しようとする。

「いいから、調べてくれよ」

「見たでしょ、あんただって。人間は、だれもいなかった。そんなとこからどうやって……」

「家族のだれかがひとり、戻ってきたかもしれませんよ」

細川の意見に耳を貸す者はいなかった。家族のだれかがひとり戻ってきた可能性がまるでないことぐらいわかりきっている。

加賀山は、羽柴の強い視線を受け、仕方なくバッグを探り、手帳を抜き出した。取材現場の手筈《てはず》を整えるのが彼の役目で、細かな資料などの管理はすべて任されている。藤村家の住所は手帳に控えてあるらしく、即座に記載の箇所を捜し出してきた。

「住所なら、わかります。でも、電話番号はちょっと……、だって、意味ないですもんね」

確かに、一家全員が同時に失踪《しっそう》を遂げた家の電話番号など、メモしたところで何の役にも立たない。

「電話帳に登録してあれば、住所から番号がわかるだろう」

羽柴はNTTの番号案内に電話するように指示を出す。

「はい、はい」

加賀山は電話で104をプッシュし藤村家の住所を告げるやいなや、忌まわしいものを放棄するかのように、電話を羽柴のところに放ってきた。

羽柴は受け取って耳に当てた。女性の声が番号をアナウンスしている。

「お問い合わせの番号は、0265-98-97××、お問い合わせの番号は……」

羽柴は通話を切って電話を投げ、自分の口で番号を繰り返すことによって、加賀山に、電話が間違いなく高遠の藤村家からかけられてきたことを知らせた。

藤村家の中で、電話機がどこに設置されていたか、羽柴ははっきりと覚えている。ダイニングの大きなテーブルの上に、家族の者たちの愛用品を並べ、ひとつひとつを鳥居に透視させようとしたとき、壁にしつらえたラックの中段、空の水槽が置かれた上の位置に、グレーの電話器が見えた。うっすらとほこりをかぶり、小さく赤いランプが点灯していた。残金の豊富な銀行口座から自動的に電話料金は引き落とされ、今も電話は繋《つな》がっているはずだ。

……その電話機からだれかがかけてきた。

一体だれが何の目的でかけてきたのかわからなかった。プッシュする指は映像として頭に浮かんでも、指の持ち主である人間の顔や胴体となると急に曖昧模糊《あいまいもこ》として、幽霊のように闇と同化し、電話機の周囲に溶けてしまう。

羽柴は、自分の携帯電話を取り出して、冴子の番号をプッシュした。スタッフに、ふたりの関係がバレようが、もはやそんなことはどうでもよかった。しかし、電話は繋がらず、留守電のメッセージに変わった。

「冴子、藤村家には近づくな。何かがそこにいる。これは冗談ではない。伝言を聞いたら、すぐに電話をくれ。冴子、お願いだ」

羽柴は興奮のあまり冴子の名前を呼び捨てた。

7

磯貝とクリスは部屋にこもったまま姿を現さず、癌検診が終わって結果通知を待つ患者の心境で、皆、苛立《いらだ》ちを募らせている。

おまけに羽柴はもうひとつ問題を抱えていた。さっきから、何度電話しても、冴子の携帯電話に繋がらないのだ。彼女は今、レンタカーを運転していて、電源をオフにしているに違いない。

空しく呼び出し音が鳴って、留守録の案内に切り替わると同時にノックの音が部屋に響き、細川がドアを開けた。立っていたのは磯貝だった。

部屋にいた四人は、一斉に磯貝に視線を集中させた。

「なにかわかりましたか」

羽柴が代表して訊くと、磯貝は首を横に振り、

「いいえ。でも、途中経過を報告しなければ」

と、神妙な顔で答える。

「そうですか」

「情報は集まりつつあります。クリスが、あちこちアクセスに励んでますから、そのうちつき止めるでしょう。これまでのところを説明いたしますから、ちょっと部屋に来ていただけますか」

こうして、羽柴を始め、四人は部屋を移動することになった。

隣の部屋では、クリスがデスクの前に座って、わき目もふらずパソコンに意識を集中させ、激しくキィボードを叩《たた》いていた。足下にはジュラルミンのケースが転がり、テーブルの上には缶コーヒーが二本並んでいる。デスクの正面にはめ込み式の鏡があるため、角度

によってクリスがふたりいるように見えた。

クリスは顔を上げて、作業を中断しようとしたが、磯貝はさっと手を上げ、

「いいから続けて」

と、指示を出し、羽柴のほうに向き直る。

「まず、これを見てください」

磯貝は、パソコンのディスプレイを羽柴たち四人のほうに向け、大きくひとつ息をついてから、説明を始めた。

「πの値にパターンが現れ、リーマン予想が崩れた……、他にも数学や物理の世界で、異常が現れたかもしれないとあちこち問い合わせてみたところ、ジェームズ・ウェッブ宇宙望遠鏡に関するアクシデントを小耳に挟んだのです。ご存じですね、ジェームズ・ウェッブ宇宙望遠鏡のことは。今年打ち上げられ、地球周回軌道に乗った宇宙望遠鏡で、地球の大気に邪魔されずに宇宙の様相が眺められる最新鋭の装置です。ジェームズ・ウェッブは、天文学者たちの研究テーマをチョイスし、年間の計画を綿密に決めて運営されています。飛び入りで、計画以外の観測が行われるのは、よほど重大な事態な立ち上がったときのみ。今月は、北斗七星《ほくとしちせい》に近い領域にある最深宇宙の映像を撮影する予定だった。にもかかわらず、今月の十三日、NASAは突如、ジェームズ・ウェッブに故障が発見され、サービスミッションに入る旨の通達を関係者に出した。それまで、ジェームズ・ウェッブによって撮影された映像は、ホームページに載せられていて、リンクすればだれでも簡単に見るこ

とができたんですが、以降、リンクは不可能になってしまった。どうです。何かあると、臭ってきませんか」

「つまり、撮影された映像を一般人に見られると困る事態が生じた、ということですか」

羽柴の答えを受け、磯貝は考えるポーズを取った。

「うーん、結果的にはそうなりますが、むしろ、わたしは、緊急事態が発生したため、ぎっしり詰まっていた観測計画をキャンセルして、急遽《きゅうきょ》、別のミッションを割り込ませたのではないかと、睨《にら》んでいます」

「緊急事態……」

加賀山が一歩前に出ながら、割り込んできた。

「だから言ってるじゃないですか」

「ちょっと、おまえは黙っていてくれ」

加賀山が何を言いたいのかすぐにわかり、羽柴は胸を手で押して下がらせ、

「緊急事態の内容は推測できますか」

と、磯貝に問う。

「もちろん。宇宙望遠鏡は何もジェームズ・ウェッブだけではありません。日本の国立天文台だって、ハワイのマウナケア山頂にすばる望遠鏡を擁する。現地で撮影された映像は光ファイバーで三鷹《みたか》市の本部に送信されることになっている。国立天文台には、漆原《うるしばら》という、知人がいまして、直接訊いてみました。近ごろ、天体観測絡みで、何かおかしな動き

はなかったかと。するとなぜ知っているんだと、逆にニュースソースを訊《き》かれてしまいましてね。適当にはぐらかしておきましたが、まあ、とにかく、これを見てください。すばる望遠鏡が撮影した映像には、簡単にリンクできます」

ディスプレイに表示されたのは、ごくありきたりな、いわゆる美しい星空だった。

「地球から、射手座の方向、天の川銀河の中心部に焦点を合わせて撮影した映像です」

天の川という響きからは夏が連想されてくる。七夕、彦星、織姫……。天の川は、ロマンチックな物語を紡ぎ出す夢の舞台であり、天にかかった光の回廊だ。

太陽系が属する天の川銀河は、約二千億個の星の集団からなり、中心が膨らんだ円盤の形をしている。その直径は十万光年、中心付近の厚さは一万五千光年、端っこに位置する太陽系付近での厚さは五千光年。地球から銀河の中心に向かって望遠鏡の焦点を合わせれば、円盤に対して水平方向を眺めることになり、星々が無数に重なり合って帯状に見えるのが、天の川である。

磯貝は、天の川の一部を拡大してディスプレイに映し出し、数時間間隔でコマ送りさせた映像を、羽柴たちの前に開示した。

数時間おきの映像を連続して十四枚見せられた後、磯貝から意見を求められた。

「どうですか」

最初に答えたのはカメラマンの細川だった。仕事が仕事なだけに、気づくのが早い。

「時間がたつほど、暗くなっていくように、見えますが」

言われてみればその通りだった。時間を追うごとに、天の川を構成する光の粒が疎《まば》らになっていくような印象を受けた。

磯貝は、無言でうなずき、さらに一部を拡大させ、同じ動作を繰り返した。

今度は何が起こっているのか、はっきりと認識することができた。

「消えている」

加藤が気の抜けた声でつぶやいた。星が、二つ三つと、ぽつぽつ消えていく様が、克明に記録されている。だから全体として暗くなっていくように感じられるのだ。

一旦《いったん》映像を止め、磯貝は説明を加えた。

「ごらんの通り、約五万光年先のバルジ付近を起点として、星が次々と消えています。でも、これは何も珍しいことじゃない。星にだって誕生があれば、死もあります。星が燃え尽きて消える現象などいくらでも観測されていますからね。太陽にしたところで星のひとつに違いなく、あと五十億年もすれば寿命はつき、燃え尽きてしまうでしょう。ところで、星の消え方には大きく分けてふたつあります。太陽と同程度か三倍までぐらいの軽い星の場合、赤色巨星から白色矮星《わいせい》となって静かな最期を迎える。太陽よりはるかに重い星は、赤色巨星から超新星爆発を起こして華々しい最期を迎えます。地球にいる我々は、これまで届いていた光が途切れることにより、星の最期を知ることができる。でも、星が爆発したとすれば、X線やガンマ線などの電磁波が放出されるはずです。電波望遠鏡がとらえたそれらの電磁波を分析して初めて、星がどのような経緯を経て終焉《しゅうえん》を迎えたのかが明らかになる。ハワイ観測所も、当然、消えた星々の電磁波観測を試みました。ところが、これが何も発見されなかったのです。消えた星の付近から電磁波が一切放出されていない。当然発せられるはずの、断末魔の叫びが、まったく聞こえなかったというわけです」

磯貝は、遠くの物音に耳を澄まし、声を低めた。

「つまり、寿命が尽きて、一般的な爆発による最期を迎えたわけではないということなのですか」

「その通り」

「じゃあ、どうやって」

羽柴は、星が消えていくメカニズムを知りたかった。

「消えたとしか言いようがないのです。音もなく、忽然《こつぜん》と消滅した、ほかになんとも説明のしようがない」

ディスプレイで見る限り、消えた星はひとつではない。天の川が暗くなっていく様子が目でわかるのだ。時の経過と共に次々と無数に消滅していることになる。それらがすべて電磁波も出さずに消えているというのは、天文には素人の羽柴の目にも異様に映った。

……消滅。

磯貝でなくとも、今回の事件との繋《つな》がりを指摘したくなる。

取材活動で追ってきたのは、地球上の、糸魚川静岡構造線上に頻発する人間の集団失踪《しっそう》であり、ハーブ園の集団失踪、土砂の大量欠損だった。同時に、天の川銀河を構成する星々が、暗黒に浸蝕《しんしょく》されるように消滅しているという。これは一体偶然なのだろうか。因果関係がどうなっているのか、羽柴にはっきりしたことはわからない。地球上の限定された地域と、何万光年という範囲を持つ銀河とでは、大きさがまるで違う。全体に生じた変革が部分に被害をもたらしているのか、それとも部分に発生した異変が全体に影響を与えているのか……、羽柴には前者のように思える。

天の川銀河を構成する星々が、バルジと呼ばれる中心付近を震源として、次々と消えている事態の重大性にみな言葉を失い、場の空気は重く澱《よど》んだ。

磯貝は、テーブルの端に横座りして、ぶらぶらと足を揺らしていたが、ふと何かに気づいたように動きを止め、

「クリス……、クリス」

と、愛《いと》しいペットに声をかけるように、何度か名前を呼んだ。

「どうだい。クリス。進展はあったかな」

「ファイン・グースにジャック・ソーン……、彼らも招集メンバーに入ってます」

「ファインとジャックが……、間違いないのか」

「確実です」

断乎《だんこ》としたクリスの返事を聞くと、磯貝は、くるりと反転し、さっきとまったく同様に、テーブルに横座りして、足を揺らした。

「日本の国立天文台は、銀河系から星が消滅していく現象の意味をつかみかねてます。つ

まり原因に関しては不明であり、したがって何をどう対処すればいいのかわからずにいる。一方、NASAはある程度、現象の意味を理解しているようですね。だから、対策をたてようとして……、まあ、対策があったらの話だけど……、望み得る限り最高の科学者を選抜して、招集にかかった。問題なのは、そのメンバーの顔ぶれです」

磯貝はそこで言葉を止め、クリスのほうをチラッと見て、クリスが今やっていることこそ、メンバーの確定作業であることを示そうとする。

「極秘裏の招集であり、問題の中身は公になっていない。しかし、手掛かりはあります。クリスの友人の師匠、ディビッド・フォンタナが招集されたのは間違いがない。あとわかっているのはダインパーカー・ホーム、ランダウなど。さてここからどうやってメンバーを絞り込むか。緊急の招集がかかれば、必ず、不自然な行動が出るものです。たとえば、ある大学教授が呼ばれれば、当然彼の講義は予告もなく休講となる。直後、彼がワシントンで目撃されたとすれば、彼はおそらく招集メンバーに入っているとみて間違いない。これまで世界中の科学者たちは、合理的に研究を進めるため、様々な方法で連絡を取り合ってきました。はがきや手紙をやりとりする時代を経て、今は広汎《こうはん》なネットワークの中、メールが飛び交っている。ここにいるクリスは優秀な物理学者であると同時に、天才的なハッカーでもあり、彼らのネットワークに入ってメールを盗み読みするぐらい朝飯前。確実な情報から押さえていけば、必ず招集メンバーの全体像が明らかになる。メンバーの顔触れがわかれば、問題の中身が何であるか、ある程度推測できてくるというわけです」

そこで磯貝は、テーブルに置かれたプリントを一枚取り上げ、赤くボーダーラインの引かれた名前だけを読み上げた。

「ディビッド・フォンタナ。ダインパーカー・ホーム。ランダウ。ファイン・グース。ジャック・ソーン。以上の五名は、状況から見て、招集がかかったのは間違いないと思われる。それぞれ、素粒子物理、量子重力理論の専門家です。ジャック・ソーンは一般相対論、特にブラックホールが専門で、ちょっと場違いの印象を受けるかな。中でも異色なのは純粋数学、数理物理学のダインパーカー・ホームが含まれていることです。一体なぜ数学者が……。ようするに、πの値にパターンが生じたこと、リーマン予想が崩れたことと、星の消滅が無関係じゃないということらしい。なんだか、恐ろしく嫌な臭いがしますね」

磯貝は、「恐ろしく嫌な臭い」という表現を使ったけれど、羽柴はその臭いを嗅《か》ぎ取ることができない。

磯貝は続けた。

「たとえば、地球に巨大隕石《いんせき》が接近して衝突の可能性が出てきたとしましょう。映画とかでお馴染《なじ》みのシチュエーションですね。アメリカ大統領は世界のリーダーを気取って対策を立てようとし、科学顧問官は対策チームを集める。このときのメンバーは、ロケット関係、宇宙探査、核物理などの専門家になるはずです。中に、石油掘削のプロがいれば、もう間違いない。はは、まあ、これは冗談だがね。メンバーの顔触れを眺めただけで、巨大隕石の衝突だろうと、迫っている危機の中身を推測することができる」

羽柴には磯貝の言おうとしていることが十分に理解できていた。むしろくどいぐらいである。

「それで、メンバーの顔ぶれから、NASAがひた隠しにする問題の中身が、わかるのでしょうか」

磯貝は出かかったくしゃみを途中で止めたように、鼻をひくひくさせ、目を右から左にゆっくりと泳がせた。その途中、羽柴と磯貝の視線はほんの一瞬絡み合った。

目の表情を通して、羽柴はどうにか察することができた。磯貝とクリスは、既に問題の中身をある程度予測できている。確証が持てないという以上に、彼らは、そのことを口に出す勇気を持てないでいるのだ。今、クリスが血走った形相で調査する裏には、自分たちの推理を反証する事実が出てきてほしいという願いが込められていた。

至近距離からでなくとも、羽柴には、磯貝とクリスの手の震えや、首筋や手の甲などに鳥肌が立っているのが、見て取れた。

内心の不安を証明するかのように、クリスが甲高い声を上げた。

「ジェフリー・アダムズが、ドイツ、マックス・プランク研究所での講演会をキャンセルした。テーマは量子宇宙論だったはずだけど」

「ジェフリーが……」

磯貝は、テーブルから飛び下り、クリスの横に立って、ディスプレイをのぞき込んだ。

羽柴を始め、部屋にいる四人は、その動きに同調してパソコンの前で皆一様に背を屈《かが》めた。

「あの、頑固なまでに研究熱心なジェフリーが講演会をドタキャンするなんて、絶対に有り得ない。おまけに、マックス・プランク研究所だぞ」

クリスのつぶやきに、磯貝はひとつ頷《うなず》いて応じた。クリスの指は凄《すさ》まじい速度でキィボードを打ち続けている。

「ジェフリーは一旦《いったん》フランクフルトに入ってます。そこからすぐ、飛行機をワシントン行きに乗り換えている」

「フランクフルトから、ワシントンD.C.か……」

「ジェフリー・アダムズとはどんな研究者なんですか」

羽柴が口を挟んだ。

「まだ三十代後半の若手ですよ。専門はループ量子重力理論」

そこから磯貝の口調はひとりごとに変わった。

「つまり、ジェフリーの研究ジャンルと深く関係があるということだ。でなければ、ワシントンの要請を受けたとしても、大事な研究発表を蹴《け》ってまで応じるはずがない。発表どころではなくなった……、何が考えられる……、熱心な研究者の立場に立って考えろ。彼が立てた大胆な仮説が現実となるような事態が迫っていれば……」

磯貝は、ふと思い至って、クリスに指示を出した。

「おい、そういえば、ジェフリーの奴、去年今年と二度続けて、論文を発表していなかったか」

「ぼくも、今、それを思い出していたところなんだ。確か、雑誌名は『フィジカル・レビュー・D』」

「論文のタイトルはわかるか」

磯貝に言われるまでもなかった。クリスは『フィジカル・レビュー・D』に発表されたジェフリーの論文を探し当てるべく、指を動かしていた。

やがて、ディスプレイには、英文のタイトルがふたつ並んだ。羽柴は目を凝らして眺め入り、両方のタイトルに共通の二語を探し当てた。

「Phase transition」

両方のタイトルにその言葉が使われていて、同じテーマで書かれた論文であることがわかる。

……Phase transition

何のことなのか見当もつかないけれど、羽柴の直感は、これがキィワードであると告げていた。

次にクリスが呼び出したのは、同様の科学雑誌である『フィジカル・レビュー・レター』。こちらのほうは論文の発表に先駆けたレター形式になっている。ようするにジェフリーが発表したふたつの論文の概要が要領よくまとめられている。

クリスは、それまで忙しく動かしていた指を止め、呆《ほう》けた顔をディスプレイに寄せて眼鏡を取った。そのまたっぷり三十秒間まばたきを繰り返したのは、驚愕《きょうがく》と闘いながらも、脳内の働きを活発に保とうと努めた証《あかし》だった。

磯貝は、ぴったりとクリスに寄り添って、青ざめた顔をわずかに傾《かし》げ、読んでいるうち、徐々に表情が消えていった。

やがてクリスは目を閉じ、両手を合わせ、神に祈りを捧《ささ》げながら背を元に戻した。片手を磯貝の腰に回して引き寄せ、彼の腹に顔を押しつけて、身を震わせた。やがて、セーターに埋めた口許《くちもと》から嗚咽《おえつ》が漏れ始めた。

抱き合わんとする男ふたりの異様な光景を前に、加藤と細川は露骨に顔をしかめ、加賀山はしきりに両手を打ち合わせ、羽柴は、これまでの事象が磯貝とクリス、ふたりの頭の中で一本の線で繋《つな》がった手応《てごた》えを得ていた。

太陽黒点の動きが活発化するとき、原因不明の失踪《しっそう》が断層の上で頻発し、人間のみならず物質の大量欠損があちこちで生じた。驚嘆すべきことにそれは、天の川銀河の浸蝕《しんしょく》へと拡大されつつある。同時に数学的、物理的構造にズレが生じてきた……、磯貝とクリスは、この一連の流れの原因を探り当てることができたのだ。

加賀山は「異星人が開発した新兵器で地球が攻撃を受けようとしている」と、熱に浮かされた声で繰り返し、無視されるかとも思われたが、磯貝によって諭された。

「いいかげんにしなさい。UFOや異星人など、脳内の化学反応による幻であって、実在しません。ああ、でも今回のことが、異星人の攻撃、巨大隕石の衝突程度であったら、どんなによかったことか。あと数時間、あるいは数日のうちに我々の地球、太陽系……、いや、全宇宙を襲う事態と比べれば、そんなもの蚊の一刺しにもなりませんから」

磯貝は、クリスの心の痛みを少しでも和らげようとするかのように、左手で彼の肩を抱き、右手を髪に差し入れて、ゆっくりと撫《な》でた。

羽柴は呼吸を整え、覚悟を決めた上で訊《き》いた。

「何が起ころうとしているのですか」

磯貝は、羽柴の質問に答えるより先、パソコンのキィボードに手を伸ばして、操作を加えた。

「ちょっと待って。たった今、新しいメールが届いたようです」

磯貝は、アメリカにいるシリル・バートから届いたばかりのメールを画面に呼び出した。

羽柴がディスプレイを覗《のぞ》くと、中には短い文章が明滅している。だれにでもわかる程度の英語で書かれたものだ。

……Turn on the TV at once.

それはこの部屋にいる者への命令であった。

「細川、ちょっとテレビをつけてくれ」

テレビの近くにいた細川は、身を屈めてテレビのスイッチをオンにした。時刻は夜の八時を過ぎたばかりで、ゴールデンタイムの真っ盛り。バラエティ番組の司会をする若手コメディアンが、お決まりのギャグでスタジオに笑いの渦を作っていた。ホテルのこの部屋に充満する雰囲気とは、まるで異なった明るい笑いが流れ込み、相反するもの同士の混在が、その場の雰囲気をさらに怪しくする。

数学の世界に異変が起こったとしても、何も変わることがないどころか、笑いの質はさらに低下していくようだ。

シリルが指示する番組がどこかにあるはずだという仮定のもとに、細川は、手元のリモコンを使ってチャンネルを替え続けた。

ニュース番組のチャンネルに替わった瞬間だった。複数のヘリコプターのローター音がスピーカーから飛び出し、緊迫を帯びた女性の声がそれにかぶさってきた。

テレビに映し出されているのは漆黒の闇であって、伝えようとしているものが何なのか、まったくわからない。

女性アナウンサーの緊張をはらんだ声だけが、事態の急を告げていた。

「現在、カリフォルニアの現地時間は深夜の三時を回ったところです。ごらんになれますでしょうか。この巨大な亀裂《きれつ》は、ベイカーズフィールドの北北西から始まり、まっすぐサンフランシスコに延びていると思われます。昨日まで砂漠であったところに現れたこの巨大な亀裂が、いつできたかはまったく不明です。創造の瞬間の静けさから推して、人智を超えた力が働いたものとしか考えられません」

ヘリコプターに搭載された巨大なサーチライトが亀裂を照らし出して初めて、付近の様子がテレビカメラを通して、羽柴たちのいる部屋に届けられた。メディア各社によってチャーターされたヘリコプターが、それぞれの方向からサーチライトを当てるため、ほぼ九十度近い角度で地中に切り込まれた亀裂の壁に、光の帯が交錯している。

さらに女性アナウンサーの声が、亀裂の説明を続けた。

「幅約三百メートル、深さ二千メートル、長さは約四百五十キロ。活断層の動きが活発化してできたものではありません。ロサンゼルスの地震計は、昨晩から、震動をまったく感知していないのです。V字形に深く切り込んで、土砂が消滅してできたとしか、いいようがありません。なお、現在、亀裂は徐々に延長していて、このままいけばサンフランシスコを貫くことになるでしょう」

羽柴は我を忘れて、映像に見入った。裏番組のバラエティも、いずれ臨時ニュースとして、亀裂の映像を流すのは必至だった。かつて、ニューヨークのテロを報道した以上の執《しつ》拗《よう》さで、朝まで延々と同じ映像が放送されるはずだ。

それほど常軌を逸していた。距離にして数百キロ、深さ二千メートル、幅三百メートルの亀裂が、ほとんど一瞬にしてアメリカのカリフォルニア州に誕生し、しかも徐々に延長しているという。

テレビカメラを積んだヘリコプターは、北に移動しつつあって、亀裂によって分断されたサリナス川の支流が見えてくる。滝となって水が落ちるのは縁のあたりだけで、底のほうにいけば広大な壁面に瞬時に吸収され、濡《ぬ》れたあとを見せることもない。乾燥した大地の裂け目はまたたく間に水を吸い取ってしまう。崖《がけ》の縁から溢《あふ》れる水だけは、サーチライトの光を浴びて、夜の中に水晶の輝きを放っている。縁の両側では、谷底にむけて土砂が

次々にこぼれおちていた。その様子は、ハーブ園にできたクレーターと似ていた。ここと
は違って、熱海のほうはクレーター状で、急な斜面から土砂が零《こぼ》れる様は、巨大な蟻地獄
のようだった。

女性アナウンサーは、この亀裂を説明するのにぴったりの言葉を発見したようだった。

「そう、あたかも大地に鋭利な刃物をそっと刺し込み、抜いた跡のようなもの……、エッ
ジです。これは大地に穿《うが》たれたエッジそのものです」

エッジによって分断された道路から車が一台飛び出し、弧を描いて底に落ちていく様子
をカメラがとらえると、女性アナウンサーは悲鳴を上げた。巨大な亀裂が生じたという情
報が、付近に行き渡っていないせいで、慣れた道を走る車が直前で気づいてブレーキを踏
んでも間に合わず、一台、また一台と、谷底の深い闇に飲み込まれて消えていく。他局の
ヘリコプター一機が、消滅した道路の上にホバリングして、強烈なサーチライトで注意を
促そうとするのが見えた。

もう少し時間がたてば、亀裂に至る道を警察がことごとく封鎖するだろうが、広大な砂
漠地帯とあってパトカーの到着は手間取りそうだ。

羽柴はいてもたってもいられなかった。エッジができているのは、間違いなくサン・ア
ンドレアス断層の上にあたる。そうして、冴子は今、日本列島を南北に縦断する大断層、
糸魚川静岡構造線の上にある伊那に向かって移動中……、いや、もうとっくに伊那の藤村
家に着いている頃かもしれない。

数学の世界に生じた矛盾が、巨大な亀裂となって地球の腹の底を覗かせてきたのかどうか、理屈などどうでもいい。テレビ画面に映し出される圧倒的現実の前で、Ｐｈａｓｅｔｒａｎｓｉｔｉｏｎの意味も棚上げされてしまった。明日に撮影すべき番組の台本も、もはや関係なかった。第一、明日も今日と同じように続くという保証はどこにもない。

第六章 転移

1

レンタカーを道の途中に停め、冴子はなだらかな坂を歩いて上がった。

藤村家の敷地に入るのはこれで三度目だった。一回目は今年の七月、藤村精二に伴われて昼間の一時間ほどをこの家の取材に費やした。二度目は一か月前の十一月。羽柴たち取材クルーと一緒にやってきて午後の時間を撮影に充てた。

今回訪れたのは彼女ひとり、しかも時刻は夜の八時を過ぎて、周囲は闇に沈んでいる。夜に訪れるのはもちろん初めてで、そのせいかこれまでと雰囲気が違うように感じられた。家は坂の途中にあり、ドライブウェイの下に立つと、気のせいか傾いて見える。

坂道をこれより上った先に民家はなく、坂の手前数十メートルの距離にある隣家の窓からは、部屋の明かりが漏れている。窓明かりは円い輪となって、山の斜面にぼんやりと浮かび、それ以外、付近に人工の明かりはなかった。懐中電灯で照らさなくても視界は十分に利いた。朝焼けとも夕焼けとも違う、青く淡い光が、玄関前のロータリーに注いでいたからだ。

冴子は、庭に茂る樹木の隙間から空を見上げ、ロータリーを上った。

どこから光が届くのか、雲を染める白い帯と、別方向から射す青緑色の光の帯が、空の低い位置で交差していた。熱海の丘から眺めたオーロラとはまたひと味違って、青緑色の帯のほうは薄いカーテン状に襞《ひだ》をなしている。雲のないところは星々の瞬きがちらほらとして、木の枝は黒いシルエットとなってあちこちから垂れ、玄関先に立った冴子の頭に触れんばかりだ。

目に見える範囲の空は狭く、単純に比較はできないけれど、冴子には、以前より星の数が少なくなったように感じられた。オーロラの微光のせいで、星の輝きが薄められているのではなかった。星々の密度が小さくなったという印象を受けるのだ。

振り返って丘の下に目をやれば、静かな湖面に星々とオーロラを映して、美和湖《みわこ》はもうひとつの宇宙を形成していた。

正面には、対照的なほど真っ黒に縁取られた家があった。

精二によって管理され、こまめにドアが開けられ、空気の入れ替えがなされていたが、管理人の手を失って以来、完全な空き家となっている。

冴子は、精二から預かったキィで錠を解き、ドアを開けて内側に入るとすぐ、壁に手を這《は》わせスイッチを探した。パチッという乾いた音のあと、一瞬の間を置いて廊下が明るくなり、同時に、家に籠《こも》る独特の臭いが鼻をついた。以前来たときとはまた違った臭いだった。時間経過が、家の中に残された残飯を徐々に無機物に変えていくのか、湿気は少なく、生々しさは前より弱くなっている。

冴子は後ろ手にドアを閉め、上がり框に座ってブーツを脱いだ。指先に力が入らず、もどかしいほどに手間取ってしまう。その間に、背後から気配が忍び寄ってきた。

冴子にとって背中は特別な感覚器官だった。特に得たいの知れない空気を読もうとするとき、視覚が閉ざされているせいでよけいにその機能は際立つ。何かがおかしい。たった今、ドアを開けて嗅《か》いだ臭いの質が変わっていくようだ。部分から発散されて全体の中に薄まっていく臭いの流れがあることを、冴子の鼻は嗅《か》ぎわけていた。

玄関の三和土《たたき》はコンクリートがむきだしの正方形をしていて、下駄《げた》箱の下には同じ形をしたサンダルがふたつずつ、合計四つ並んでいる。理由はわからないが、この家にある生活の品々はどれもみなペアを作っていることが多い。四つ整然と並んだサンダルの、さらに内側の下駄箱の真下に、ひときわ大きなサンダルが単独で隠れるように置かれていた。

冴子は鼻を動かした。以前とは違う臭いの源はどうやらここらしい。一年近く無人のまま放置されて何もかも干からびた家の中、大きなサンダルだけが生命に特有の臭いを放っている。

冴子は、ブーツを脱ごうとする手をとめたまま、背中の毛穴という毛穴をすべて開いて、背後をうかがった。

子どもの頃、熱海にある古めかしい父の実家に泊まるのは好きだったが、唯一嫌でならなかったのは、深夜にひとりでトイレに立ったときの気味悪さだった。和式トイレにしゃがんで用を足している間、勝手に想像力が膨らんで、いつの間にか開いたドアの向こうの闇に、幽霊が佇《たたず》んでいるような気になってくる。肌を撫《な》でる空気に敏感になったせいで風が吹き込んだように感じ、想像力が刺激され、勝手な像を闇の中に作り上げるのだ。ずっとトイレにいるわけにもいかず、冴子は、勇気を奮い起こして振り向くのだが、そこに想像上の化け物がいたためしはなかった。

正面の玄関ドアには上半身のみの影が映っている。廊下に灯《とも》った明かりを背後から受けた、まごうかたなき自分の分身。それ以外にゆらめく影は何もない。

とっくにブーツを脱ぎ終わっているにもかかわらず、身動きがとれないでいた。動悸《どうき》は激しく、このまま空想を肥大させると、身体中の自由が奪われそうな気がした。こんなところで金縛りにあったりしたら目も当てられない。

冴子は、振り向きざまに片足を上がり框に乗せ、妄想の産物をかなぐり捨てるや、わざと足音を大きく前進して、電灯という電灯をすべてオンにしていった。鳥居繁子をフィーチャーして撮影したときの、彼女の後ろ姿を追いながらカメラとともに進んだ速度とは大違いで、転がるように居間に入って室内灯を点《とも》すまでに要した時間は、ほんの数秒だった。

冴子は、部屋の様子を確認しながら、呼吸を整えていった。

オープンカウンター型のキッチン、六人掛けのテーブル、食器棚や収納家具が機能的に壁に並んでいた。サイドボード下部には水槽が配置され、その上には真っ赤なバンダナが画鋲《がびょう》でとめられていた。何もかも、鳥居繁子と一緒に撮影したときのままだ。

視線を一巡りさせてまたもや違和感を覚えた。一か月前に冴子は、この部屋で気を失った。その直前の光景はスローモーションで刻印されている。地震によって食器棚が大きく傾き、噴出した中身が頭にぶつかって脳振盪《のうしんとう》を起こし、同時にあちこちでモノの壊れる音が響いた。

倒れる直前のクラッシュ音から導かれるのは、あたり一面に散った破片の数々だった。ところが台所にはモノが壊れた痕跡《こんせき》がまったくない。棚はもとの位置にあって、食器類はガラスケースの内側に収まり、床には塵《ちり》ひとつなく、以前より綺麗《きれい》になっている。

羽柴たちが後片付けしたのだろうか。しかし、それにしても、掃除が行き届き過ぎている。

冴子は、テーブルの上からテレビのリモコンを摑《つか》んで、見るともなしにパワーボタンを押した。テレビ画面が明るくなるまでの間に、冴子は、目許《めもと》を拭《ぬぐ》い、胸をひとつ叩《たた》いた。まだまだ息苦しさが抜けなかった。

網膜が滲《にじ》んでいる上、音量が低く設定され過ぎていて、最初のうち画面に映っているシーンの意味が理解できなかった。海外で作られたドラマのワンシーンなのだろうか、夜の、荒涼たる大地で繰り広げられる追跡劇とも思えたが、サーチライトで照らされる地表に人間の姿はなく、延々と夜の風景が映し出されるだけだ。暗い上、画面を上下に真っ黒な淵《ふち》が貫いて、亀裂《きれつ》の底はサーチライトが届かないほどに深い。

冴子はリモコンを操作して音量を上げ、あちこちチャンネルを替えてみた。驚いたことに、どこの局も似たり寄ったりのシーンを流している。ニュースだとしたら、世界のどこかで大変な事件が起こったことになる。

元のチャンネルに戻すと同時に、ヘリコプターのローター音が唸《うな》りを上げ、視界が徐々に下がっていった。カメラを積んだヘリコプターが、高度を下げ始めたようだ。

カメラは、亀裂の縁を目線のわずか上に眺めるまで下がり、すっぽりと闇に飲み込まれていった。

ヘリコプターに乗り込んだテレビ局通信員は、甲高い声で実況中継していた。

「現在わたしたちがいるのは、アメリカ、カリフォルニア州、インターステートハイウェイ五号線とUSハイウェイ一〇一号線に挟まれた砂漠地帯です。ごらんください、両者を結ぶステートハイウェイがあそこでまっぷたつに分断されています。車を運転中のみなさん、注意してください。ステートハイウェイ、五八号線、四六号線、四一号線、一九八号線を運転中のドライバーの皆さん。あなたがたが走っている道路の先が消滅している恐れがあります。大変危険です。繰り返します。ステートハイウェイ……」

女性レポーターの声に促され、カメラの焦点は地表すれすれの位置に合わされてゆく。

そこには、鋭利な刃物ですっぱりと切られたアスファルトの断面があった。切り口は凹凸もなく、不自然なぐらいに滑らかだ。

レポーターは解説を続けた。

「繰り返します。この亀裂が、どうやってできたか、現在のところまったく不明です。生じたのは、昨夜から今朝にかけての深夜という報告を受けていますが、正確な時間は確定できず、その時間帯に大地が揺れたというデータもなく、地震と無関係なのはほぼ明らかです。音波探知器によれば、底までの距離はおよそ二千メートル、想像を絶する深さです。まったくいかなる力が、このように深い亀裂を大地にうがつのでしょうか。人智を超えた力が働いたとしか思えません。エッジの形状を保って、大地の質量が瞬間的に消滅してしまったのです。神の怒りなのでしょうか。それにしてはこの静寂は、なんとも不気味です」

冴子は理解した。どうやら、アメリカのカリフォルニア州においても、熱海のハーブ園にできたと同様の、物質の不自然な欠損が生じたらしい。熱海はクレーター状で、カリフォルニアのものはまっすぐな亀裂状とタイプは異なっている。規模には格段の差があり、カリフォルニアのそれは一夜にしてグランドキャニオンが誕生したといっても過言ではない。いや、深さにおいては遥《はる》かにグランドキャニオンを凌駕《りょうが》する。

物質が消滅したメカニズムと、意味するところは同じだろうと推測できる。テレビのレポーターたちは、人智を超えたものの作用としか、表現する術《すべ》を持たないでいる。声の響きには、驚きとともに畏怖《いふ》が含まれていた。

冷静にこの映像を眺めている自分こそ、冴子には驚きだった。

2

いくらビールを飲んでも酔いが回る速度は遅かった。

だれが言い出したものか、飲み物が欲しいという要求が出されると、部屋にいる六人の男は、同時に喉《のど》の渇きを自覚した。

冷蔵庫からビールを二本取り出して、グラスに注《つ》いだのは細川だった。みんなほぼ一息でグラスをあけ、ビールはあっという間になくなり、さらに二本が追加された。

喉の渇きも治まり、人心地ついたところで、羽柴が口火を切った。

「Ｐｈａｓｅ ｔｒａｎｓｉｔｉｏｎについて、説明してもらえませんか」

現在の状況をなるべく正確に理解しなければ、先の行動を決めることができない。

ボリュームが下げられた状態で、テレビからは巨大な亀裂の映像が延々と垂れ流されている。

「Ｐｈａｓｅ ｔｒａｎｓｉｔｉｏｎ……日本語では相転移と訳します」

磯貝は説明を始めた。相転移という言葉に正確な漢字を当てはめることができたのは、羽柴と加賀山だけだった。だからといって彼らに、単語の意味が把握できたわけではない。

「相転移の何たるかを説明しようとするとき、我々は一般的に水を譬《たと》えに使います」

磯貝は、ビールを飲もうとグラスを持ったが、中身はほとんど空だった。だからといってだれも注ごうとせず、磯貝は、手持ち無沙汰《ぶさた》にグラスをいじりながら、そのまま譬えに使うべく、顔の高さに持ち上げてぐるりと回した。

「このグラスの中に水が入っているとします。おわかりの通り、水は液体です。でも、熱して百度に達すれば蒸発して水蒸気に変わり、気温が零下に下がれば凍ってしまいます。つまり水の相は三つに分類される。百度以上で気体、零度から百度までの気温で液体、零下になれば固体。もうおわかりでしょうが、相転移とは状態が変じることをいいます」

なるほどわかりやすい譬えだった。気体、液体、固体と、H_2Oである水の分子は、温度の変化に応じて三つの状態を持つ。これがすなわち相というものだろう。日常的に見慣れた現象で説明されたため、簡単にイメージでき、相の何たるかがすんなりと羽柴の頭に入ってきた。

「水と同様、宇宙にも相があります。今、我々が生きているこの空間は、人間にとって三次元的に把握され、一方向の時間の流れを伴うものです。重力や電磁気力など四つの基本的な力のバランスの上に構成され、一定の物理定数によって支えられた、一種の相といっていいでしょう。

ところで、いいですか。ここからが重要なのですが、相が変わると、物理法則も変わります。たとえば、音の伝わり方にしても、気体、液体、固体でそれぞれ速度が変わってきます。光にしても屈折の角度等が変わってくる。相の変化は、物理法則の変化、すなわち、世界を根底から支える数学的構造のズレをもたらすのだと覚えておいてください」

数学的構造のズレは恐らく、πの値にパターンが生じたり、リーマン予想が崩壊したりといった具合に、数値の微妙な変化となって表れてくるに違いない。羽柴は、磯貝の言おうとしている先を一瞬で飲み込み、身を硬くした。

ついさっきまでは、数学の定数にほんの小さなズレが生じたところで、現実の我々の生活には何の問題も起きないと信じ込んでいた。だが、数値のズレが相転移の前触れだとすれば、安穏と構えているわけにはいかなくなる。羽柴は、自分が生きている世界は気体であるという認識があった。魚類は水の中、ミミズが土の中に棲《す》むことを思えば、相が変わるというのは大変なことだと想像がつく。えら呼吸できない人間が生身のまま水中にほうり込まれたり、コンクリート詰めにされて固められるようなものだ。

ここに至ってようやく、羽柴は、磯貝とクリスが歯の根が合わないほどの恐怖に身体を震わせた訳が理解できた。

「まさか、これから相転移が現実に起こる……、そう言いたいのですか」

磯貝は、ごくりと喉を鳴らし、目だけで小さくうなずいた。

「残念ながら、すべての状況が、相転移の襲来を裏打ちしています」

「ど、どうなるんです、我々は」

加賀山と細川は、口々に同様の質問を口から迸《ほとばし》らせ、腰を浮かせた。

「今夜はよく晴れてます。星々もきれいだ。でも、今、こうしている間にも、星は次々に消えていきます。相転移の波が太陽系に達すれば、我々はどうなるか。一瞬で闇に没するでしょうね。つまり、消滅するのです」

「あ」

と、小さく口を開けたまま、加賀山と細川は出かかった言葉を止めた。加賀山は両手で頭を抱え、浮かせていた腰を椅子に戻し、細川は顔を歪《ゆが》めて窓辺に寄り、空を見上げた。

彼は、磯貝の言っていることを世迷い言としてしりぞけたかった。だが、一目見て明らかな通り、夜空は以前と比べて格段に暗くなっている。

「相転移から逃れる方法はないんですか」

心のどこかではいまだ納得できないでいるために、羽柴は緊迫した空気に乗り遅れていた。

「一旦《いったん》つかまったら最後、逃れる方法はありません」

「春になれば雪は融《と》けて、水に戻るじゃありませんか」

「凍った水に閉じ込められた生命は、もっと悲惨ですよ」

「これ以上の悲惨が有り得るんですか」

加藤が話を引き継いで、自嘲《じちょう》気味に問いを発した。

「相転移のたとえとして、水を取り上げたせいで、みなさんはおそらく、水中に棲む生物を連想しているのでしょう。冬、氷に閉ざされたワカサギが、春になってまた自由を取り戻すイメージでしょうか。水をたとえに挙げましたが、現実の相転移はそれとはまったく規模が違う。宇宙を構成するすべての物理的構造が崩壊してしまうのです。いいですか、宇宙を構成するすべて……、我々生命もそのうちの一部なんです。厳密にいえば、量子レベルですべて物質のパーツが一瞬でバラバラになり、構造がなくなってしまう。物理定数を始め、重力、電磁気力、大きな核力、小さな核力の基本的な四つの力、素粒子の質量などが変われば、一旦すべてチャラになり、傍目《はため》には消滅したとしか見えない。もっと、わかりやすいたとえを使えば……、つまりコンピューターの情報がすべて消去されるようなもの……」

そこで、磯貝は言葉を止め、ひとり納得した様子で手を顎《あご》に当てた。

「そうか、だからなのか」

部屋にいる全員は視線を集中させて磯貝に説明を求めた。

「いや、πの値の変化ですよ。コンピューターには、たとえば、011010100110100111110001001100111101010000010……といった具合に、0と1で表現された膨大なビット列によって情報が記載されています。情報をすべて消去するとは、これをすべて0列に変えることなんだ」

「πの値に生じた変化と同じってわけか」

「つまり、πの値に生じた無限の0列は、相転移の襲来を暗示していたのです」

消去ボタンは何の前触れもなく、突如作動するわけではない。宇宙は、一年以上も前から、太陽黒点の動きの激しい日に、活断層の上から人間を消し去ることによって相転移が襲来する前兆を見せ、徐々にその度合いを強めていったのだ。失踪《しっそう》者数の桁《けた》が増え、数学の論理に矛盾が生じ、大地の欠損は大規模なものとなり、星々が消え始めた。現在の地球上の異常現象が最後の警告だとすれば、宇宙消滅のデリートボタンが押される瞬間はすぐそこにまで来ていることになる。闇の緞帳《どんちょう》が落とされるのはどうやら間違いなさそうだ。

羽柴は、そこまで考えたところで、足下から血が抜けていくような気分になった。身体を支える足に力が入らず、その下にあるはずの床がふわふわとおぼつかなく感じられる。ついさっきまで半信半疑で聞いていた磯貝の解釈に、突如として現実味が出てきた。

その場にいる人間はみな同様の気分を味わっていた。壁に寄り掛かっていた細川はそのまま絨毯《じゅうたん》の上に尻餅《しりもち》をつき、加藤はベッドに腰を深々と沈めた。椅子の上で身を縮めている加賀山は、磯貝に対して筋の通らない糾弾を繰り返していたが、その口調は哀願に近い。

「ふざけたこと言わないでくれよ。なあ、お願いだから。なにか助かる方法があるんだろ。だって、アメリカ大統領は、対策を練るために専門家を招集してるじゃないですか」

「もちろん、しかし、彼らは今ごろ、自分たちの無力を悟っているはずです。旧《ふる》い宇宙が消滅し、新しい宇宙が取って代わろうとしているのです。そんな宇宙構造の大変革に対して、人間ができることはまったくない。ゼロです」

「じゃ、彼らは、一体何のために……、天才科学者ばかりなんだろ」

最後のほうは完全に力が抜け、加賀山の声はフェイドアウトしていった。

「彼らにできるのは現状の正確な分析だけです。たぶん、残された時間の計算でもしているのでしょう。ジェームズ・ウェッブ宇宙望遠鏡が特別なミッションに入ったのもそのためです。地球からの距離が正確に測定されている複数の星が消滅した場合、その時間差を調べれば、相転移の波がやってくるスピードが計測できます。相転移の波は一種の情報であり、一般相対論によれば、光速より速くなることはない。星が消えているにもかかわらず、我々が生き延びているのはそのためです。だが、情報の伝わる速度は、光速とほとんど同じ、ほんのわずか遅いだけだと思われます」

「いつ、そいつは来るんだ」

その場にいる人間にとってもっとも差し迫った問題だった。相転移が来るとして、それはいつなのかということ。

磯貝は、口をへの字に結んで軽く両手を上げ、

「遠い先ではないことだけは確かです」

と言いながら、クリスの耳に口を近づけて、囁《ささや》いた。

「アマチュア天文家のネットワークに侵入すれば、速度なんて簡単につき止められるかもしれないな。奴ら、捨てたもんじゃない。星の消滅には当然気づいているだろうし、中には何人か相転移を予想している人間もいるだろう。得たいの知れない情報が近づいているとして、その速度計算ぐらい、簡単にやってのけているに違いない」

気力も何も失い、ぐったりとへたり込んでいたクリスは、溜《た》め息ともつかぬ返事をし、キィボードに手を伸ばしていった。天文の専門家にアクセスを試みるためである。

新たな任務に励み始めたクリスを尻目《しりめ》に、羽柴は磯貝に尋ねた。

「あまりに突拍子もない現象というか、すぐに信じろといわれても……、混乱するばかりで。ちょっと頭を整理したいのですが……、一体、こんなことがなぜ起こるのです。何か原因があるはずでしょ？」

「相転移がどんなメカニズムによって生じるか、まだ明らかにされているわけではありません。現実に、我々の宇宙が無から生じた直後、相転移が生じ、ビッグバンをもたらしました。あるいはまた別の相転移が宇宙の対称性を破り、さらにまたべつの相転移が我々に馴染《なじ》み深い原子の構造を作り上げました。未来においても相当な確率で生じると予想されているにもかかわらず、不思議なことに、一般的にはあまり認知されてこなかった。

まあ、唯一、ジェフリー・アダムズだけが警告を発していたようですが。先程開いた、『フィジカル・レビュー・レター』に掲載された論文を一読して明らかな通り、宇宙における相転移は近い将来必ず起こると、彼は予想していました。原因としてはいくつか考えられます。ブラックホール同士が複数融合した、あるいは、強烈な宇宙線が高速度で衝突した……、セルンの実験で生じると予言している者もいます。原初の宇宙だけに限らず、これまでにも何度か相転移は起こってきたのだが、我々はその痕跡《こんせき》を見落としてきたとさえ、彼は論及しているのです。

今ここで原因をつき止めるのはまず不可能でしょう。何かがきっかけとなって、相転移が生じたとして、さっきもいった通り、相転移自体は一種の情報伝達であり、相対性理論によれば、光の速度を超えて伝わることはまず有り得ない。さて、この矛盾にお気づきですか」

磯貝は、羽柴の顔から目を逸《そ》らさなかった。矛盾を察知し得る人間がいるとしたら、彼だけだろうと踏んでいたからだ。

しかし、答えたのは豈図《あにはか》らんや加賀山だった。

「情報伝達が光の速度を超えないとしたら、事前に我々が察知するのは不可能」

磯貝は少し驚いたように加賀山を見て、人差し指を一本立てた。

「その通り。理論的には相転移がやって来るのを予測するのは不可能なのです。にもかかわらず、我々は知ってしまった」

「やっぱり、違うんじゃないですか」

細川のささやかな期待はすぐに打ち消された。

「宇宙には抜け道があり、相転移の情報はそこを通ってやってきたと思われます。たとえば、お湯を沸かそうとやかんを火にかけているとします。熱くなって沸騰が近づくと、底から小さな泡がのぼり始める。この泡は、やがて来る相転移の前兆ともいえるものです。水中の場合、泡はまっすぐ上にいく。しかし、途中に障害物があれば、泡はそれをよけてジグザグに浮かぶ。宇宙の場合、情報が光のようにまっすぐやって来るとは限らない。そもそも空間が一様であるという前提は崩れています。宇宙の一点と、何十億光年も離れた一点が、ワームホールを通して繋《つな》がっている可能性は十分にあります。我々に見えないだけで、宇宙には抜け道があり、相転移の前兆である泡はそこを通ってやってきて、人間や物質を消滅させた。どうですか、筋が通るじゃありませんか。あなたがたが作成したファイルには、失踪した場所と、時間には、地磁気や活断層、太陽黒点の活発な動きが影響していたとある。それ以外にも様々な物理的要素が絡み合って、先触れたる任務を負った泡の通り道を形成していた可能性がありますね」

数々の不可解な失踪事件は、宇宙が消滅する予兆だった。正規ルートを通らず、時空を超えて届いた相転移の泡が、人間や大地を消滅させ、やがてくるカタストロフィを予告した。磯貝が出した仮説は、羽柴の予感を理論的に説明したものだった。

これまでの例で見れば、人間が消えた後、いくらかの時間差を置いて、大地の欠損が起きている。いつ糸魚川静岡構造線に巨大な亀裂ができてもおかしくはないのだ。カリフォルニアと同規模の亀裂ができたらどうなるだろう。本島はど真ん中で分断され、海水が流れ込み、東西ふたつの島が誕生することになる。

羽柴には、この期に及んでもまだジャーナリストの本性が残っていた。今、状況を正確に握っているマスコミ人が、自分たちだけだとしたら、これはまさに一世一代のスクープとなる。問題は、残された時間だった。カタストロフィ到来が、数か月先だとしたら、仕事上の成功に酔い痴《し》れる余裕も残されているが、今日明日がタイムリミットだとしたら、発表する時間の余裕すらなくなって、スクープの意味は失われる。

「我々以外に情報を正確に摑《つか》んでいるマスコミはいるでしょうか」

羽柴は磯貝に意見を求めた。

「マスコミとなると、どうかわかりませんが、研究者であれば、当然、我々以外にも何人かいるでしょうね。セルンの連中は独自に結論を割り出しているはずだし、各国の天文台も答えに近づきつつあるに違いない。となると、まあ、マスコミに漏れるのも時間の問題でしょう。皮肉なことに、羽柴さん、あなたはもの凄《すご》いスクープをものにしているんですよ」

心の内を見透かされ、羽柴は目をそらした。

「問題は時間だ」

最初の失踪《しっそう》事件が起きたのは、一年以上前のことだ。相転移の波が来るとしても、まだそこそこ時間が残されていてほしいと、羽柴は期待した。

しかし、磯貝は羽柴の期待を平然と打ち砕く。

「哲学者のウィトゲンシュタインの言葉をご存じですか。明日の朝がやって来るというのは単なる予想に過ぎない……。残念ながら、彼の哲学が勝利を収めそうな気配が……」

そう言いながら、磯貝は、クリスが呼び出した画面に顔を近づけ、おそるべき速さでデータを読み取り、内容を咀嚼《そしゃく》した上で、クリスに確認した。

「スピードがアップしてるって、これ、本当かい」

「間違いない。このままいけば、やがて光速と同じになり、たぶん、追い越す。かつてビッグバン直後に生じたインフレーションは、光速よりはるかに速い速度で広がった。だから、不可能じゃない。アインシュタインの一般相対性理論は崩れる」

内容がわからなくとも、ふたりの会話からは不穏な気配が臭い立つ。緊急事態においては理解力もまた格段にアップするに違いなく、羽柴は、

「相転移の波がやがて光の速さを追い越す、とどうなるのですか」

と、訊《き》いた。

「ウィトゲンシュタインの予感的中ってところだ。新年を迎えられるどころか、日本にいる我々が明日の日の出を見ることは、たぶん、ない」

羽柴は息を呑《の》んで椅子から立ち上がり、加藤は笑いながら頭を掻《か》きむしり、細川はきょろきょろと小刻みに顔を巡らせ、加賀山はトイレに駆け込んで嘔吐《おうと》した。

それぞれの異なったリアクションには見向きもせず、磯貝は続けた。

「相転移の伝達が光速を超えて速くなると、どうなるか。消滅の時がいつなのか、時間を予測することはまったく不可能になります。天の川銀河の、すぐ隣の星が瞬いていてもお構いなしに、終了のボタンは押される。それはまったく突然にやってくる」

磯貝は一呼吸置き、覚悟を求めるような視線で、一同を見回した。

「つまり、今しゃべっている、わたしの言葉が終わらないうちに、すべてき」

磯貝が中途半端に言葉を止め、ことさらに緊迫感を煽《あお》ったため、羽柴、加藤、細川の三人は、つられて呼吸を止めてしまった。

血管の脈動が感じられた。それは宇宙消滅のカウントダウンのように体内から響いてくる。今、この瞬間にも、世界を認識する主体である意識が、消えてしまうかもしれないの

だ。個としてではなく、地球上の生命の意識が、まるごとすべて。

磯貝の目は赤く充血して、うるんでいる。

「すみません、驚かすつもりはなかったんだが……」

羽柴は、硬く身構えていたポーズを崩し、マスコミ人としての自覚を新たにした。ほんのちょっとしたアクションに、過剰反応を起こして硬直した自分たちの姿から、簡単に類推できる。マスコミが煽動《せんどう》して終末へのカウントダウンを始めれば、世界を巻き込んだパニックが起きるのは必至。いずれ終わるとしたら、せいぜい静かな最期を迎えたいものだと、羽柴は願った。騒乱の中、無様な姿を晒《さら》し合うのだけは御免被りたい。

「というわけで、残り時間はあまりありません。やるべきことをやったほうがいいと思いますが」

磯貝は、そこで言葉を切り、みんなの顔を見回したが、反応がないのでさらに続けた。

「今から急いで家に帰れば、家族と会えるチャンスがあるかもしれません。あいにくというか、幸運にというべきか、わたしに家族はなく、唯一無二の親友と呼べるのが、ここにいるクリスでして……」

それぞれ自分のことを考えるのに忙しくて、磯貝の願望を理解できた者はひとりもいない。この期に及んでも、だれひとり動こうとしないのに業を煮やし、磯貝は、両手を打って広げた。

「よかったら、我々、ふたりだけにしてもらえませんか」

羽柴は、おずおずと立ち上がり、加藤と細川に言った。

「先に部屋に戻っていてくれ。おれは、加賀山を連れていくから」

加賀山はバスルームに籠《こも》ったきりで、出て来る気配もなかった。

「手伝いますよ」

細川の申し出を羽柴は柔らかく拒否した。

「いや、いいんだ。先に戻って、機材を整理してくれたほうが助かる」

それ以上何も言わず、加藤と細川は部屋を出て、隣室に向かった。

羽柴は、グループの責任者として、取材活動は終わりにして、あとは各自の自由に任せるべきだろうと判断を下していた。現在自分たちが使える車は二台あり、それぞれに便乗して東京方面に戻れば、最期のときを家族と迎えることができるかもしれない。

バスルームのドアを開けると、吐瀉《としゃ》物に独特のすえた臭いが鼻をついた。加賀山は、便器を抱える恰好《かっこう》でうずくまり、肩を激しく上下させていた。羽柴は、手の甲を鼻に添え、もう片方の手を加賀山の背中に当てた。バスルームのライトをつけても換気扇は作動せず、そのせいで臭いが狭い空間に籠っている。

「加賀山、さあ、行こう」

加賀山の背中をさすっているうち、羽柴は、バスルームに充満するもうひとつの音が気になり出した。

換気扇のダクトがどのような経路で壁を這《は》っているのか定かではないが、その役割上、コンクリートの隙間を縫って、外部と繋《つな》がっているのは間違いない。パイプの先端は、駐車場の音を拾って外界の様子をバスルームに伝えていた。

外と内とを結ぶダクトを通して、続け様に鳴る車のクラクションと、ジングルベルジングルベルと軽快に歌うアカペラが、交ざり合って漏れてきた。ホテルの駐車場に停められた車の傍らで、男女が華やいだ声を上げているのだが、エンジン音とクリスマスソングと会話が渾然《こんぜん》一体となって何を喋《しゃべ》っているのかわからない。そんな漠然とした音の塊の中から浮き上がり、明瞭《めいりょう》な女性の言葉が羽柴の耳に届けられた。

「キスしようか、みんなの前で。いいのよ、今夜は、特別な日なんだから」

ダクトを通ってやって来た甘い声は、耳元で無邪気に囁《ささや》くようだった。

羽柴は見も知らぬ女性の声に促されるようにポケットから携帯電話を取り出し、冴子の番号をプッシュしていた。まだ電源をオフにしたままなのか、すぐに留守電に切り替わる。羽柴は、手短にメッセージを残して、すぐ先の未来に待ち構えている宇宙規模の危機を伝えた。

三十秒以内で語り終えて思ったのは、このメッセージを再生して聞いたとしても、自分なら決して信じないであろうということだ。

3

夫婦の部屋は、この家で唯一の和室で、廊下を挟んでリビングの隣にあった。一回目に訪れたとき、冴子は、チラッと覗《のぞ》いただけだった。南向きの縁側から日差しが入って、明るいはずなのに、どこか殺風景と感じたのは、家財道具が極端に少なかったからであろう。納戸と納戸の隙間に挟まって、黒い仏壇が置かれてあり、部屋の入り口付近に立ってざっと見回したとき、黒光りする仏壇の色艶《いろつや》が印象に残った。

仏壇にまつられている写真は恐らく晴子の義父、この家の祖父のものである。その写真の下で、羽柴は、眞一郎の手帳を発見したと言う。

冴子は、祖父の名前を知らなかった。失踪事件の調査において、とうの昔に亡くなった人間の情報に興味を持たなかったからだ。いつ亡くなったかも知らなかったし、写真すら入手していない。この家の人間について、まだまだ知るべきことがたくさんある。

しかし、父の手帳が、祖父の仏壇から発見されたというのは実に奇妙である。晴子の実の父というのならまだわかるが、義父の遺影の前に、深い関係にあった男の持ち物を隠すという神経は、ちょっと尋常ではないように思う。父と晴子は不倫関係にあったわけではないのだろうか。あるいは……、冴子の脳裏に、第三者の手によって父の手帳が仏壇に置かれたという可能性がひらめいた。いつ、だれが置いたのか。藤村家の家族全員が失踪する前なのか、後なのか。第一、何のためにそんなことをしたのか、理由がわからない。

この家のどの部屋から調査を開始すべきか、もはや明らかだった。夫婦の居室である和室からだ。

冴子は、立ち上がってリビングルームを出ようとした。そのとき、音量の下げられたテレビ画面に視線が流れ、目に飛び込んできた映像に自然と足が止められた。

最初のうち、その不自然な光は、室内の照明を反射させているだけかと思われた。だが、そうではなかった。リビングルームの天井に設置されているのは、テレビに映っているような複数の電球ではなく、長方形の蛍光灯だった。

テレビ画面は、いつの間にかカリフォルニアから別の場所に変わっていた。

大地をえぐる亀裂《きれつ》以外にも、何か大きな異変が生じたようである。

撮影地点はインドらしく、カルカッタという地名と現地時間がしきりにテロップで流されていた。テレビカメラがまず最初にとらえたのは、ものすごい数の群衆だった。

夕方の六時を過ぎたカルカッタは、西の空を赤く染めてまさに太陽が沈もうとするところである。群衆の視線は地平線ではなく、闇と光の境をなす中天に注がれていた。口々に言葉にならない溜《た》め息を漏らし、群衆の大部分は祈りを捧《ささ》げるかのようなポーズを取っている。何千何万という群衆が、一斉に空の一点を眺めて祈りを捧げる光景も異様だったが、その先にあるものはさらに異様だった。空のもっとも高い位置に、腕をまっすぐ伸ばして広げた手の平サイズの円が五個、発光しながら整然と並んでいるのだ。円形に隊列を組んだ五機のＵＦＯと見えなくもないが、円盤はまったく動くことなく、定位置にとどまって淡い光を放っている。光の位置は高度数万メートルの上空であるらしいことが、テロップの情報から読み取れた。人間の手による物では決してあり得ない。満月が五つ並んでいるという表現が一番ぴったりくる。それとも、円形の花びらを五枚持った円い花。あるいは、なぜか冴子がイメージしたのは、病院の手術室の天井から手術台を見下ろす無影灯であった。無影灯とは、読んで字のごとく、影がどこにもできないように設計された照明であり、手術台の上になくてはならないものだ。

これまで一度も手術を受けたことがないのに、なぜそんな連想を得たのか、冴子には不思議だった。一旦《いったん》連想を得た後にテレビ画面を眺めると、中天に浮かぶ五つの明かりは、円形のシェードにはめ込まれたハロゲン電球としか見えなくなり、背後から延びたアームや、天井に設置するためのボルトまで見えるような気がしてしまうのだ。

現在、世界各地で、何億という数の人間が、テレビを通して同じ映像を見ているだろうが、五個の円形発光体から無影灯を連想しているのは自分だけのような気がしてならない。冴子は、自分が手術台の上に横たわっているかのような思いにとらわれた。妄想を振り払いながら、冴子は、リビングルームを出て、隣室の扉を開け、明かりを点《つ》けた。

部屋の様子が目に飛び込むと同時に、かつて一度聞いたことのある男の声が、以前と同じ響きで脳裏に蘇《よみがえ》った。

「そんなに欲しいなら、くれてやる。のしをつけてな」

まただ。前回、この家で、テーブルの上に置かれた父の手帳に触れたときと同じ台詞《せりふ》が、頭の中に再現された。

冴子は、一日身体の動きを止めて周囲を見回し、だれもいないことを確認した上で、むさぼるように空気を吸い込み、呼吸を整えた。妄想が連鎖を呼び、根拠のないイメージと実体のない声が反応し合っているようだ。冴子は、部屋の様子をなるべく客観的に観察することによって、冷静を保とうとした。

家具があまりないせいなのか、やはり思った以上に広々と感じられる。八畳の和室には、ちゃぶ台を挟んで一対の座椅子が向かい合っているだけだ。夜になればそのまま二組の布団が敷かれていたに違いなく、褐色のちゃぶ台は部屋をふたつの領域に分けるべき境界線の役を為《な》していた。

冴子は、振り返って押し入れを開けた。体臭の染み込んだ綿の臭いが鼻をつく。押し入れの上段に重ねられたマットレスと敷き布団は、トランスフォーム断層の切断面に現れた地層のように、斜めにずれている。下段には、衣類を収納する桐《きり》ダンスが設置されていた。押し入れの横には、作り付けのワードローブがあり、ジャケットやコートの類《たぐ》いが吊《つる》されている。仏壇の横にも作り付けの納戸があり、日用品が機能的にしまわれていた。

この部屋が広々と見える理由はここにあった。押し入れ、ワードローブ、納戸等、収納スペースがたっぷりとられていて、目に見えぬ場所に生活の品々が隠されているからだ。

納戸の奥の棚には、アルバムとおぼしき背表紙が並んでいた。冴子はそのうちから一番最近に撮られた写真を集めたと思《おぼ》しき一冊を抜き出して、広げてみる。地方に住家族史における二年が、時間順に、スナップ写真となって切り取られていた。

む家族の、ごく平凡な日常がかいま見える。ハレの場ともいえる旅行やイベントの風景が日常と違った彩りを与えていた。眺めているうち、どことなく懐かしい香りが匂い立ってくるのは、一枚一枚の写真に家族の温《ぬく》もりが感じられるからだろうか。

父と母と、長女と長男……、冴子の注意はどうしても母である晴子に注がれる。隣室のテレビから、ヘリコプターのローター音とレポーターの声が小さく流れ出るたび、冴子の意識はカリフォルニアへと持っていかれそうになったが、視線だけはアルバムの写真から離れなかった。

北沢から告げられた通り、自分の父とこの家族との接点が晴子にあることは、疑う余地はない。父と晴子は、父の失踪《しっそう》直前の一九九四年の八月、南米ボリビアで行動を共にしている。日本を発《た》つ前から示し合わせたものなのか、偶然現地で知り合って意気投合したものなのか、いずれにせよ、不倫ということになるのだろうが、晴子を写した写真のどこからも、背徳の匂いが感じられない。

晴子単独で撮影された一枚の写真に冴子は目を留めた。記載されたメモから、撮影されたのは失踪の一年前、場所は有馬《ありま》温泉にあるホテルのロビー、同行者は友人の登美子《とみこ》であると知れた。

写真の中で、晴子は、背筋をピンと伸ばしてソファに座り、行儀よく両手を膝《ひざ》に置いていた。気の置けない友人同士の旅行のはずなのに、妙にかしこまっている。顔も身体もふくよかで、全身から育ちのよさが漂っていた。

失踪の一年前だから撮影時の年齢は四十四歳のはずである。写真からでも、三十代前半といっても十分通用する若さを保っているのがうかがえる。

冴子は、晴子の二十八歳時の顔つきを想像してみた。美しさより、かわいらしさが勝る容姿は、愛嬌《あいきょう》のある目許《めもと》のおかげだった。はっきりとした二重まぶたで、目尻《めじり》がわずかに垂れている。

次のページに貼られているのは、もっとも最近の家族写真で、昨年の十一月二十二日と日付が刻印されていた。このわずか二か月後に一家は失踪することになる。

似たような構図の写真が全部で四枚あった。どれも同じ日の同じ時間帯に撮影されたもので、背景となる場所はこの家のリビングルームである。ついさっきまで冴子がいたところだ。

四枚の写真のすべてに、両親と長女、長男、家族全員が写っていた。たぶん部屋のどこかに三脚を立て、オートシャッターで撮影したに違いない。

なぜか他のどの写真よりもその四枚の家族写真に興味をそそられた。両親を中央に姉と弟が後ろに並ぶという平凡な構図で、普段着の四人はみな取ってつけたような笑みを顔に張り付けている。わざとらしい笑みだった。

冴子はふと気になって、今見ているアルバム以外に、数冊分のページをチェックしてみた。やはり思った通り、この四枚の写真だけコンセプトが他の写真とは異なっている。アルバムに貼られているほとんどの写真は、家族旅行、遠足、修学旅行、運動会など、イベントに絡めたものばかりだ。家のリビングという平凡な場で、何の変哲もない日常を撮った写真などほかには一枚もなかった。

「遺影」という言葉が脳裏に閃《ひらめ》いた。

……ひょっとして、この一家は、近い将来に自分たちの身に起こることを知っていたのではないだろうか。

平凡な幸福がこの先長く続くことはないと知ったからこそ、忍び寄る者の影に怯《おび》えながら、家族の光景を永遠に残そうとした。失踪の二か月前に撮影されている事実から推して、カタストロフィの期日がいつなのか、正確に知っていたわけではなさそうだ。

冴子はその疑問を保留したまま、納戸の奥を探り、一九九四年前後のアルバムを抜き出して広げた。

前年のアルバムには晴子と孝太の結婚式の風景が数枚並び、翌一九九五年には生まれたばかりの長女、扶美を抱き上げているシーンが続いている。父と晴子が、ボリビアで会ったのは、晴子が結婚した翌年であり、長女が生まれる前の年の八月だ。長女、扶美が生まれたのは五月十五日だった。計算はぴたりと合う。ボリビア滞在中の一九九四年八月に愛の行為が交わされ、その結果誕生したのが扶美であると推測しても、時間のずれはどこにも生じない。

そう思うと、冴子は、扶美の写真が気になり出した。アルバムを捲《めく》り、彼女のスナップショットを拾い出して、食い入るように見つめた。どこか自分と似ている点はないだろうか。異母姉妹の特徴がどこかに隠されてはいないだろうか……。似ていないことはない。扶美と冴子は、ふくよかな卵形の輪郭を持った、男に好かれそうな顔立ちという点で、同じ範疇《はんちゅう》に入る。

父と晴子はかつて愛し合う仲であり、その結果生まれたのが扶美……、そんな仮説は、冴子が失踪人調査のプロとして藤村家に乗り込んだとき、思いつくはずもなかった。

もし扶美の本当の父親が眞一郎だとすれば……、そして、藤村家の失踪事件の原因がそこにあるのだとしたら……。晴子は一家が崩壊する原因が自分にあることを知っていたことになる。

硬直しかけた思考の隙をつくように、そのとき、リビングルームで電話のベルが鳴った。音を聞くや、冴子はそのままの姿勢で動きをとめ、身体全体に硬直が広がっていくのに任せた。

冴子は、藤村家のアルバムを抱えたまま、畳に膝《ひざ》をつき、じっと電話の音に耳を傾け続けた。どう反応すべきかわからず、背中を丸めて耳を澄ました。

電話に出たほうがいいと判断し、アルバムを畳に置いて立ち上がろうとしたときだった。ブチッと断たれるように着信音が途切れ、「もしもし」という男の声のあとに発信音が続き、その音もすぐに消えた。

冴子は、ほんの二、三秒間の音の移り変わりから、即座に異変を嗅《か》ぎ取っていた。音の変化は、映像の流れを伴っている。まず脳裏に浮かぶのは、着信音が鳴る電話機から受話器だけが持ち上げられるシーンだった。受話器から男の声が発せられるや、その状態のまま、フックが押されて発信音に変わったのだ。その後、受話器はフックに戻される。

　導き出される結論はただひとつだった。

……今、リビングルームには、だれかがいる。

　どう考えてもほかの解釈は有り得ない。冴子は、恐怖のあまり声が漏れそうになるのを堪《こら》えて、口を左手で押さえた。ドアのところまで歩いて内側からカギをかけ、同時に、ジャケットのポケットから携帯電話を取り出す。フックが押される間際に聞こえた「もしもし」という声には聞き覚えがあった。緊迫して声のトーンが高くなっていても、冴子にはすぐ声の主がわかった。羽柴だ。

　車を運転している間、携帯電話の電源をオフにしてあったことをすっかり忘れていた。オンにしてみると、着信履歴に羽柴の名前が並んでいる。幾度となく電話がかかってきていたのだ。そのうちの二本には留守録のメッセージが残されていた。冴子は迷うことなく再生した。

「冴子、藤村家には近づくな。何かがそこにいる。これは冗談ではない。伝言を聞いたら、すぐに電話をくれ。冴子、お願いだ」

　羽柴の声は緊迫をはらんでいた。ところが、次のメッセージは打って代わって沈痛な声で語られていた。

「冴子さん、信じられないかもしれないが、冷静に聞いてほしい。宇宙はもうすぐ消滅する。磯貝とクリスが立てた仮説によれば、銀河のどこかで発生した相転移が光速を超える速さで太陽系に迫り、我々の宇宙は、夜明けを待たずして、何の前触れもなく、消滅するらしいんだ。世界のあちこちで見られる異常現象はその兆候ということだ」

一方は冴子が置かれている現在の状況のみ、もう一方は地球どころか宇宙全体に関わる内容を述べている。身に危険が及んでいるという点では、両方のメッセージとも重大な内容を含んでいた。

「この家の中には自分以外に何かがいる」

「夜明けを待たずして相転移がやってきてすべて消滅する」

どちらがより差し迫った問題なのかわからず、冴子は混乱しかけたが、数秒後には悟っていた。事態の緊急性の優劣は考えるまでもなく明らかだ。冴子のみの問題ではない。現在、世界にいるすべての個人がどのような苦境にあろうとも……、解けかかった氷山に乗って南氷洋を漂流中であろうが、末期癌を宣告されて死の床にあろうが、殺人者に誘拐されて密室に閉じ込められていようが、相転移の波は遍《あまね》く宇宙の隅々に及び、苦しめているその源をもひっくるめ、すべて消し去ってしまうのだ。

相転移がいかなるものであるか、冴子はおおよそのところは理解していた。モノの構造が一瞬で消去されて新しい物理法則のもとに再構築される現象である。旧《ふる》い宇宙から新しい宇宙へと脱皮するようなものだ。

宇宙とDNA生命による数学言語を通した相互作用の過程でちょっとした亀裂《きれつ》が生じ、

両者の理解が食い違ったまま矛盾が増大して修復不可能となり、宇宙はリセットボタンを押そうとしているのだろうか。

どこでどう間違えたのだろう。量子力学と一般相対性理論との矛盾が、問題のありかを暗示していたような気がするが、いずれにせよ手遅れである。夜明けを待たずして宇宙が消滅すると言われて、その可能性を否定できないのは、大地を切り裂く巨大な亀裂や、円形に並んだ五つの満月など、世界各地で起こっている異変を目の当たりにしているからだ。すべてがただならぬ未来を明示している。

4

部屋にいるのは羽柴ひとりだった。

隣室では、ベッドの上でうわ言を繰り返す加賀山を尻目に、加藤と細川が機材を撤収する準備に追われていた。宇宙そのものの存続が危うい今、機材のあと片付けになど何の意味もないとわかりきっていて、カメラマンの習性は直らず、来たときと同じように荷物をまとめないと気が済まないらしい。そのあと、ホテルをチェックアウトし、二台の車に分乗して東京方面に戻ることで話がついていた。

とっくに帰り支度を終えた羽柴は、隣室から声がかかるのを待ちながら、ベッドに腰を下ろして、放心の表情でテレビ画面を見つめていた。

垂れ流しの映像は、深夜のカリフォルニアからハワイ島のマウナケア山頂へと、目まぐるしく移り変わり、番組の作り手の翻弄《ほんろう》される様が見てとれる。地球上で何が起こっているのか、その原因を把握し切れていないため、焦点を絞り込めぬまま、世界を覆った異様な光景をいたずらにカメラが追っているだけだ。自分が得た情報を元に番組を作るとしたらどうするだろうと、ディレクターとしての本能がむくむくと頭をもたげ、羽柴の背筋は次第に伸びていった。情報量で優《まさ》っているという優越感が、彼の身体を熱くする。

画面は次々と切り替わって、世界中で生じた現象を説明もなく伝えていた。

どこで撮影しているものか、晴れ渡った夜空が映し出された。映像はクリアで、撮影環境は相当にいい。

夜空から星々の瞬きが消えていくことと、大地の大幅な欠損を関係づけるような解説を、レポーターは淡々と加えていた。空を見上げながら喋《しゃべ》れば、どうしても緊迫感は失われる。とぎれとぎれの声は、饒舌《じょうぜつ》になることもなかった。

現在、日本は、夜の闇に包まれている。テレビに頼らずとも、見上げれば星の消えていく様が観察できるはずだった。

羽柴は窓を開け、身を大きく乗り出して、夜空を仰いだ。

かつて光の粒で埋め尽くされていた天の川が、逆に、暗黒の帯に変わり果てていた。星の消えた夜空への驚きは、やがて寂しさに変わり、なんともいえぬ悲しみとなって、胸の底に落ち着いていった。

これまで何度天の川を見上げ、ロマンチックな気分に浸ったことだろう。

高校生の頃、羽柴は、好きなガールフレンドを彗星《すいせい》の観察に誘って、夏の一夜を空の下で過ごしたことがあった。キスのチャンスをうかがいながら、実行に移す勇気が持てず、時機を逃すたびに間の悪い空気が漂った。そんなとき、新たな会話の糸口をもたらしてくれたのは、天の川を横切る流星だった。気まずく黙り込んだムードが和み、白けることなく夏の夜のデートを楽しむことができたのは、天の川のおかげである。キスもできず、手を握ることもままならなかったが、羽柴にとってそれは素晴らしい思い出となった。

天の川は、数々の思い出も一緒に洗い流すかのように徐々に消えていく。美しい星々の消滅の後に、自分たちの命の消滅が控えていると思うと、哀しみのあまり身体の節々が痛んだ。

地球上に生命が誕生して以来、およそ四十億年の歳月をかけ、こつこつと積み上げ、生命樹の枝葉を広げ、豊かに、たわわに実らせてきた結果が、夜明けを待たずして一瞬で消去されるといわれても、どこか現実感がない。死を眼前に突き付けられているのは間違いないにしても、どこか切実さがないのだ。それは、末期癌の宣告を受け、あと数日の命だと告げられるのとはまた別の感覚だった。あるいはまた、出撃の指令が下され、明日にも編隊もろとも死出の旅に発《た》つ特攻隊員の心境とも異なる。死刑囚のそれとも違うだろう。カウントダウンもなく、瞬時にやってくる消滅に、百パーセント受け身的に身構えるなどという事態には、恐怖よりも空しさがつきまとう。あるいは、死を避けるために足掻《あが》くこともできぬ悔しさというべきか。

いや、それ以前に、相転移の襲来など磯貝とクリスの頭からひねり出された仮説に過ぎず、荒唐無稽《むけい》と一笑に付して突き放してもいいはずなのに、こうも簡単に信じているのが不思議だった。

実際のところ、ある兆候からひとつの仮説を立てたとして、その仮説を支持する側に回るか、否定する側に回るかの二者択一は、無意識下における願望による。羽柴がそう考えたのは、大学時代の先輩のあるエピソードを思い出したからだ。

スキー部の二年先輩の彼は、占いやオカルトの類《たぐ》いなど一切信じないのを信条として、論理的な思考能力に長《た》けて成績が抜群な上にリーダーシップもあり、仲間たちから一目も二目も置かれる存在であった。ところが、卒業後に就職した商社で将来を嘱望され、好条件での縁談が次々に舞い込む最中、出張先の八戸《はちのへ》で出会った十歳年上の未亡人を、中学生のときに死別した初恋の幼馴染《おさななじ》みの生まれ変わりと信じて、あっという間に結婚してしまったのだ。

友人たちと連れ立って結婚式に出て、その噂を聞いたとき、最初のうち冗談かと思ったがそうではなく、彼は本気で輪廻《りんね》転生を信じていることが判明して、一同唖然《あぜん》としたのを覚えている。

彼が結婚相手を、死別した幼馴染みの生まれ変わりと信じる理由は三つあった。

重病に冒されて入院中見舞いにいったとき、近い将来の死を覚悟した幼馴染みは先輩に、自分が死んでも清流の上をまたぐ橋の上できっと再会できると約束したのだが、結婚相手と出会ったのは馬淵川《まべちがわ》にかかった櫛引橋《くしびきばし》の上であったというのがひとつ。ふたつ目は、両者とも身体つきが似ていて、唇の左下にほくろがあり、茶色っぽい髪に天然のウェーブがかかっているという肉体的特徴を共有しているという事実。そして決定打となった三つ目は、ふたりとも誕生日が同じであることだ。

三つの偶然が重なったからといって八戸で出会った年上の女性が、幼馴染みの生まれ変わりと信じる根拠にはならない。そもそも結婚相手のほうが死んだ幼馴染みより十歳も年上なのだ。どのように論理的に考えても否定されるべきなのに、先輩は、輪廻転生を信じる側に回った。

そのとき、羽柴が思ったのは、いくら理知的な人間であっても、あやふやな兆候から真実を読み取ろうとするときは、まず願望が先にあり、そこに物語を当てはめ、強固な信仰へと昇華させがちということだ。先輩は、自分の恋に神秘の彩りを与え、運命的でロマンチックで、独自なものにしたかったゆえに、ひとつの神話を作り上げてしまったのだ。

その理屈を応用すれば、羽柴は今、世界の終わりを望んでいるということになる。

世界が終わろうとするとき、自分はその瞬間に立ち会いたいとは幾度となく考えた。まったく無関係な時代に宇宙が終焉《しゅうえん》を迎えるより、自分がまさに生きている時代に、荘厳な幕引きを迎えたいという願いは、確かにあるのだ。

そこまで考えて羽柴は、だから自分は今、相転移による消滅を信じる側に回っているのだと、納得できたのだった。自分が属する人類どころか、生命のすべてと運命を共にするのだと思えば、恐怖心はある程度抑えられて、高揚感に変わってゆく。

もっとも厭《いと》うべき死とは、愛する者たちとの絆《きずな》を断ち切られてひとり取り残され、緩慢な肉体的苦痛を伴う類いのものだ。

宇宙全体の消滅はそれとは違う。

羽柴はかつて、雑誌で見た『最後の晩餐《ばんさん》』という企画をネタに同僚たちと話し込んだことがあった。「世界が明日終わるとしたら今晩の食事は何にするか」というもので、そこにいた人間たちの、皆一様に「おれだったら中トロだね」とか「フォアグラ」「お握り」などと言い合う顔に屈託はなく、それぞれが空想の中の終末を楽しんでいた。

羽柴だけは真剣に最後の瞬間に思いをはせ、訊《き》かれるままに答えていた。

「何を食べるかじゃないな。どこでだれと一緒に食べるかだ」

そのとき羽柴は既に結婚して子どももいたけれど、最後の晩餐を共にする相手として脳裏に浮かんだのは妻の顔ではなかった。子どもの頃からいい奴と言われ、可もなく不可もない結婚をし、仕事も順調にこなしてきた羽柴は、どうせ空想なんだから構わないだろうと、世界一の美女を思い浮かべようとしたが、対象がないために像が結ばれることはなかった。しかし、今、脳裏には明確な対象があり、彼の心はぐらりと揺れた。

皮肉なことに、『最後の晩餐』のシチュエーションが現実のものとなってしまった。残されたわずかな時間に何をすべきなのだろうか。欲しいものがあっても我慢し、優等生として生きてきた自分の人生に満足しているのかという疑問が、次々と湧き起こる。後の世はなく、死後の評判を気にすることはないのだ。倫理道徳を無視して構わないという囁《ささや》きが聞こえてくる。

突如生々しく冴子の顔が脳裏に差し挟まれ、ほとんど裸も同然で抱き合ったときの、肌の香りが鼻孔をくすぐってきた。最後のときを愛する女との性愛に捧《ささ》げるのは、男の本能にとって正しいように思われる。

「いや、だめだ」

はっきりと言葉にして、妄想を振り払おうとしてかなわず、逆に、より大きな誘惑に鷲《わし》掴《づか》みにされ、首筋に震えが走った。

ついさっきまで、何事もなく、穏やかな最期を迎えるつもりでいた。それがいとも簡単に崩れ、激しい葛藤《かっとう》に苛《さいな》まれ始めた。

人でなしと謗《そし》る人間を含めて、すべては無に帰す。最期のときを愛する女と抱き合って迎えるシチュエーションには抗《あらが》いがたい魅力があった。

かつて経験したことのない荒々しさで、羽柴は冴子を求めた。心もろとも、彼女の身体を手に入れたかった。

あともう少しで一線を越えるところまで行き、果たせなかったため、欲望が熾《おき》となって腹の底に残っていた。唯一やり残したことをやり遂げるためにこそ、残された時間を使うべきだと、羽柴は気づいた。

握り締めた両拳《りようこぶし》で膝《ひざ》を打ち、頭を抱えた。決断するとしたら、今しかない。その場合、加賀山、加藤、細川の三人に一台の車をあてがい、自分ひとりでもう一台を独占することになる。加賀山たちの車は東京に向かい、自分の運転する車は高遠に向かう。

家族は東京に、冴子は高遠にいる。そして自分がほぼ中間地点の熱海にいるという事実が、葛藤を見事に象徴していた。身体に亀裂《きれつ》が走るように、心がふたつに切り裂かれていく。

羽柴は、震える手で携帯電話を取り出し、冴子の番号をプッシュした。午後遅く、ハーブ園前で別れて以来、彼女とは連絡が取れなくなっている。

電話はすぐ、留守録に切り替わった。

まだ電源は切られたままであった。藤村家に到着したにもかかわらず、電源を入れ忘れている可能性がある。

そこで羽柴は思い出した。藤村家からかかってきた電話番号は、携帯電話の着信履歴に残されている。冴子はとっくに藤村家に着いている頃だ。

渇いた喉《のど》の奥から、胃がせり上がってきそうだ。

羽柴は、携帯電話のディスプレイに着信履歴を呼び出し、通話ボタンを押した。

今、この瞬間、電話線は藤村家と繋《つな》がっている。

予期せず受話器が持ち上げられ、羽柴は急《せ》き込んで「もしもし」と、声を詰まらせた。ところがその直後、フックが押され電話は切れてしまった。意味がわからず、もう一度電話をかけようとしたとき、加藤が部屋に飛び込んできた。

「羽柴さん、ちょっと来てよ」

羽柴は振り向きもしないで、急いでいる素振りを強調し、

「そんな暇はない。おれにはやることがある」

と、携帯電話を握り直した。

「磯貝さんが呼んでるんです」

加藤の口調は羽柴の本心を知って諭すようだった。

「磯貝が……、磯貝が、何だって？」

「なんだか興奮状態になっちゃって。とにかく、様子が変なんです」

羽柴は意味もなく時計を見て、舌打ちした。

「重要なことなのか」

「英語でわーわーわめきながら、クリスと抱き合ってんだから、よほどたいへんなことでしょうね」

羽柴にとっては、一刻一秒を争うときであったが、磯貝とクリスを興奮させたものの正体も気になるところだ。羽柴は加藤と連れ立って廊下に出た。

磯貝とクリスがいる部屋の前に立ち、室内から流れ出るわめき声を聞いただけで、ふたりの興奮度合いがわかった。確かに加藤が言う通り、磯貝とクリスは英語で何事か叫び合っている。内容は聞き取れない。

羽柴がドアを開けると、ふたりは同時に振り返り、磯貝だけがつんのめるようにして駆け寄ってきた。

「もともとあなたがたは、失踪人《しっそうにん》を調査していたんですよね」

「もちろんです」

なにをいまさら、と羽柴は鼻白んだ。失踪人調査の番組を作るためにまず霊能者を起用し、方向転換してからは科学アドバイザー役に活路を求めた。だからこそ磯貝は今ここにいる。

「もう一度、集めた資料を見せてもらえませんか」

羽柴がすぐに動く気になったのは、磯貝の顔にこれまでと違った表情が浮かんでいたからだ。絶望の中、かすかな曙光《しょこう》をほのめかして、彼の目が輝いている。悪い兆しではない。打開策が発見できたのかもしれない。

羽柴は、自室に戻り、ブリーフケースからファイルを取ってきて、磯貝に渡した。

ファイルには、これまでの調査でわかったことがコンパクトにまとめられていた。高遠、糸魚川、熱海ハーブ園で生じた集団失踪事件だけでなく、カリフォルニアの事件まで付け加えられている。活断層の上で起こったという地理的条件と、太陽黒点の異様な動きという時間的条件を明示するため、地図と写真が添付されていた。

磯貝は、クリスのほうに歩く時間も惜しんでファイルに目を落とし、一連の事件の概要を再確認すると、早口の英語でクリスに説明を与え、意見を求めた。目は血走り、口の端から泡を飛ばし、激論を交わした後、クリスはしきりに首を縦に振り始めた。目に浮かんでいる表情といったら、希望と不安が半々といったところだ。

英会話の苦手な羽柴ではあったが、会話の中にジャック・ソーンという名前が幾度となく出てくるのを聞き逃さなかった。

日本語以外の言語で喋《しゃべ》り続けるふたりに苛立《いらだ》ち、羽柴は思わず声を上げた。

「ジャック・ソーンって、一体だれです」

磯貝は羽柴の声に驚いて言葉を止め、呆然《ぼうぜん》と両目を見開いた後、ぎゅっと片目を瞑《つぶ》ってみせた。鼻が曲がり、口が半開きになり、顔の片側だけが皺《しわ》くちゃになる、ものすごく不自然な片目の瞑りかただったので、まさかそれがウィンクだとは気づかなかった。だが、どう考えてもウィンク以外の所作ではなく、羽柴は、この男は気がおかしくなったんじゃないかと不安になった。

しかし、磯貝の喋り方は冷静だった。

「現在、大統領の科学顧問は、世界中から超一流の物理学者や数学者をワシントンD.C.に集めていて、その中に、ジャック・ソーンが含まれている。最初、彼の名前を見たときも、違和感を持ちました。彼の専門は、古典的ともいえる重力理論で、まあ、いってみれば、ちょっと古い。彼以外は、もっと最新の、量子力学の領域にまたがる理論家たちなんです。なぜだろうと、ひっかかり、ジャックの得意分野をもう一度調べてみました。すると、ぴったりのキィワードが出てきたんです。ワームホールとブラックホール。それこそが、ジャック・ゾーンの得意ジャンルなんです」

ブラックホールなら聞いたことはあったが、ワームホールとなると初耳だった。

「ワームホールって？」

羽柴は即座に問い返した。

「別の宇宙に行くための抜け道とでもいえばいいのか」

別の宇宙、抜け道……、軽い響きに愚弄《ぐろう》されているような気分になってくる。

羽柴の困惑をシャットアウトするかのように、磯貝は顔の前に腕を差し出して時計を見据えた。

「事態は一刻を争います。詳しく説明している時間がない」

「ちょっと待ってくれ。物理の専門家であるあなたがたは理解していても、こっちは何がなんだか、さっぱりわからない。時間があろうとなかろうと、おれは、自分たちの未来に起ころうとすることを、なるべく正確に知りたいんだ」

これまで温厚な態度を崩さなかった羽柴の、突然の怒りは磯貝を慌てさせた。

磯貝は、興奮を抑えるときの癖なのか、自分の額を軽く左手で打ちつけてから説明を始めた。

「ワームホールを直訳すれば『虫食い穴』です。一般相対性理論では『アインシュタイン＝ローゼンの橋』と呼ばれたりもする。橋といったほうがわかりやすいでしょう。宇宙は我々だけの宇宙ではなく、様々な種類の宇宙が無数にあると考えたほうが辻褄《つじつま》が合うのです。少なくとも、ジャック・ソーンはそう考えている。その場合、ひとつの宇宙から別の宇宙への架け橋……、つまり抜け穴、ワームホールがあるとみたほうがいい。もし我々がワームホールの事象地平を一旦《いったん》越えてしまうと、元の世界に戻ることはできず、新しい宇宙の住人となる」

「わかった……、いや、よくわからないけど、とにかく無数に宇宙があり、それらを繋ぐ抜け道があったとして、問題なのは、それが今我々が抱える問題とどう繋がっているかということなんです」

「ワシントンに集結した科学者の中にジャック・ソーンがいるということは、やつらが求めているのは、ワームホールだということになる。ジャックの解釈によれば、宇宙が相転移を起こすときはあちこちでワームホールが口を開くことになる。たとえば、水が沸騰して気体になる直前、熱せられた水の中を泡が立ち上っていきますね。ワームホールは、水が気体へと相転移を起こすときの、泡のようなものです。もし、水の中で暮らす小さな生命が泡の中に入れば、液体という相から気体という別の相に運ばれることになる。抜け道といっても、トンネルのようなものをイメージしないでください。ブラックホールに似た泡といった表現が一番ぴたりとくる」

磯貝はそう言って人差し指を立てた。

「それで？」

「彼らは、相転移から逃れる方法がないことなどとっくに承知している。宇宙の全消滅を前にして、打つ手立てはない。となれば、窮余の一策として残されているのは、滅び掛かった宇宙を捨てて脱出することのみです」

「ワームホールを通って、別の宇宙に行くっていうのか」

「その通り。それ以外に助かる方法はない」

磯貝とクリスの顔に浮かぶかすかな希望の意味が、羽柴にはようやくわかりかけてきた。

「で、どこにその入り口はあるんですか」

「ワームホールができる場所は限られている。入り口が開く場所は、小さく限定されている」

「でも、ワシントンはその場所を解明したんでしょう」

磯貝は声をたてて笑った。

「やつらには知りようがない」

「なぜ、そんなことがわかるんだ」

「やつらが招集した科学者の中に失踪人調査の専門家が含まれていないからだ」

磯貝は同じ内容を英語で繰り返した。それを聞いて、クリスは力が抜けたように弱々しく笑った。

羽柴と加藤は、笑いから取り残されていた。身体中の血が一か所に集まって、頭がうまく働かないのだ。羽柴、磯貝、加藤の三人は互いに激しく視線のやりとりをした。反応を返さない羽柴と加藤に業を煮やし、磯貝は吠《ほ》えた。

「まだわからないのか。なんたる僥倖《ぎょうこう》かと、我が身の幸運を祝うべきポジションにいる人間が、間抜けなことに獲物を逃そうとしている。今、現在、ワームホールが開く場所を正確に予測できているのは、世界中で我々だけだ」

羽柴にはようやく磯貝の言おうとしていることが飲み込みかけてきた。興奮のためかうまく言葉にならず、その焦りは両手の速い動きとなって表れた。羽柴は、右手で拳骨《げんこつ》を作って、左手の平に何度も打ち付けた。

磯貝は続けた。

「あなたがたは、奇妙な失踪事件を追っていました。人はどこで消えましたか？　人間が消えたポイントは活断層や地磁気を始め、様々な物理的要因が絡んでいた」

磯貝は失踪調査のファイルを円筒形に丸めて、机の角を打ち付けていた。

「彼らは、ワームホールに飲み込まれた……、ってわけか」

羽柴が言うと、磯貝は力強く頷《うなず》いた。

「彼らは消えたのではない。運ばれたのだ。別の宇宙に。そう考えれば、すべて辻褄が合う。あなたから科学アドバイザーを頼まれ、これまでの調査結果はおおよそのところ頭に入れてあった。物理的な要因が失踪の原因である点も、概《おおむ》ね納得できるものだった。だが、どうしても気にかかったのは、物に囲まれた生活空間の中から、人間だけが抽出されて消滅していることだった。糸魚川のコンビニにしても、藤村家にしても、商品や家具、日用品の消失はなく、床板や天井や壁等、家屋内の欠損もない。人間だけがピンポイントで消えている。しかし、だとするとおかしなことになる。消滅させる物理的対象が、ある空間内にあるものすべてではなく、その中にいる人間のみと限られていた場合、彼らの身体を覆っていたはずの服はその場に残されなければならない。消去する基準を、有機物か無機物かに設定するのは難しいことではない。だとしたら、服を始め、彼らが身に着けていたものは、その場に残されているはずなんです。しかし、現場には、失踪者の服が残されていた形跡はない。服どころか、彼らが装着していたであろう装飾品まで一緒に消えている。ハーブ園の集団失踪では、旅行者が持っていたはずのバッグや携帯電話まできれいに消えている」

「その通りですね」

ハーブ園での集団失踪の直後、羽柴は現場を訪れているが、遺留品は何ひとつ発見できなかった。

「わたしは最初、この矛盾に悩んだ。ある空間にできたひずみが原因で人間が消えたのだとしたら、その空間にあるモノもすべて一緒に消えるはずなのに、消えるのは人間とその付属品に限られている。これは、ひじょうに奇妙なことです。ワームホールを仮定すれば、この矛盾は解消されるのです。ある限られた空間の中に、別世界への入り口ともいえるワームホールが口を開いたとしたらどうだろう……、そして、その入り口が、自らの意志で入りたくなるほど、魅力に富んだものであったらどうだろう」

「異世界への入り口でしょ。それが魅力に満ちているなんて……」

羽柴は疑問を呈した。

「臨死体験をして死の間際から生還した者はみな口を揃えて、この世とあの世とを分かつ線の向こう側には、とてつもなく魅力的な風景が広がっていたと証言している。ワームホールが開いたとき、その場にいた人間は、自らの意志で別世界へのドアを抜けて中に入りたいという願望を抱いたに決まってるんです。でなければ、なぜわざわざ境界を越えようとするのですか。抗《あらが》いがたい誘惑に駆られ、彼らは事象の地平に向かって突進した。そうイメージしたほうがずっとわかりやすい」

確かに磯貝の言う通りだった。ハーブ園における集団失踪《しっそう》も、そう考えれば数の多さの謎は解ける。園内の遊歩道は複雑に入り組んでいるが、ちょうど真ん中のあたりに一か所だけ、すべての遊歩道が集まる関所のようなところがある。上の駐車場で降ろされた客は、必ず関所を通らなければならない。ワームホールはそこにできたのだ。となると人数は問題ではなくなる。二百人だろうが三百人だろうが、たとえ千人であろうと、ただ淡々と入り口を通過して行くだけだ。いや、磯貝の言い草をかりれば、開いた口の先に待ち構える魅力に抗しきれず、入り口に殺到したのだ。行列を作って進む蟻の集団が、甘い蜜《みつ》を求めて穴に落ちていくように。

そのとき、クリスが磯貝の耳元で囁《ささや》いた。

「本当か？」

と念を押す磯貝に、クリスは何度も頷いた。

「どうしたんです」

「我々の読みは的中した。間違いない。大統領を乗せた特別機と、アメリカ軍の艦隊が、バミューダ海域に向かいつつある」

魔のバミューダ海域は、艦船や航空機が謎の失踪を遂げた海域としてあまりに有名である。

「一刻を争うと言った意味がおわかりですね。我々はこんなところでぐずぐずしている場合ではない」

「ハーブ園のほうに移動しようってわけですか」

「当然です」

それまで黙って聞いていた加藤が口を挟んだ。

「入り口とはブラックホールみたいなものでしょう。大丈夫なのか、そんなところを通過して」

加藤の脳裏には、ワームホールをブラックホールに似た泡と譬《たと》えた磯貝の台詞《せりふ》が残っていた。強大な重力の作用で光すら閉じ込めてしまうブラックホールには何やら恐ろしげなイメージがある。暗黒の内部に引き込まれるや、人間が紐《ひも》のように引き伸ばされてしまうかもしれないのだ。

「もちろん、どんな危険が待ち構えているかは、わかりません。絶対に安全だという保証はない。ワームホールを通り抜けた人間から直《じか》に体験談を聞いたことがないのだから、そんなこと知りようがないんですよ」

「物理学者のくせに、そんな無責任な……」

磯貝は加藤が言い終わらぬ前に手で制した。

「物理学といっても、今までのところ、暫定的に、検証に耐えているだけで、絶対に正しいという保証はどこにもないのです。今、確実に言えるのは、何もしないでいたら、我々は、あと数時間で間違いなく跡形もなく消滅するということ。そして、一方には未知の可能性が残されている。みなさんはともかく、わたしとクリスは、別の宇宙に行くという選択肢に賭《か》けてみます」

羽柴の心は激しく揺れた。

「ハーブ園でワームホールの口が開くとしたら、高遠の藤村家でも同じことが起こるわけですね」

「高遠……、ええ、そうです」

助かる可能性があるのならそこに賭けるべしという選択には、羽柴も賛成だった。問題なのは、自分が置かれている状況である。冴子は、高遠の藤村家にいて、そこもまたワームホールの開くポイントとなるのだが、今から車で向かった場合、到着の直前にタイムアウトを迎える可能性もある。高遠にいる冴子のところに行くという選択肢は、世界が終わるという前提のもとでのみ有効である。もし助かる可能性が少しでもあるのなら、妻子を優先させるべきだ。生きる望みが出たとなれば、その線に沿って方向転換をするしかない。

当然の結論である。妻子を説得して熱海に呼び寄せることに、何を躊躇《ちゅうちょ》することがあるというのか……。こうして、羽柴の胸に激しく燃え盛った欲望は鎮火されていった。

唯一の心配は、現在我々が置かれている状況を妻に理解させられるかどうかだ。

羽柴はまず冴子に電話して、ワームホールが藤村家の内部にできる可能性を伝え、その後、時間をかけて妻の説得に当たろうと考えた。

電話をかけようとして手を止め、羽柴は磯貝に尋ねた。

「あなたの推測で構わないから、答えてほしい。別の宇宙とはどのような宇宙だと思います？　我々の生存が可能なところだと思いますか」

答えが最初から用意されていたのか、磯貝は、考える時間を持たなかった。

「おそらく、過去のどこかですね。そんな気がします」

「過去に戻る……、ってことですか」

「SF小説や映画でよく出てくる、タイムマシンで過去に戻るシチュエーションを想像してもらっては困ります。われわれは便宜上、ワームホールという言い方をしていますが、チューブ状のトンネルをくぐり抜けて、過去に戻るのとはわけが違う。どういえばいいのか……、そう、次元を超える旅に出るようなものです」

「次元を超える旅……」

「時間軸を除けば、われわれ人間は、空間を三次元として把握しています。月に立って、三十八万キロの彼方《かなた》から眺められているのですから、今や、地球が球体であることは、だれもが知っている事実です。しかし、大航海時代以前、地球が球体であることを、経験として把握できている者はだれもいなかった。行動範囲が限定されていた人類にとって、われわれの住む世界は、円形の二次元平面としか把握できなかったのです。そこには果てがあり、海水が滝のように落ちていると信じられていた。

地球の表面には大地の凹凸があり、地平線をきれいに見渡すことできませんが、今、ここに表面が滑らかな球体があって、われわれはその住人だとしましょう」

磯貝がそこで言葉を止めたのを受けて、羽柴は想像力を膨らませて、脳裏に思い描いた。凹凸のない球体の上に立って四方を見渡す……、地平線に切り取られたわずかに湾曲した円盤が、われわれのいる世界の姿だ。

羽柴の脳裏に円盤状の世界が定着したのを見計らって、磯貝は続けた。

「ある日のこと、あなたは、あなたがいる世界の大きさを計ろうとする。無限に長い紐の一端を地面に留め、そこを基点として、片方の端を持ち、地平線に向かって歩き始めるのです。すると、どうなるか。行くほどに、地平線が逃げていくように見えるはずです。距離を計ろうとすれば、世界の果てはどんどん先に行き、紐は延びていく。最初のうち歩いていた人間が、速く走るようになれば、地平線もそれに応じて速く遠ざかるのです。

しかし、いいですか。そのまま、一定方向にまっすぐ進み続ければ、やがて、あなたは地球をぐるりと一周して、元の場所に戻ることになる。そこに立ったとき、ここは一度見たことのある風景だと、既視感とともに、懐かしさを抱くでしょう。

さて、もうひとり、基点に立って、あなたの旅を見送った人がいるとします。彼の目に、あなたの行動はどう映るか。彼は、地平線に向かって歩き、どんどん小さくなっていくあなたの背中を、ずっと眺めている。やがて、ひたすら歩き続けたあなたは、世界の果てにストンと落ち、一旦《いったん》、見えなくなってしまう。基点に立って見送った者の目からは、あなたがこの世から消滅してしまったように見える。

おや、忽然《こつぜん》と消えてしまった……、びっくりするでしょうね。でも、本当の驚きはその先にある。いつまでもその場に立って、待ち続けていると、今度は、一度消えた人間が、背後から現れてくる。

三次元球体の表面にいるにもかかわらず、二次元平面の上にいると錯覚している者に、世界はかくも不可思議な現象をもたらすのです。

宇宙もまったく同じです。

あなたは、宇宙の大きさを計ろうとして超光速の宇宙船に乗り、果てに向かって出発したとします。さて、その先をイメージできますか」

羽柴は幾度となく、宇宙の果てに向かって旅をする自分を想像したことがある。果てを超えたとき、どうなるのか、宇宙の外側に抜け出れば、そこは暗黒の世界で、ものがまったくない……。いや、そもそも宇宙の外と内を隔てる境界なるものがあるのかどうか……。

「同じことが起こるのです」

「同じこと……」

羽柴は、宇宙の果てに向かう旅に出た自分が、元の場所に戻るシーンを想像しようとしたが、うまくイメージが結ばれなかった。

「われわれは、ほぼ間違いなく、多次元構造の表面にいます。五次元なのか十次元なのかは知りませんが、表面にいて、動ける範囲が制限されているため、空間認識は三次元にとどめられている。多次元構造の影響を受けているにもかかわらず、それに気づかない者の目に、宇宙は膨張しているように見えるでしょうね。観測のスピードが増し、遠くまで見渡せるようになれば、周辺での膨張速度が増したように映る。暗黒エネルギーなんて単なる辻褄《つじつま》合わせで、実際にはそんなものは存在しません。

今、あなたが宇宙の果てを目指して次元を超える旅に出れば、地平線が逃げていくのと同じで、行っても行っても、半径百数十億光年の世界が現れるだけです。

そのままの進路を保ち続ければ、地球を一定方向に旅した者と同様、いずれあなたは元の場所に戻ってくる。何らかの事情で制限がはずれ、多次元構造の隙間を通り抜けたり、時空の泡の助けを借りられるようになれば、旅は一瞬で終わって、元の場所に帰り着きます。

ただし、その場合、ズレることがあるのです。多次元構造といっても、時間軸が絡んで複雑極まりなく、その姿を具体的に想像することはできません。たぶん、時間はズレる」

「だから、過去に戻ることになるのですね」

「そう、過去です。われわれが時間の先端にいるとして、未来は不確定であり、あらかじめ決定されていることはない。過去は言語で記述できますが、未来は記述できません。行けるのは過去のみです」

「しかし、過去に戻って歴史に影響を与えれば、現在の姿は変わってしまう……」

タイムトラベルを扱った場合のパラドクスは、羽柴でも知っている。

「変わっていいのです。五十年前に戻って祖父を殺せば自分が消滅してしまうというパラドクスは、宇宙はひとつという前提に立っています。ワームホールを抜ければ、我々は、おそらく、過去の世界に行くことになる。しかし、その世界から見て、未来はまったく未知なるもの、一度辿《たど》った歴史に束縛されることなく、また新たに切り拓《ひら》いていく未来がそこにあると思えばいい」

磯貝によって語られた内容は、独自の見地が含まれていて、すべてにわたって納得できるものではなかった。ただ、新しい未来を切り拓くという表現から、羽柴は、行動する勇気がかきたてられたような気がするのだ。

5

ようやく羽柴と電話がつながり、熱に浮かされたような口調で、相転移がやって来る直前にワームホールが開く可能性があると告げられた間だけ、冴子の意識は隣室から離れていた。

「ぼくの言うこと、わかってもらえただろうか」

相転移とワームホールのメカニズムについてくどいほどの説明を加えてもなお、羽柴は相手に理解してもらえないのではないかと不安をのぞかせる。

「一応、筋は通っているわ」

冴子はあっさりと不安をふり払った。

ワームホールの概念はそれほど新しいものではなく、宇宙のインフレーション理論を扱う中で、父から幾度となくその可能性を聞かされていた。相転移が起こる直前にワームホールが開くという説にしても論理的には筋が通っている。CPTの操作を組み合わせても科学法則が変化しないことから、別の宇宙ではあっても人類が生きるに適した環境であると予想がつく。

「え、何だって、冴子さん、もしもし、聞こえる?」

磁気異常が電波の調子をおかしくするらしく、途切れ途切れの声を残して、羽柴からの電話は切れてしまった。

電話が切れた途端、隣のリビングルームがいつの間にか静寂に包まれていることに気づいた。テレビが消されたのか、あるいはボリュームが絞られたのか、何者かがいる気配だけはしっかりと伝わってくる。

羽柴の喋《しゃべ》った内容と隣室の静けさによって、冴子はますます孤立感を深める結果となった。

相転移が起こる直前にワームホールが開き、そこを通って次元を超える旅に出る可能性ができたとしても、行った先に待ち構えているのは想像を絶する孤独だ。知っている人間はどこにもいない。高校二年で父を失い、胸が張り裂けんばかりの寂しさを味わった冴子は、これまでに築いてきた友人知人との関係性を絶たれ、ひとり生き残る意味がどこにあるのかと疑問が湧いた。

孤独感は周囲の温度を下げるものなのか、冷たさを伴うことが多い。冴子はジャケットの襟を合わせて、身を震わせた。

隣の部屋では、予測不可能な事態が進行しつつあった。あるいは単なる思い過ごしなのか、その判断にさえ苦しむ。内側からカギがかかっているので、外部の者はこの部屋に入れない。しかし、その気になれば、カギなど簡単に壊されてしまう。

磯貝の仮説を信じれば、やがてこの家のどこかで別世界への扉が開く。その場所としてもっとも相応《ふさわ》しいのはリビングルームだ。この家の家族は、リビングルームでの団欒《だんらん》中に消滅したに違いなかった。バナナの皮や飲みかけの茶、グラスなどがテーブルの上に残されていた。それらの生活の品々は、ワームホールの開いた場所はリビングルームであったと告げている。二階の子ども部屋が現場だとしたら、子どもだけが消えるということも有り得たはずである。藤村家から家族が消えたのはおそらく四人同時だ。

ワームホールから別の世界に逃れようと思うのなら、この部屋に閉じこもっている場合ではなかった。リビングルームに移動すべしと理屈はわかっても、身体が動かなかった。

冴子はこのときはっきり悟った。アクションを起こすには勇気がいる。手をこまねいて助けを待ち続けるより、自ら打開策を講じるほうがずっと勇気がいるのだ。

父が冴子に求めたのは、周囲の風潮に流される受け身的な人生ではなかったはずだ。なぜ、世界を解釈する方法を身に付けなければならないのか。行く先にどのような困難があろうとも克服し、異世界と対峙《たいじ》する力を与えてくれるからだ。新しい領域に、新しい一歩を踏み出す勇気を持てないのなら、生きている意味はない。

冴子は歩き始めていた。

あとは自分の意志の問題だった。孤独が深まるだけとわかっていて、そこに行くべきなのか。生存の可能性に賭《か》け、未知の領域に自ら足を踏み出した方がいいのか。

冴子は、自分の手でカギを開け、さしあたっての外部である廊下へと足を踏み出していた。

藤村家のリビングルームにはドアがなく、廊下の突き当たりの広い空間が居間の役割をしているだけだ。冴子は、柱の陰に立ち止まってリビングを覗《のぞ》き見た。

煌々《こうこう》と灯《とも》る蛍光灯の下で、テレビ画面は縞《しま》模様の光を放っていた。カリフォルニアは夜明けを迎えつつあり、東の地平がわずかに赤く染まっている。高い俯瞰《ふかん》から眺めると、サンフランシスコへと延びる巨大な亀裂《きれつ》の底は、暗黒の帯と見えた。

顔の向きを変えたとき、リビングの壁にかけられた鏡が視界に入ってきた。鏡には男の全身が映っている。

ひょっとしてこんな展開もあるのではと予想していたおかげで、冴子は、驚きを最小限に抑えることができた。

男は、冴子の視線を意識し、無表情な顔を自分の手で撫《な》でながら、鏡に映った顔を左右に振っていた。身体とは不釣り合いに大きな松葉杖《まつばづえ》を背中で交叉《こうさ》させ、壁際の椅子に浅く座っている。顔を撫でた右手を顎《あご》の位置までおろし、左手を股間《こかん》の横にだらりと垂らして手の平を正面に向けた。両膝《りょうひざ》の下のふくらはぎが異常に膨らんでいるのは、骨折治療のためのギプスで覆われているせいだ。

冴子は、その男の姿から、父の手記のラストにあった映像を思い浮かべていた。

ボリビアのティアワナコの遺跡を訪れた父は、「太陽の門」と呼ばれる場所で、ビラコチャ像のすぐ背後から忍び寄ろうとする半人半鳥の像を見た。巨大な鳥のレリーフとでもいうのか、背中にブーメランを二枚重ねたような羽を持ち、ぬるりと蛇に似た顔には、角に似た突起があると描写されていた。

冴子は父の手記を読んだだけであり、実際にその像を見たわけではない。写真ですら見ていなかった。しかし、今、冴子が鏡の中に見ている男は、間違いなくビラコチャ像の背後から隙をうかがっていた怪しげな獣と、同一であるとわかる。背中で交叉された松葉杖は、ブーメランのようにも、羽のようにも見える。

冴子はその男を知っていた。皺《しわ》だらけだった顔から陰影が消え、細長い卵形の顔がつるつるしていた。藤村孝太の兄、精二である。

「よくもまあ、待たせてくれたねえ」

聞き覚えのある精二の声が耳に届くや、冴子の下半身から力が抜けかけた。腰が抜けるとはよく言ったもので、実際に腰のあたりにむずむずと痒《かゆ》みが走ったかと思うと、骨盤全体が消えていくような感覚を抱いた。だが、ここで倒れるわけにはいかなかった。冴子は柱に手を添えて、倒れようとする身体をどうにか支えた。

腰を抜かすような倒れ方をすれば、相手の思う壺《つぼ》であると、即座に理解できたのだ。絶対に弱みを見せてはならない。精二はそこに付け込んでくる。毅然《きぜん》と、闘う姿勢を貫くべし。冴子の本能は、正確に、これからすべきことを把握していた。目の前にたちはだかるのは、どうみても味方ではない。

テレビの映像はカリフォルニアからカルカッタへと移り、天空にできた五つの円い光を映していた。以前よりも光の強度が増したのか、それとも地球の自転に伴って背景の闇が増したのか、円い輪の輪郭がはっきりしてきたようだ。その事実は、なぜか冴子を勇気づけるものだった。

「あなたは一体、何者？」

声の震えを悟られぬように冴子は尋ねた。

「翼ある蛇、という呼び名がいいんだけど、逆なんだよな。実際には、翼をもぎ取られた蛇ってところだ」

南米に伝わる「翼ある蛇」の伝説は、ビラコチャ神話と軌を一にしている。ビラコチャも「翼ある蛇」も、同類であって、周囲に光明と文化、秩序をもたらす善人・偉人として描かれる。しかし、精二からもっとも遠い概念が善人や偉人という呼称であることは、第一印象から一貫している。この男から思い浮かぶのは、邪淫《じゃいん》、堕落という言葉だ。現実に、この男は羽柴と一緒にいるとき、目の前に落ちてきた。そこで冴子は、精二にうってつけの呼び名を思いつき、ぴしゃりと言い放った。

「悪魔なの」

悪魔は堕天使とも言われ、古代からの歴史絵巻の中、様々な外見で描写され、社会に恐怖と悪を撒《ま》き散らす源と見なされてきた。

「やだな、冴子さんまで、おれのこと、悪魔だなんて」

そう言ってから、精二は「へへへ」と笑った。

悪魔は相手の心に生じた恐怖や不安を増大させることによって、相手を打ち負かそうとするものだ。冴子の直感は正しかった。腰を抜かして倒れたりしたら、今ごろ、ぬるりとした顔で頬擦りされ、蛇のような舌で舐《な》められていたかもしれない。

打ち砕かれないように勇気を保ち、冴子は、熟考した。状況を正確に分析することによってしか、打開する道はない。まず相手の意図を読み取るのだ。この男は一体何を望んでいるのだろう。意図がわかりさえすれば対処法はおのずと知れてくる。そのためにはまず喋らせることだ。

「あなた、わたしの父に、何をしたの？」

精二は、冴子の質問を無言で受け流し、人をばかにするような態度で上半身を捻《ひね》り、ポケットに手を突っ込んでいった。股間を掻《か》きつつ、その指でカギ束を探ってジャラジャラと音を鳴らした。カギ束の金属音が冴子の気に障るとわかっていて、わざとしているに違いない。

耳を塞《ふさ》ぎたかったがそれはできない。冴子は、目を見開いて精二を睨《にら》みつけた。

父の失踪《しっそう》にこの男が関係しているという直感は、根拠のない思いつきではなかった。考えるヒントとなったのは、父の手記が尻切《しりき》れとんぼで終わる直前の描写である。精二とうりふたつの半人半鳥像を見たとしても、父はさして気にも留めなかったはずだ。父はそのとき精二を知らない。だが、父の隣には藤村晴子がいたと推測できる。彼女が、奇妙な鳥のレリーフと夫の兄である精二との類似点を発見し、そのことを父に告げたとしたらどうだろう。父は相当関心を持ったはずである。ビラコチャの背後から隙を狙うように佇《たたず》む半人半鳥の翼ある蛇が、よりによって晴子の義理の兄とそっくりだとしたら、偶然と片付けるのではなく、そこから何らかの解釈を引き出そうとしたはずだ。だから、南米旅行から帰国した直後、父はすぐに高遠に来なければならなくなった。精二と接触するためである。一九九四年の八月二十二日、この家で何かが起こった。父は姿を消し、手帳だけが藤村家に残され、それは祖父の仏壇から発見された。そうか、と思いついた。晴子が手帳を仏壇に置いたのではない。精二だ。なんのためにか。冴子をこの家に呼び寄せるためにだ。

精二はポケットの中からカギ束を取り出してテーブルの上に置いた。ゆっくりともったいぶった手つきはまちがいなく冴子を意識してのことで、一連の動作には意味があるとうかがわせる。

「大好きなパパに何が起こったかなんて……、知らないほうがいいことだってあるんだよ、ねえちゃん」

怒りの炎が燃え上がり、体内に広がる熱が恐怖を押しやっていった。やはりそうだ。父の失踪にはこの男が絡んでいる。

冴子は周囲に素早く視線を動かして、何か武器になるものはないかと探した。台所に行けば包丁の類《たぐ》いならあるだろうけれど、見える範囲にこれといったものはない。

冴子の思考を見透かすように、精二はカギを束ねているキィホルダーから象牙《ぞうげ》の爪楊枝《つまようじ》を取り出して、垢《あか》のたまった爪先をほじり始めた。動きは洗練さに欠け、見ているだけで嫌悪感をもよおすが、冴子はいっときたりとも目を離すわけにはいかなかった。

デモンストレーションを終えると、精二は顎を上げて、爪楊枝で人差し指の先をつつきながら言った。

「さあ、ねえちゃん、胸のしこりをつんつんしてやろうか」

ついさっき、倒れまいとして耐えた以上の力を込め、冴子は、腹の底からこみあげてくる吐き気を堪《こら》えた。

6

真っ暗なハーブ園の坂道を上る六人の男たちのうち、磯貝とクリス以外はみな、大切な人のところに電話をかけていた。これから起ころうとすることを説明し、家族や身近な人々をここに呼び寄せるためだ。

羽柴も、たった今、家に電話して妻に指示を出したところだ。妻は思いのほか素直に言うことを聞いて、すぐに家を出て熱海に向かうと承諾してくれた。テレビ画面で異常な自然現象が流されたおかげもあり、相転移が襲来するという説に信憑《しんぴょう》性が出てきたのだ。おまけに、八王子《はちおうじ》からJR相模《さがみ》線で茅ヶ崎《ちがさき》に出て東海道線に乗り換えるという妻に対して、「いくらお金がかかってもいいからタクシーを飛ばしてハーブ園まで来い」と、唯一の交通手段を提示したのも功を奏した。どうしていいかわからず、まったくのお手上げ状態に陥ったとき、人間は明確な指示が与えられることを望む。判断に迷うときは断乎《だんこ》たる命令にすがりつきたくなるものだ。

国立《くにたち》からここまで、道が込んでいなくても、タクシーで二時間近くかかる。ハーブ園の入り口に着いたところで迎えに下りていくつもりだった。その間にワームホールが開いてしまわないよう、祈るだけだ。

そのあと二本電話をかけたところで、磯貝に制止された。

「もうそのぐらいでいいだろう」

天涯孤独の磯貝は、クリス以外の知己を持たないらしく、ひとり黙々と坂を上っていたが、興奮して喋《しゃべ》りまくる周囲の声に苛立《いらだ》ちを禁じ得ないといったふうだ。

「わかった。あとひとりだけ」

今回の失踪事件を共に追い、貴重な資料を得た上に見事な推理を働かせてくれた北沢には、事の顚末《てんまつ》を説明する義務がある。彼がいなければ、活断層の上で失踪事件が起こっているという要因が発見できなかったかもしれない。

このあと数時間後に起こるであろうことを聞き終わると、北沢は、冷静に尋ねてきた。

「そこにお嬢ちゃんはいるの？」

「冴子さんは高遠の藤村家にいます」

「高遠ねえ」

「理論的には高遠にもワームホールは開きます」

北沢は安堵《あんど》の溜《た》め息をついてから付け加えた。

「でも、またあの子は、ひとりで打開策を講じなければいけないのか」

羽柴は、今からハーブ園に来るように勧めたのだが、北沢は静かに笑うだけで、生きようとする意欲をまるで見せなかった。

「もういいよ、ぼくは。老骨にむち打って異世界に行ってもねえ。つらいだけだよ。そろそろ、ばあさんのところに行くべきときが来たってわけだ。従容として天命に従うほうがぼくには楽だよ」

「あなたは恩人なんです、我々の。とにかく、待ってますから。東京からだとタクシーで高速道路を飛ばすのがもっとも早い」

のらりくらりとかわす北沢に、さらに熱心に、熱海に来ることを勧めると、彼の口調は幾分明るくなった。

「ありがとう。じゃ、お言葉に甘えることにしましょう。すまないけど、息子の俊哉だけでもあずかってもらえないかな」

「もちろんです。タクシーで一緒に来てください」

「あはは、ぼくはもういいって」

すぐ傍らで、

「いいかげんにしないか」

と、磯貝の怒声が上がり、羽柴はびっくりして受話器を手で覆い、「絶対に来てください。約束ですよ」と小さく念を押して電話を切った。

「どうかしている。気が狂ったのか、おまえらは」

羽柴を始め、加賀山、加藤、細川の四人があちこち電話をかけまくることに磯貝がなぜ苛立つのか、羽柴には想像がついた。早足で歩く磯貝に追い縋《すが》り、羽柴は訊《き》いた。

「ワームホールを通過できる人数はどれほどだと思う？」

「それは、いったいどのくらいの間、ワームホールが口を開いているかという問いと同じだ。結論から言おうか。何秒なのか、何分なのか、正確な時間はわからない。そう長い時間じゃないことだけは確かだ。ほんの一瞬かもしれない」

「ここでは九十一人が同時に消えた」

「同じ程度の収容能力があるかどうか神のみぞ知るってところだ」

ワームホールが口を開いている時間の予測がつかない以上、いたずらに人を呼ぶべきではない、というのが磯貝の主張であった。通過しようとする人数が多く、入り口が開く時間が短いとなれば、大勢が同時に殺到して、最後の最後で無様なパニックを演じることになる。

「だから呼ぶべき人間は、身近な家族だけに限定すべきなんだよ」

磯貝が振り返って怒鳴ると、加賀山、加藤、細川の三人は一旦《いったん》会話を止め、声を潜めるようにして順次通話を切っていった。

情報を握っている我々だけが、その権利を行使して愛する者たちと共に助かろうとする……、そこに不公平はないだろうかと、羽柴は悩んだ。かといって、公平な手段があるとも思えない。正解はないのだ。為政者に一任して、生き延びるべき人間を選ぶにしても、結局似たようなことが起こるに決まっている。神のごとき超越者がいて真に資格を有する者を選抜するならともかく、人間が人間を選ぶときに、明確で客観的な基準があるわけではない。愛情のあるなしという、主観的な感情に支配されるだけだ。

ハーブ園の中央の、森の小道が一か所に集中するところに着くと、六人の男たちは呼吸を整えた。駆け足に近い速さで上ってきたため、みんな息も絶え絶えである。

　大量失踪《しっそう》が、すべての小道が集中する箇所で起こったとする解釈は、一応筋が通っている。また、すぐ上には巨大なクレーターがあった。どちらでワームホールが開くとしても、中間地点であるここにいれば、いかようにも対処できる。

　それぞれ手頃なベンチを見つけては腰を下ろしていく中で、羽柴は磯貝の隣に座った。磯貝は、クリスと手を繋《つな》いで座り、徐々に暗くなっていく夜空を見上げ、移りゆく様を観察していた。感慨深げに空を仰ぐ横顔は近寄り難いほどの高貴さを湛《たた》え、これまでとは別人のようだった。

　話しかけるのがためらわれたが、彼にはまだまだ訊きたいことがあった。

「ちょっと訊いていいかな」

「神についてか？」

　おもむろに切り出したにもかかわらず、間髪容《い》れずそう切り返され、自分が何を訊こうとしていたのか、ほんの一瞬失念してしまった。そうしてすぐに気づいた。磯貝の指摘は間違ってはいない。問いの先には神が待ち構えている。

「ここにいる我々は皆そろって同じ世界に行くのだろうか？」

「おそらく……、この場にいる人間は、同じところに行くだろうね。ひとつのワームホールが個人個人をあちこちにふるい分けるようなことはしないと思う」

「それは過去の世界だと、あなたは言った」

「そうだ」

「なぜなんだ。なぜそう考えたのか、根拠が知りたい。未来……、いや、過去も未来も超越した、まったくの別世界だって構わないはずじゃないか」

「特に古代において顕著なんだが、文明の進歩はスムーズに一様ではなく、時間的な凸凹があった。時間を経るに従って順序よく、段階を踏んで進歩してきたようには見えないのだ。突如優れた文明が出現したかと思えば、時代の進行と逆行するかのように、取り残され、廃れ、破棄されるなんてことは、何度も起こってきた。約五千年も前に造られたストーンヘンジには正確な天文学の情報が盛り込まれているし、すぐれた医学や数学の知識を持っていた古代シュメールでは、天から地球に来た者たちという意味で神々を呼んでいた。南極大陸が発見される以前の古代から南極大陸を正確に記載した地図があり、古代マヤ文明には宇宙船とそっくりな空を飛ぶ物体のレリーフが残されている。かつて高度な古代文明があり、理由もなく失われた例は枚挙に暇《いとま》がない。あるいはまた南米やアフリカを問わず、海をわたって優れた文明の担い手が現れ、法や秩序を整えてどこへともなく去っていったという伝説も数多く残されている。どうだろう。今、我々が直面しているような事態が過去にも生じていたと、考えられないだろうか」

「我々が歩んできた過去の歴史においても、ワームホールに運ばれて未来からの使者がやってきたことがある……。彼らは優れた文明を伝播《でんぱ》させようとしたが、後継者をうまく育てられなくて衰退した……」

羽柴は同様の説を、ベストセラーとなった本で読んだことがあった。ある一説では、優れた文明を伝播させた担い手は、天変地異によって海底に没したアトランティスやムーなど古代国家の残存者たちであり、別の一説ではＵＦＯに乗って宇宙からやってきた異星人ということになっていた。

「だからこそ、我々には覚悟が必要なんだ」

「神……、か」

「そう。我々は、これから行く世界の住民にとって、神のごとき存在となってしまう」

「どうすればいい？」

「彼らを遥《はる》かに凌駕《りょうが》する我々の知識で、なるべく多くの人間を幸福にする方法を考えることだ。科学的な知識と情報は、悪い人間の手に独占されれば、世界を支配するだけの力を持つ。知識とは力そのものだ。誘惑が訪れないとも限らない。神となるか悪魔となるか、それは我々の心掛けしだいだろう」

これまでの人生で羽柴はそんな問いを発したことはなかった。神として振る舞うか、悪魔と化すか。自分は決して悪い人間ではない。だが、羽柴は、両方の可能性を秘めていることを自覚していた。異世界に降り立ち、直面する現実に対処するうち、自分の特性は自然と決まっていくに違いない。常に意識していなければ、安易に流れて歴史に汚点を残すことになる。

「最後にひとつ。高遠の藤村家にできるであろうワームホールを抜けた者は、我々とは別の過去に行くのかな」

ある程度答えが予想できたが、羽柴は確認しておきたかった。

「同じ世界に行くことはまずない。しかも生命を情報だと定義すれば、ワームホールを抜ける瞬間にリセットされることだってある」

「リセット？」

「生まれ変わるってことさ」

いずれにしても、冴子とは二度と会うことができない。同い歳の気さくさで語り合うこともできなければ、一緒に仕事をしたり、旅行することもできない。たとえ生きていたとしても、絶対に行き交うことのできない世界へ、冴子は行ってしまう。死によってわかたれるのとまったく同じ意味であった。

羽柴は、突如、涙がこみあげてきた。


一時間が経過した頃から、ハーブ園にはぽつぽつと人が集まり始め、その後、人数は加速度的に増えていった。三々五々連れ立ってなだらかな斜面を上って来る人々を、そのたびごとに出迎えていた加賀山、加藤、細川の三人は、見知らぬ人間を認める率が大きくなるにしたがって困惑の表情を露《あら》わにして、その場を動かなくなった。

二時間近くがたち、羽柴が妻と息子を迎え終えても増加は止まらず、百人に届きそうな勢いを見せるや、磯貝は堪《たま》らずに怒りを爆発させた。

「どうなってんだ、これは」

　釈明に困って、羽柴は頭を抱えた。加賀山、加藤、細川の三人には、大切な家族のみ呼び寄せるよう指示したつもりであったが、その三人すら知らない人間の割合がとっくに半分を超えている。おそらく、箝口令《かんこうれい》を徹底していなかったせいで、呼ばれた人間がまた別の人間に声をかけ、その輪が次々に広がってしまったに違いない。問題は、この人数の増加がやがて収束に向かうのか、それとも最後の瞬間に至るまで延々と続くかだ。今はただ、集まってきた人々に、これ以上だれひとり呼んではならないと命じた上で、現況を傍観するしかない。

　人の数が増えていくごとに、自分に与えられた崇高な使命が消えていくように感じられた。ついさっき磯貝とふたりで、やがて行く世界にあって神のごとき役割を自覚しなければならないと、決意を確認し合ったはずなのに、その意志が汚されていくようだった。

　なす術《すべ》もなく立ちすくみ、見知らぬ人間の顔をひとつひとつ眺めているうちに湧いたのは、「あと数時間で世界が終わることをこの人たちは絶対に信じていない」という確信だった。絶望や悲壮、恐怖ではなく、彼らの顔に浮かんでいるのは物見遊山に出かけるかのような呑気《のんき》さである。歴史上、人間たちは一体何度終末予想に踊らされてきたことか。二十世紀が終わって二十一世紀が始まるときも、似たような噂がたてられたが何事もなく時間は進んできた。これまでの終末予想はすべて安堵《あんど》のうちに終わったという経験が、彼らをかくも呑気に構えさせるのだ。彼らにとって、これは一種の祭りである。終末を弄《もてあそ》ぶイベントだからこそ大いに盛り上がろうという魂胆が、この雰囲気の支配者となっている。羽柴にはその不純さが許せない。

「やめろ。だれかこの馬鹿騒ぎをやめさせてくれ」

磯貝は爪先《つまさき》で地面を蹴《け》って羽柴に背中を見せた。その背中が間歇《かんけつ》的に震えている。怒りではなく、恐怖からくる震えであることを、羽柴は即座に見抜いた。

「なにを怖がっている」

羽柴が訊《き》くと、磯貝は背中を向けたまま答えた。

「もの凄《すご》く嫌な予感がするんだ。こんなことが許されるはずはない。おれたちは罰を受ける。とんでもない罰を受ける」

磯貝の怯《おび》えは、相転移の襲来を予測したときとは別種のものだった。その場に力なく座り込んだかと思えば、また立ち上がり、「クリス、クリス」と呼び掛けて彼の手を握り、かといって、怯える理由をだれにも明かそうとはしなかった。

「ここにいる全員がワームホールを通ることができず、そのせいで悲劇がもたらされると、そう言いたいのか」

先回りした羽柴の解説にも磯貝は首を横に振るばかりで、要領を得ない。

「わからない……」

「わからないのに、なぜそんなに震えるんだ」

「予期しないことが起こる。この浮かれ騒ぎが、ものごとをいい方に導くとでも思うのか」

　そう言われれば、羽柴も認めざるを得ない。ほとんどの人間の顔には悲壮感や恐怖の片《へん》鱗《りん》すらなく、神になる覚悟など望むべくもなかった。退屈しのぎにやってきて、身を寄せ合っているというだけだ。荒唐無稽《むけい》な教義を信じる新興宗教団体を彷彿《ほうふつ》とさせられた。

　すぐ前にいる男女五人のグループが、きれいに咲き乱れたローズマリーの花壇の縁に腰かけ、ビールを飲みながら折り詰めの鮨《すし》を食べ始めたのを見て、磯貝の顔から表情の一切が消え、ふらりと立ち上がって彼らの食べ物を蹴り上げた。

「やめろ」

　背後からはがい締めにして引き戻し、どうにか暴力の連鎖を防いだ羽柴は、呼吸も荒く磯貝の背中を叩《たた》く。

「落ち着け。衝動に身を任せれば、事は悪くなるばかりだ」

「うるさい。もうだめだ。おれたちはみなダメになる。もうおしまいだ」

　羽柴はクリスを呼び寄せて、磯貝の怒りを慰撫《いぶ》する役を与えた。

　ところが、それからしばらくすると、集まってくる人間の数は収束に向かう兆しを見せた。増員のピークは超え、喧騒《けんそう》はなりを潜めて、わずかに厳かなムードが漂い始めた。

　夜空から消える星と歩調を合わせるかのように、やってくる人間の数は少なくなり、やがてひとりも来なくなるのを見届けると、磯貝はようやく生気を取り戻していった。

「これで終わりか」

「どうやらそうらしい」

磯貝はざっと周囲を見渡して、声を震わせた。

「一体、何人いるんだ」

「さあ」

簡単に数えられる人数ではなかった。ざっと二百人前後というところだ。

「それにしても、やけに女性の数が多いな」

一見して男女比に差があるのは明白で、圧倒的に女性のほうが多い。羽柴は、加藤と細川を呼んで、ここにいる人間の数を数えるように命じた。この先、どこに行くにしても、人数を正確に把握しておくことが重要となる。時間的余裕があるなら、名簿を作っておきたいところだ。

総人数と男女比の把握が終わる頃になって、若い男がひとり、太った身体を揺らしながら、坂を上ってくるのが見えた。遠目にも、それが北沢俊哉であることがわかった。羽柴は、北沢の事務所で彼と一度会ったことがある。

「羽柴さん」

俊哉は息も絶え絶えに羽柴のもとに辿《たど》り着き、父から事の次第を聞いて駆け付けた旨をまくしたて、力尽きたようにその場にしゃがみ込んだ。

「きみが最後のひとり、百七十三人目の客だ」

加藤からそう指摘され、俊哉は両膝《りょうひざ》を芝についたままの姿勢で、身体を伸び上がらせた。

「百七十三人って……」

「ここにいる人間の数だよ」

「ぼくを含めて百七十三人いるんですか」

羽柴は俊哉の顔に浮かんだ不審の色を見逃さなかった。

「それがどうかしたのか」

理由を訊かれ、俊哉は、はあはあと呼吸を荒くしながら目の焦点を失わせていった。百七十三人という数字に何らかの意味を見出《みいだ》したのは明らかだった。しかし、彼はそれを口に出せないでいた。

羽柴たち六人の男たちの視線を受け、俊哉は、自分の責任ではないと釈明するかのように、小刻みに首を横に振った。

7

藤村家の取材で最初に会ったときも、精二はねっとりとした視線を胸から腰に執拗《しつよう》に絡ませてきた。無防備なまま値踏みされるような居心地の悪さを味わい、スカートで来たことを後悔したほどだ。

「座っていい?」

許可を得るまでもなかった。冴子は、テーブルの椅子を引いて腰をおろした。本当は立っているのがやっとの状態で、気力体力ともに限界に達していた。

腰をおろして身体の位置を安定させると同時に頭を回転させ、この先の展開を予測する。もし、この部屋にワームホールができた場合、自分と精二は同じ場所に運ばれる。羽柴によれば、それはおそらく過去の世界であるらしい。冴子は、その事態に我慢ならなかった。愛する者も友人もいない世界で、唯一知っている人間が精二だけだとしたら……、考えただけで身の毛がよだつ。無数の爬虫類《はちゅうるい》が蠢《うごめ》く穴の底に落とされるほうがまだましだ。

冴子は自問した。この男には別の世界に行く資格がありそうもない。精二を出し抜いて、自分だけがワームホールを通過する方法があるかどうか、考えるのだ。時間は刻々と迫っている。

パニックに陥っていては、解決策は絶対に浮かんでこない。思考は空回りして時間が無為に過ぎていくだけだ。数秒単位で、相当量の情報を吟味して、糸口を発見しなければならない。

一九九四年における父の失踪《しっそう》と、今年一月の藤村家の失踪は、根底のところで繋《つな》がっていて、因果関係を持っている。両者とも、裏で糸を引いていたのは、目の前にいる精二だ。

ボリビア、ティアワナコの遺跡で、ビラコチャ像と向き合い、その背後から隙をうかがう半人半鳥のレリーフが、父の興味を強く引き寄せた。一緒にいた晴子が、あることを指摘したせいで、父の興味がかきたてられたと思われる。晴子は父に何か重大なことを言ったのだ。いくら半人半鳥のレリーフが藤村精二と似ていたとしても、外見上の類似だけで、父が興味を持つはずがない。ギリシア・ローマの彫刻ならいざ知らず、古代に造られた像は抽象的なものが多い。父は、帰国してすぐ、高松に行く予定をキャンセルしてまで、高遠の藤村家に向かったのだ。そこまで父をつき動かしたもの……、それは何だ。レリーフ像はほんのとっかかりに過ぎなかったのだ。晴子は、レリーフ像を見て義兄である精二を思い出し、彼に関するある情報を父に語った。精二に関する情報……、それは彼の生い立ちに関するものか、あるいは精神的、肉体的特徴に関するものか。たとえば、晴子はこんな言い方をしたのかもしれない。

「夫の兄に精二という人がいるんだけど、その人、この像と顔がそっくりな上に、額には同様の突起がある」

額の突起とは悪魔に特有の角のことである。しかし、観察するまでもなく、今、目の前にいる精二の額には小さな瘤《こぶ》ひとつなく、つるりと禿《は》げ上がっている。

角の類《たぐ》いではない。しかし、冴子は、晴子が話題にしたのはある肉体的特徴に違いないというインスピレーションを得ていた。そのほうが具体的で、明確だからだ。父はあやふやなことのために無駄に時間を割いたりはしない。

そこで冴子は、父にはほかの人間と違う肉体的特徴があることを、ふと思い出した。

……父には乳首が三つあった。

ずいぶん長い間忘れていた。まだ一緒にお風呂《ふろ》に入っていた子ども時代、父は、自分の胸から脇の下のラインに冴子の指を導き、ポツンとした突起を示してくれたことがある。

……サエ、これが何だかわかるか。

冴子の小さな指の先が探り当てたのは、イボのような突起であり、わずかに弾力性があった。

……ほくろ？　それともイボなの？

父は笑って説明してくれた。

……これは副乳といってね、人の祖先が哺乳類《ほにゅう》である証《あかし》なんだ。ほら、犬や牛、馬などの哺乳類にはおっぱいがたくさんあるだろ。

風呂から出て、冴子はさっそく『退化の歴史』という図鑑で副乳について調べた。

「哺乳類の多くは胎児のとき四対の乳器を持ち、ヒトでは胎生六週で五対の乳腺《にゅうせん》原基が観察される」

……個体発生は系統発生を繰り返すといわれる通り、ヒトは胎児のときに魚類、爬虫類、哺乳類という進化のコースを辿って成長し、最終的に人間の赤ん坊として生まれ出る。その場合、本来は成長とともに消えるべき、かつて持っていた器官が、痕跡《こんせき》として残ってしまうことがある。副乳もその一種である。

哺乳類が持っていた四対や五対の乳のいくつかが、左右の脇の下から鼠蹊《そけい》部にかけてのラインに残ってしまったのが、副乳である。日本人男性の約一・五パーセントにこの痕跡器官が見られる程度で、そう珍しい例ではない。

ただ、眞一郎の場合、右の脇の下にひとつだけ乳首が残っていて、左右の対称性を欠いていた。三つ目の乳というのは、相当に貴重な例ということであった。

父と一緒にお風呂に入っていた頃に聞いたエピソードであり、それ以降副乳のことを話題にしたことはなかった。思い出したのはずいぶん久し振りのことであり、一か月半ばかり前に発見した左胸のしこりと、父の身体にあった副乳を関連づけたことはこれまでに一度たりともなかった。

……わたしの左胸にある小さなしこりは、左右対称性を欠いた、副乳なのかしら。

冴子は自分の左胸のしこりに触れ、確認してみたかったが、そんなことをすれば精二のいやらしい目を刺激するだけだ。

そして、もし精二にも副乳があるとしたらどうだろう。しかも、左右のどちらかにひとつだけ……。

この仮定のもと、冴子の頭の中では、記憶に残る言葉が有機的に結びついていった。解答が先に出て、そのあとからつんのめるようにして、思考がすがりついてくる。

……伊那の病院に入院しているとき、精二らしき人間が深夜にやってきて、わたしの左乳房のしこりを探り当てた。そのとき、彼はなんと言った？

「こんなことをしていると、あんたも、仲間入りだな」

そしてついさっき、この男はわたしに向かって何て言った？

「さあ、ねえちゃん、胸のしこりをつんつんしてやろうか」

ほんの十数秒のうちに下した推理に、冴子は自信があった。思考の流れは澱《よど》みなく、論理の破綻《はたん》も見当たらない。

精二もまた第三の乳首の持ち主だとしたらどうだろう。ボリビアの遺跡で、晴子は、父にそのことを告げた。いや、違う。ボリビアではない。晴子が告げたのは、日本到着直後の成田空港のホテルだ。帰国後に高松に行く予定であったことは手帳にも記載されているし、冴子も電話で実際に聞いていた。だから、父がその情報を得たのは、冴子に電話した後のはずだ。第三の乳首という、偶然の一致を知って父は驚き、その緊急性を察知した。だから、急遽《きゅうきょ》、予定を変更して、高遠郊外の藤村家にやって来た。行かざるを得ない理由が生じたのだ……。ここまでのところ、筋は通っている。だが、どこか釈然としないところがある。矛盾点を指摘できぬまま、冴子は別のことを連想していた。かつて一度、羽柴と抱き合いかけたとき、彼の手によって乳首をまさぐられた感触……、そして、精二の手が同じ箇所に触れてきたときの感触……。何かがおかしい。

冴子が頭の中で考えていることを見抜くかのように、精二はニヤリと笑って、唇を手の甲で拭《ぬぐ》った。

「そういえば、ねえちゃんが書いた取材記事の感想、まだ言ってなかったよな」

そう言って白目をむき、鼻毛を抜く。人が生理的に嫌だと思うことを連続してできるのは、ひとつの才能といっていいだろうが、冴子はどうあっても精二を受け入れることができず、自分を奮い立たせる。

「ぜひお聞きしたいわ。当事者のひとりであるあなたの口から」

「当事者？　当事者だなんて、あんた、記事の中でおれのことなんかにまったく何も、触れてさえいなかった。おれなんて、いないも同然じゃねえか」

その通りだった。冴子が精二に下した評価のあまりの低さに、羽柴さえ苦笑したほどだ。

「へたに嫌疑がかけられなくてよかったでしょ」

雑誌に発表された記事で犯人扱いされた場合、訴訟沙汰《ざた》になるのも珍しくなく、犯罪事件のレポートではもっとも気を遣うところである。精二のことに一切触れなかったのは当然といえば当然である。

「正直に言ってくれよ、なあ、おれは無害な男なのか」

この男はどちらを望んでいるのだろうと、冴子は考えた。無害な男か、あるいは有害な男か……。どうも口振りからは、有害な男であるとアピールしたいらしい。だとすると、冴子の書いた記事には不満があることになる。冴子にとって精二ははっきりと有害な存在であるが、その根拠となると希薄だ。自分の心をものすごく気持ち悪くさせるからという主観的な理由しか浮かばない。それだけの理由で有害と決めつけていいものかどうか。

冴子は慎重になった。この男を有害か無害か、どちらか一方に決めることによって、その先の展開が異なってくるように思う。

判断をつけかねて黙っていると、精二はぼそりと呟《つぶや》いた。

「この家の者どもはみんなおれが殺した」

まったく予期していなかったために、冴子は「えっ」と短く息を吸い込み、手で口を押さえた。

「え、なに、いま、なんて言ったの?」

「この家の者どもはみんなおれが殺して、捨てた」

精二は、はっきりと一語一語を区切り、ゆっくりと発音した。

頭の中が真っ白になるという表現の通り、見ている世界が白いベールで覆われて、思考停止に陥ってしまった。単なる罪の告白とはわけが違うのだ。この男が藤村家の全員を殺したとなると、状況は一変する。事の重大さが身体に浸透するにつれ、足先から発した震えが全身を覆い、とまらなくなった。

「じゃ、訊《き》くけど、遺体はどこにあるのよ」

掠《かす》れた声でそう訊くのがやっとだった。

精二ははったりをかましているだけなのだろうか。皮肉なことに、藤村家の一家全員を精二が殺したかもしれないという疑惑は、レポート執筆の過程で何度も頭に浮かんでは消えていった。親族という立場をうまく使えば、家族全員を外に呼び出すのも可能だろう。疑惑のまま現実味を帯びなかったのは、何の証拠もなく四人の人間を消す芸当なんてできるはずがないと、精二の能力を徹底的に見くびったからだ。その第一印象が、根を失って揺らぎ始める。至近距離から対峙《たいじ》しているうち、身体から放たれる負のオーラが人間の範《はん》疇外《ちゅうがい》であると感じられてきた。人前では無能を装い、その実、邪悪な意志を体内に醸成させているとしたら、この男を甘く見るべきではない。

「窓を開けて外を見てみろや」

わざわざ窓を開けなくても、景色は目に焼き付いている。坂の中腹にあるこの家からは、ダムによってせき止められた美和湖の湖面が見渡せる。

「湖に沈めたってわけ？」

「そうだ、二度と浮かんでこないように、ちゃんと処置して、美和湖に捨てた」

ある程度の重石をつけて遺体を海に沈めても、腸内で発生したガスが膨れ上がって浮力を持ち、浮かび上がってくることが多い。そうならないよう処置をしたと、この男は自慢している。本当だろうか。事実を確かめるにはどうしたらいいのだろう。もし、精二が言っていることが本当だとしたら、大変なことになる。藤村家の家族全員が精二によって殺され、湖に遺棄されたのだとしたら、この部屋のリビングルームにはワームホールができないことになる。しかし、だとすると共通項の一致はどうなるのだ。高遠は断層の上に位置し、藤村家の失踪《しっそう》事件のあった日には、太陽黒点の活発な動きが観測された。両方の要素がたまたま一致したというだけで、地球磁場の変動という物理条件によって発生した連続失踪の系列からはずれていたということなのだろうか。同一犯による連続殺人事件に、犯人とは無関係の一件が偶然交じってしまったようなものだと、いうのだろうか。そんな偶然はあり得ない。

冴子は身体の震えを止めることができなかった。先手を打つべき局面なのに、次々と変化する状況についていけず、判断が一歩ずつ後れを取っていく。

このままでは相転移の襲来とともに自分は消滅してしまう。いや、一瞬で消滅するならまだいい。最悪なのは、その前に精二の手で殺されかねないということだ。

「なぜ、そんなことをしたの？」

精二はその問いには答えなかった。

「なあ、答えてくれや。おれは有害な男かい？　なあ、どう思う」

「殺した理由がわからなければ、判断できないわ」

「いくら考えても、ねえちゃんには、理由がわからねえだろうな」

「だから、訊いてるのよ」

「そういう口のききかたするところが、おれ、好きでたまんねえんだよね」

精二はそう言って唇を舌で舐《な》めた。

「財産目当てなの？　借金に追われて、にっちもさっちもいかなくなったから？」

「なんとまあ、ありきたりな答え」

くだらない問答をしている余裕はなかった。冴子は苛立《いらだ》ちを制御できず、両手で思いっきりテーブルを叩《たた》いた。

「いいかげんにしなさいよ」

何が飛び出してくるかまったく予測がつかず、冴子は身構えた。実際に経験したにもかかわらず忘れていることを、精二の口から指摘されたとしたら、この男との関わりは相当に長いということになる。

「ことの発端は、あんた、なんだよ」

そう言って、精二は顔色ひとつ変えずゲップをし、屁《へ》を放ってみせた。あたかも、生理現象なんて自在に操れると誇示するかのように。

8

十六世紀初頭までのある日を境に、アンデス山脈の切り立った断崖《だんがい》の上に建つ空中都市マチュピチュから、すべての住民は姿を消した。その後、四百年ばかりが経って調査隊が共同墓地を発掘したところ、子どもを含め百七十三体の遺骨が発見された。これが何を意味するのかは謎のままであるが、街を去るにあたって足手まといになった住民を始末して葬ったという説をとなえる考古学者もいる……。

俊哉がその事実を告げると、嫌な予感を察知して加藤が吠《ほ》えた。

「人数が同じだとして、それが何だって言うんだ。偶然の一致に過ぎない。第一、この先我々の数がもっと増える可能性だってある」

ふたつの数字が一致していることにある種の不吉さを読み取り、羽柴、加藤、細川の三人は、同時に丘の下を見下ろした。蟻の行列のように人々が上ってきた森の小道は、今は深い暗黒によって遮断されて、だれかが上がってくる気配は微塵《みじん》もない。人数は確定されてしまった。丘の斜面という地理的状況もどこかマチュピチュと似ていて、その場にいる全員が山奥に取り残された気分になった。

「意味のない偶然だってば」

偶然を強調する加藤の前に、磯貝は人差し指をたてた。

「忘れたのか、これまで、数字で表れたサインが偶然であったためしはない。偶然の一致には必ず意味があった」

最後に飛び込んだ揚げ句、紛糾のネタを提供した恰好《かっこう》の俊哉は、遠慮がちに周囲を見回しながら言った。

「ずいぶん女性が多いですねえ、一体何人いるんですか、女性は」

「なぜ、そんなことを訊くんだ」

加藤は警戒の色を強めた。

「その……、マチュピチュに残された遺骨のうち、百五十体が女性だったらしく……」

その場にいる人間はみなごくりと唾《つば》を飲んだ。俊哉が来る直前、男性女性とも人数の勘定は終わっていた。子どもを含め、百五十人が女性であることは確認済みである。

「間違いない、ワームホールを通過しておれたちが行くのは、十五世紀から十六世紀にかけての、マチュピチュだ」

羽柴は、豪放を装って断言した。みなの顔を見回すと、どう反応していいかわからないらしく、顔にはそれぞれ異なった色合いが浮かんでいる。不安や心配を中心とした心許無《こころもとな》いさと総称できそうだ。

羽柴は思考を巡らせた。これから行くべき場所がマチュピチュだとしたら、第一に歓迎すべきは、我々百七十三人が揃ってワームホールを通過できると保証されたことである。もとより、連れて行かれるのは、数年前の日本などではなく、時代も場所もかけ離れたどこかだと覚悟していたのだ。空中都市マチュピチュはいつか旅行してみたい場所の筆頭であり、タイムトラベルの目的地としては十分に好奇心を満足させてくれそうだ。羽柴は、これから行くべき場所が前もってわかったことを楽観的にとらえようとした。

ただひとつ、共同墓地に埋葬された遺体の数と、一行の人数がぴたりと一致している点が解せなかった。生理的に嫌な臭いがするのだ。

「し、し、し……」

羽柴の疑惑を具体化するように、俊哉は言葉を発しようとして吃《ども》り、一歩二歩とあとじさった。

「どうした、何が言いたいんだ」

羽柴は優しくその先を引きだそうとした。

「四肢が切断されていたんです。ほとんどの遺体に四肢の切断がみられたって……」

頭上を覆う小枝が風に揺れ、あざ笑うかのような音をたてる中、一同、微動だにせず、唖然《あぜん》として俊哉の言葉を聞いた。注入されたイメージの種は、各々の脳裏で即座に芽を出し、関節部分から斧《おの》で切り裂かれた手脚《は》が山の斜面に林立する光景へと定着していった。

羽柴にしても、身に纏《まと》った豪放は剝がれ落ち、奮い起こした勇気は砕けた。

羽柴は、顔をさっと巡らせ、この事実を知った者が何人いるか確認しようとした。羽柴を含め、磯貝、加藤、細川、俊哉の五人である。加賀山の姿は近くになく、母や姉たちと語り合う姿を遠くに認めることができた。

クリスは磯貝のすぐ横にいたが、日本語を理解しないために、会話から取り残されていた。磯貝にしても、このおぞましい情報をクリスに伝えるつもりはなさそうだ。

「死んでから何百年も経ってんだから、骨なんてばらばらになるさ」

細川は声を震わせて両肘《りょうひじ》を手で覆った。

俊哉は、小刻みに顔を横に振って、容赦なく事実を告げる。情報を粉飾したり隠したりするのはより悪い結果につながると信じているからだ。

「いいえ。生きている間に、外部からの圧力を受け、切断されたものなのです」

浮かび上がった事実はひとつ。百七十三人の人間が、生きたまま四肢を切断され、共同墓地に葬られたということである。それが我々の先に待ち構える運命だった。

「だから言わんこっちゃない。こんな結果を招いたのは、みんな、おまえたちのせいだ。このばか騒ぎが、神の怒りを買ったのだ」

磯貝は、完全に理性を失い、羽柴、加藤、細川の顔を順に睨《にら》みつけ、大地を二度踏みしめた。

「物理学者のくせに、神の怒りを持ち出すとは、なんて非科学的な」

細川の嘲《あざけ》りを受けて、磯貝は、怒るどころか逆ににやりと不敵な笑みを浮かべた。

「これからきみたちが被る苦難がどのようなものか、説明してやろうか。我々はおそらく生贄《いけにえ》とされる。五百年前のマチュピチュに降り立った我々は、かくのごとき愚かさが災いして、神の役目をまっとうすることができず、住民の怒りを買い、ひとりずつ神殿の前に連れ出され、神への捧《ささ》げものとして四肢を切断され、共同墓地に葬られるのだ。しかる後、マチュピチュの住民は街を捨て、ほかの場所へと姿を消した。それが歴史なのだよ」

そのストーリーには一理あれど、解釈のひとつに過ぎない、と羽柴は思う。

羽柴が考えたのはまた別のシチュエーションだった。

我々が降り立つのは、住民たちが街を捨て去った後の、もぬけの殻となったマチュピチュであり、そこで百七十三人が心細く肩を寄せ合って暮らしている間、何らかのアクシデントに見舞われる。たとえば近隣の部族からの襲撃を受け、全員が捕虜となり、殺されるといったような……。

羽柴は顔を上げて俊哉に尋ねた。

「そこに争いのあとはあったのか」

俊哉は答えた。

「闘った形跡はありません」

だからといって、外部からの侵入を受けたという説が否定されたわけではない。圧倒的な武力に取り囲まれたら、無抵抗のまま捕虜になる道を選ぶだろう。他部族ではなくスペイン人による征服という可能性も考慮に入れる必要もあった。あるいは、人間以外の未知の力が作用したのだろうか。怪物、魔物、悪魔、鬼……。羽柴の脳裏に盛られた毒は、徐々に黒い影を形成していった。それは、古来恐怖の対象とされてきた異形の姿である。神への供物、他部族の侵入、悪魔の所行……、どの説を取るにせよ、ただひとつ確かなのは、百七十三人の人間が一旦《いったん》どこかに捕らえられた後、手足をばらばらにされたということだ。しかも、この事態が生じるのは、マチュピチュに降り立ってすぐである。共同墓地に埋葬された百七十三人がまさに我々であるとしたら、人数の増減がないことから、長い年月が流れていないと判断できるからだ。

仏教やキリスト教を始めとする宗教画の中で何度か見かけたことがあった。地底の泥沼を逃げまどう人々を巨大な黒い影が追い、ひとりひとり摑《つか》まえては逆さ吊《づ》りにして手足をひきちぎっていく情景が、次々と湧き出てくる。光の届かない地底にあって、ところどころでゆらめく業火が、苦痛に呻《うめ》く人々の表情を浮き彫りにしていた。地獄絵図というモチーフの描写は世界に共通して見られるものだ。

イメージの奔流は止まらず、喉《のど》の奥からかすれ声を発しながら、羽柴はその場に膝《ひざ》をついた。それは無意識に出た祈りのポーズだった。

残された時間が、一〇分なのか二時間なのかはわからない。終末へのボタンが押されるのはもう間近だ。その間に、決断しなければならなかった。この場から立ち去って、ワームホールを通過しないという選択肢だって有り得るのだ。羽柴が陥った苦境は、その点に集約される。行った先で待ち構える悪夢に対する怯《おび》えというより、短時間のうちに意思を決定せざるを得ないという二者択一が、著しい神経の消耗を強いるのだ。

もし、自分が離脱して、集団の人数が百七十二人となれば、運命は変えられるのだろうか。しかし、離脱した人間は、瞬時の消滅という事態に晒《さら》される。行くも地獄、残るも地獄。それでもなお、どちらの道を選ぶかの決断をくださなければならない。苦しみのない死と、たっぷりと時間をかけて恐怖を味わった後の死。前者における死は即座で、確定的であり、後者のそれは、とらえどころがなく漠然として、混沌《こんとん》に満ちている。

究極の二者択一を迫られた羽柴は、すべての思考を放棄して空を仰いだ。刻々と移りゆく時間を象徴して、星がひとつまたひとつと消え、容赦なく羽柴の神経を殺《そ》ぎ落とす。

羽柴は目を閉じて、胸の前で両手を組んだ。

9

……事の発端は自分にある。

精二は確かにそう言った。しかし、冴子には全く心当たりがない。直《じか》に聞き出す他に、真相を知る方法はなさそうだ。

冴子は、今まさに毒を吐き出そうとする蛇の顔など、一度も見たことがなかったが、口を半開きにして、顎《あご》を上げ、目を剝《む》いているせいで眉間《みけん》に皺《しわ》を寄せた精二の顔は、毒を放つ直前の蛇を連想させた。

「あんたはまだ、世界の仕組みがどうなっているか、知らねえんだ」

冴子は思わず背筋を伸ばした。世界の仕組み……、父は幾度となく同じ表現を使った。

「あなたは知っているっていうの？」

「まあな。世界は、ひもの端っこと端っこにそれぞれ対立する概念がくっついて、絡み合ってるようなものだ」

「それで」

冴子は先を促した。

「対立する概念は、遠く離れた果てと果てに、無関係にあるわけじゃねえ。一本のひもで繋《つな》がって、互いに助け合い、補い合う関係でもあるんだな。悪魔の由来は知ってるだろう。堕天使。もともとは神であったものが墜《お》ちて悪魔になる」

精二はそう言って下卑た笑いを漏らす。

かつて父から、宇宙が対立概念によって構成されている不思議を聞かされたことがあった。それを意識したとたん、冴子は、言いようのない不安に襲われた。

「神と悪魔が共に相補い合う関係……」

精二はテーブルの端を指で撫《な》でながら言う。

「出来事と出来事は、クモの巣のように、ものすごく複雑な糸で結ばれている。世界は関係性でできている。時間が過ぎていくということは、関係性のネットワークが移りゆくことだ」

冴子はそっと腕時計を見た。なぜこんなところに居て、精二と向き合って、一方的に話を聞かなければならないのか。同じことを父から言われたら、熱心に耳傾けただろうが、精二が言うと、忌まわしさを神聖さで装って、駄弁を吹き出しているようにしか見えない。できれば、この状況から逃げ出したかった。時間は刻々と迫っている。精二の両足に巻かれたギプスを見れば明らかな通り、廊下から玄関を駆け抜けて表に出たとしても、彼はたぶん追っては来られまい。しかし、なんとしても見極めなければならない。この部屋にワームホールができるのかできないのか、知る必要があった。いや、それ以上に、自分が果たした役割と、父の身に起こったことを、この男の口から聞き出す必要があった。

「くだらないことうだうだ言ってないで、さっさと核心に触れたらどうなの」

「ヒトにモノを頼む態度かね、それが。あんたは現実に起こったことを知りたいんだろ」

冴子は頷《うなず》きかけるのを堪えて精二を睨みつけた。高まる胸の鼓動を抑えようとして、為《な》す術《すべ》がない。

「いいか、人間が認識できる現象は、世界のほんの表層部分に過ぎない。氷山と同じだ。大部分は海の下に沈んでいて、普通の人間には見ることができない。ところが、ごくわずか、目に見える現象の下にある、複雑に絡まった関係性の模様を見られる人間がいる。第三の乳首を持つ者、つまりオレたちだ。鳥居のばあさんだって、そのうちのひとりだ。あいつの占いはときどき当たったもんな。

災いは常に、身近なところにあって、罠《わな》が用意されてる。神と悪魔による契約は、始終行われてきたんだが、秘密がバレないよう手のこんだ細工がなされるわけさ。だから、人間は、幸運と不運を当てはめ、何も気づかずにいる。必然を、あたかも偶然であるように装うのは、ものすごく簡単なことなんだぜ」

精二は、二本の松葉杖《まつばづえ》を膝の上に回して両肘《りょうひじ》をつき、その上に顎を載せた。気を引く素振りでありながら、行動の裏には疲れが見え隠れする。ついさっき、この部屋で初めて対面したときの、挑むようなまなざしが消えたように感じられる。冴子はその隙をついて言った。

「さっき、この家の家族を殺したって言ったけど、それは嘘よね」

精二は眉《まゆ》をつりあげ、目を見開いた。皮下がうずくのか、爪で喉のあたりを掻《か》きむしりながら、体内に残っていた気を口から放出していった。

「ほう、なぜそう思う？」

「話を聞いていてわかったわ。あなたはけっして自分の手を汚さない」

「まあ、勝手に解釈するのは自由だが……」

「ねえ、ひとつだけ教えてほしい。父は、どこに行ったの」

怒りを抑え、冴子は、懇願した。せめて教えてほしい。父の身に何が起こったのか。

「知りたいのか」

「教えて。お願い」

「あんたは、既に知っている、父ちゃんがどこに行ったのか」

「ばかなこと言わないで」

「いいか。十八年前、この家で起こったことを、順番に、よく、考えてみろ。自分の力で」

冴子の両目はめまぐるしく動いた。

……自分の力で考えろ。論理を正確に把握した上で、答えを出すんだ。

父の教えだった。どうしてもわからないときのみ、父はヒントとして、ある種のイメージを与えてくれた。大事なのは映像を伴ったイメージだ。映像が伴わない思考は、破綻《はたん》している場合が多い。

冴子は素直に精二の申し出に従い、十八年前の八月二十一日における父の行動を脳裏に再現すべく、細部まで鮮やかに映像を思い浮かべようとした。

午後八時過ぎ、成田空港付近のホテルで、父は急遽《きゅうきょ》高遠に向かうことを決意し、行動に移そうとする。交通手段として考えられるのはタクシーのみだ。八時過ぎにホテルを発《た》って、その日のうちに伊那市近辺まで列車で来るのは不可能である。レンタカーでないことは、北沢によって調査済みだった。

行動を共にするのは晴子だ。そのとき晴子はどんな気持ちだったのか、心のうちを推測する材料は乏しい。南米ボリビア旅行で父と出会い、恋に落ちたとしても、恋愛の深度がわからないのだ。すべてを投げうってまで恋を成就させようという覚悟があったのか、それともただの火遊びととらえていたのか。夫に対してどのような感情を抱いていたのか……。

冴子の思考はそこで立ち止まった。なぜこれまで、晴子の夫である藤村孝太の存在を、論考の対象としてこなかったのか、不思議でならない。父と晴子が愛し合っていたと仮定した場合、対決しなければならぬ相手として、孝太がクローズアップされて当然なのに、すっぽりと抜け落ちていた。成田空港から高遠へ、父と晴子が手を取り合って、駆け付けた先には、孝太が待ち構えていなければならない。

と、そこに思い至ったとき、冴子は、ついさっき感じた、釈然としなかったものの正体に気づいた。裸で抱き合う男女の映像が、単純な勘違いを指摘してくれる。映像も論理も共に、第三の乳首を有する者、それは精二ではなく、孝太であらねばならないと教えてくれる。

冴子は、自分の体験と照らし合わせ、現実と寸分の違いもないだろうという自信を持って、十八年前の光景を想像していた。父と晴子は、旅の途中、ボリビアで出会い、以後行動を共にする。だが、彼《か》の地では、まだ肉体関係を持つに至らなかった。夫ある身という晴子の立場を慮《おもんぱか》ってか、共に旅をしながらもかろうじて理性を保ち、ついぞ一線を越えることはなかった。つまり、相手の立場を尊重できるほど深く、父は晴子を愛していた。

そう考えなければ、冴子に電話した直後に予定を変えたという、絶妙なタイミングの説明ができない。旅を終え、成田に到着後、空港近くにホテルを取ったふたりは、最後の夜を迎える。明日になれば、晴子は夫のもとに帰ってしまう。その寂しさが作用したのかもしれない。夜の八時過ぎ、何らかのきっかけで、ふたりは一線を越えて結ばれようとした。

服を脱ぐのももどかしく抱き合ったものの、その行為は尻切《しりき》れとんぼに終わる。そう、自分と羽柴がそうであったように。

フラッシュバックのごとく、冴子の脳裏には映像の断片が流れていった。もつれるようにベッドに倒れ込むふたりの影は、両手を相手の上半身に這《は》わせたところで、ぴたりと動かなくなった。指で父の第三の乳首を探り当てた晴子は、同様の副乳を持つ夫を連想して、行為を中断したのだ。指先に刻み込まれた感触が強く働きかけ、欲望を奪い去っていく。ちょうど、羽柴の指によって、胸のしこりを探り当てられたときのように。

精二の言う通りだ。驚くべきことに、事象と事象は繋がっている。

晴子は、行為を中断した理由を説明するため、父の耳元でこう囁《ささや》いたに違いない。

「わたしの夫にも、第三の乳首があるの」

しかも……、そう、第三の乳首が、あたかも鏡に映された像のように、両者正面から向き合ったときと同じ位置にあったとしたら……、つまり、左側に第三の乳首を有する父に対して、孝太の第三の乳首が右側にあったとしたら……。

もし第三の乳首という点で、孝太と自分が鏡像対称性を維持していると知った場合、父は何を連想しただろうか。冴子なら、すぐに物質と反物質を思い浮かべる。父もそうであったに違いない。

質量やスピンなど姿形は同じだが、物質と反物質は、あたかも鏡に映った像のように、逆の電荷を持つ。父と孝太が互いにとっての鏡像体であるとすれば、その姿からはどことなく物質と反物質が彷彿《ほうふつ》とされてくる。

父は驚愕《きょうがく》したに違いない。父は常に、数字の一致や事象の重ね合わせを偶然で片付けようとはせず、そこに天から与えられたサインを読み取った。同じ女性を愛したことにより、自分にとっての鏡像体が存在することが明らかになったのだ。このサインには重大な秘密が隠されていて、放置すれば大変な事態が巻き起こることを確信した。秘密のカギを握る人間は孝太のみ。だから、すぐにでも会うべく、行動に移した。

十八年前の八月二十二日、高遠にやって来た父が対決した相手は精二ではなく、孝太だ。

「問題は、藤村孝太よ」

冴子が言うと、精二は急に咳《せ》き込み、そのせいで膝《ひざ》の上の松葉杖ががちゃがちゃと鳴った。

「いい線まできた、もう一息」

まだ、相手は答えをくれようとはしない。冴子は、思考を持続させた。

父と晴子は、その日の夜遅く、恐らく深夜の二時過ぎ頃、藤村家に到着した。そこで、一体、何が起こったのか。三角関係にある男女の、ある種典型的な騒動が巻き起こったのか。冴子の胸のあたりが、ぐっと詰まった。実におぞましい映像を思い浮かべてしまったからだ。痴情のもつれの果て、男と男が殺し合うことはよくある。もし、そのとき、父が殺されたのだとしたら……。孝太の手にかかって、父が殺され、美和湖に捨てられたのだとしたら……。まさに考えたくもない事態だった。

言葉にするのも嫌だったが、確認しないまま思考を先に進めることはできない。

「父は……、父は、孝太に殺されたの？」

精二は、人を小馬鹿にしたような笑みを浮かべ、首を横に振った。

「なんとまあ、ありきたりな答え」

冴子は即座に、精二の否定を信じる側に回った。父は殺されたわけではない。では、何が起こったのか。喧嘩《けんか》や暴力とは無縁に、両者の間に話し合いが持たれたのだ。何が話し合われたのかを類推する材料のひとつは既に与えられている。

冴子は、取材の半ばで、眼前のテーブルに置かれた手帳に初めて触れた瞬間、天啓のように降ってきた言葉をはっきりと覚えている。

「そんなに欲しいなら、くれてやる。のしをつけてな」

一度も聞いたことのない男の声だった。だが、今ならその声の主を特定することができる。

藤村家失踪《しっそう》事件の調査過程で、家族構成員の身辺は入念に洗ったつもりだが、既にいなくなっている以上、声を聞く機会などあろうはずもなかった。

最初に聞いたとき、「くれてやる」ものが手帳であるかのような印象を持ったが、このシチュエーションに当てはめれば、目的語が明らかになる。

声の響きと、その主の正体が重なったせいか、冴子の頭の中で、台詞《せりふ》の前後関係が堰《せき》を切ったようにすらすらと溢《あふ》れ出る。十八年前、この家の中で、父と孝太は相対したのだ。

食器棚やテーブル、椅子など、部屋にあるすべてのモノが刺激剤となって、冴子の頭の中に、ふたりの会話が肉付けされて流れこんできた。

深夜、二時から三時頃にかけてのことだ。晴子は、自室で休んでしまったのかその場に姿はなかった。リビングにいるのが孝太で、ダイニングには父がいるはずだった。

孝太が一方的に喋《しゃべ》って、父は聞き役に徹していた。孝太はリビング側の壁に背中をもたせかけ、床に直《じか》に尻をつけて両足を前に投げ出していた。気配から、ダイニング側に父がいるのは間違いなかったが、壁の陰に隠れてその姿は見えない。おそらく、孝太と同じように、背中を壁にもたせかけているのではなかろうか。父と孝太は、薄い壁一枚を隔て、背中合わせに対峙《たいじ》していた。

暗くなった部屋の中、あたかもスポットライトのように、孝太の頭上から円い光の輪が降りていた。ホログラフィックによる立体映像とも見えるが、光が弱く、輪郭がぼやけているせいで、表情まで読み取ることができない。彼の喋り方は、ときに敬語が混じって統一性がなく、内容も矛盾をはらんでいた。慇懃《いんぎん》と無礼が交互に現れ、投げやりな態度の中に弾《はじ》けるような喜びを示したりする。ふざけて声を高めたかと思えば、トーンダウンしてしんみりと語り、無意味な強弱のつけかたのせいか、聞いているだけで不愉快な気分になってくる。

深々と更けていく夜に、孝太の声だけが低く響いた。

「しかし、なんともありがたい話じゃありませんか。嫌なら、断ってくださってもいいんですけど、あなたには無理でしょうね。

わたしもラッキーでしたよ、こうしてあなたと出会えて。餌を撒《ま》いておいた甲斐《かい》があったというものです。田舎で、翼をもぎ取られた蛇のまま、地味に一生を終えるのは、つまらないですからね。でも、あなたが来てくれたおかげで、わたしは飛び立てる。翼をもらって、空の高みにまで思いっきり飛翔《ひしょう》することができます。あなただって、よかったでしょう。もし、わたしと出会えなければ、愛する者の訃報《ふほう》に接するところでした。お互いにとって、よかったというわけです。

わたしが言っている意味、わかってもらえましたよね。何もしなければ、明日の午前、お嬢さんは死ぬ運命にある。図書館に行く途中、暴走してきたトラックにはねられ、生きたまま百メートルばかり引きずられ、見るも無残な姿に変わり果てるのです。その運命を変える方法はひとつしかない。

パリ、シャルル・ド・ゴール空港を飛び立ったユナイテッド323便を、叩《たた》き落とすことです。

そんなびっくりした顔をしないでください。あなたのお嬢さんの命と、ユナイテッド323便は、目に見えない紐《ひも》の両端で結ばれていて、片方を取れば片方を失う関係にあるのです。世界の仕組みの、裏の裏に隠された関係のことは、あなただってよくご存じでしょう。

ひとつ手を打って、契約を結びましょう。あなたの力をわたしにください。そうすれば、お嬢さんの命は助かるのです。おまけに、ちょっとしたご褒美も手に入る。

晴子がそんなに欲しいなら、くれてやる。のしをつけて」

心臓が直接外気に触れるようだった。冴子は、胸に手を当てて鼓動を確認した。

この男の言っていることは本当だろうか。確かに、ユナイテッド323便墜落のニュースは、新聞の縮刷版で確認したばかりだ。記事には、乗員五百十五人は絶望と書いてあった。その五百十五人の命と引き換えに、自分が死ぬ運命にあったなんて知るよしもなかった。もし、前日の午後八時に父から電話を受けていれば、翌日の午前、日課通り図書館に出かけたはずである。だが、父から連絡はなく、身を案じて動き回った結果、行動は大きく変わった。

過去を振り返り、あのとき別の選択を行っていればどうなっていただろうと思うことはよくある。もし、羽柴と抱き合ったとき、彼の指がしこりに触れなかったら、互いの肉体は結ばれ、その後にとった行動は大きく異なっていたに違いない。父も同様である。成田のホテルで晴子と抱き合わなければ、孝太に第三の乳首があるという情報が得られず、高遠に行くこともなく、代わりに、娘の訃報を受けることになった。

孝太は、ひとり笑いをしてから、続けた。

「人数？　この期に及んで人数にこだわる理由が、さっぱりわかりません。勘違いしてやしませんか。ひとりの命と、ひとりの命が、目に見えない紐で結ばれているわけではないのです。ひとつの交通事故という事象と、ひとつの飛行機事故という事象が、結ばれているのです。たまたま犠牲者の数に開きがあるというだけです。

ま、そう興奮しないでください。人数的に釣り合いが取れないなんて、あなたらしくもない。人数の問題ではないことぐらい、わかっているでしょうに。少し、頭が混乱していやしませんか。仮にですよ。お嬢さんの命が助かる代わりに、見も知らぬひとりの人間が死ぬのであれば、あなたは平然とお嬢さんの命を助けることができるとおっしゃるのですか。だったら、相手の数が十人に増えたら、どうなんです。百人、あるいは千人に増えたら？　一定の数を境に線引きができますか？　身代わりになる人間の数がどれだけ増えたとしても、選択に差は生じないでしょう。

舞台裏を知らないだけで、こんなことはよく起こっていることです。事故、病気、災害、テロなどでときに多くの人々が死にます。そんなとき、なぜ彼らであって、自分ではないのかと、思うときがありませんか。だれでもいいのです。死は、恣意《しい》的に降り注ぐもの。たまたま自分ではなく、彼らであったというだけです。もし、舞台裏が明かされたりすれば、人間の神経はもたないでしょうね。そもそも命とは、だれか見知らぬ者の命の犠牲の上に、成り立つものなのです。身代わりになった者がだれなのか、名前や顔がわかるようになれば、人間なんて簡単に、精神に異常をきたしてしまう。彼らを失って悲しむ人々の姿が見えてしまいますからね。知らないからこそ、平然と生きていられる。

おわかりかと思いますが、わたしから力を奪ってもいいのですよ。しかし、そうすれば、お嬢さんは確実に死にます。お嬢さんを救う方法はただひとつ、力をわたしによこした上で、栗山眞一郎をこの世から完全に抹消することだけです。ま、事象と事象のつじつまを合わせるために、飛行機が一機墜《お》ちますけど、それはわたしにはどうでもいいことだ。だからといって、死なないでくださいね。死のうとしてもそれは無理、あなたはただ墜ち続けるほかありませんが。

栗山眞一郎をやめ、藤村孝太として、ここで暮らせばいいじゃないですか。のんびりして、いいところですよ、ここは。そうすれば、お嬢さんは助かるし、晴子だって手に入る。あなたが、わたしの後釜《あとがま》に座ることによってしか、事はスムーズに運ばないのです。わたしが飛び立った後の穴を埋められるのは、あなただけなんだから。理屈はわかりますよね。物理の得意なあなたにとっては、釈迦《しゃか》に説法。よーくわかっていると思います。

これからのことを思うと、なんだか、わくわくしてきますね。何だってできるんですよ。神となって降り立った世界を舞台に、いろいろな実験ができます。

たとえば、五万年前の、まさに言語が生まれようとする時代に飛んで、言語体系に、自己言及性の矛盾を差し挟むことだってできます。微分積分方程式に細工をほどこし、ゼロと無限のトリックを注入するなんてアイデアはどうです？　人類が、数学や言語を操るほど、矛盾は拡大されていくわけだ。動けば動くほど、真綿で自分の首を絞めるようなもの、やがて矛盾は修復不可能なレベルに達します。そのとき、宇宙はどうなるでしょうかね。実に見ものです。打ち上げ花火のような派手な光景が見られると思いませんか。考えただけでわくわくしますよ。

本当、来てくださって感謝してます。力はどちらか一方しか持てません。だから、わたしがいただきます。あなたが持っていても、身勝手なことに使ってしまうだけでしょう。さ、夜も更けてきたことですし、そろそろ行かせてもらいます。あとはよろしく頼みます。ちんけな悪魔となってここに残り、平々凡々、幸福な家庭とやらを営んでください。あなたにはそれがお似合いだ」

言いたいことをすべて喋り終わると、孝太は立ち上がって尻《しり》を手で払い、後ろを振り向いて壁の向こう側に言った。

「じゃ、さよなら、あとは手筈《てはず》通り、うまくやって下さい」

光の輪の外に出るや孝太の姿は消え、それと引き換えに、壁の後ろから男の嗚咽《おえつ》が響いてきた。口を押さえる指の隙間から、間歇《かんけつ》的に低く抑えられた呻《うめ》きが漏れてくる。

やがてその音も止み、完全な静寂に包まれると同時に、冴子の視覚は現実の情景を取り戻した。

部屋は以前と同じように照明が点《とも》り、消音設定のテレビ画面に映像が揺れている。リビングの椅子に座った精二は、まっすぐ目を冴子のほうに向けていた。

冴子は幾度となく聞かされて、知っている。父にとっての悪夢は、娘が死んだ後の世界をひとりで生きることだった。だから、父は悪魔に魂を売り渡し、五百十五人の命と引き換えに、愛する者の命を選んだ。それが、「事の発端は自分にある」ことの意味だ。世界に向かって悪を解き放つことと、ひとり娘の命を秤《はかり》にかけた結果、父は後者を選択した。

それが、冴子が今ここに生きていることの意味だった。
五百十五人の命の重さが、ずしりと肩にのしかかってくる。もし理由があって父が姿を消さざるを得なかったのだとしたら、それは自分と無関係ではないと直感を得たことが何度もある。地球上のだれよりも大きな愛と関心が注がれているという自信があった。

父は、ほんの一年近く前まで、藤村家の主として、ここに暮らしていた。
冴子は溢《あふ》れようとする涙を抑え、部屋の中をぐるりと見回した。

十八年前、あれほど探したにもかかわらず、父の行方は杳《よう》として知れなかった。まさか、直線距離にして東京から二百キロ程度の高遠で、別の家庭を営んでいたとは思いも寄らなかった。晴子との間に一男一女をもうけ、つつましく平凡に暮らしていたのだ。ついさっき家族のアルバムを見て感じたことでもあるが、初めて訪れたときも、冴子は、この家にある種の懐かしさを覚えた。かつて慣れ親しんだ匂いが、あちこちに充満しているように感じられた。父の築いた家なら、同じ匂いがして当然である。

なぜ父は孝太となり代わらねばならなかったのか、冴子には理由を推測することができた。父と孝太の関係は、神と悪魔にも、物質と反物質にも、たとえることができる。

孝太と父の出会いは、物質と反物質の対生成を象徴している。なにもない空間にエネルギーが与えられると、物質が生成されて飛び出し、そのあとには、見た目がそっくり同じで鏡像対称性を維持する反物質が残される。冴子は、実に簡単なたとえでこのことを説明できる。

たとえば、宇宙をまったく白紙状態の二次元空間にたとえてみよう。その世界は完全に対称性が保たれていて、モノの構造ができる余地はどこにもない。ところがエネルギーが与えられ、ハサミが動いて、白紙からハートマークが切り出されたとする。即座に対称性は破れ、ハートマークというモノがひとつ次元を超えたところに、実在し始める。自発的な対称性の破れと相転移は、まったく同じ意味を持つのだ。切り抜かれたあとには、ハートマークとぴったり重なる空白が残される。ハートマークが物質とすれば、白紙に残された空白が、反物質である。宇宙の始まりにおいて同じ数できたはずの物質と反物質が、現在物質のみしか見られないのは、片方が時間軸という次元を超えたところに存在しているからなのか。だから、両者は滅多に会うことはない。ところがもし何らかの偶然で、ハートマークが空白と出会ってその隙間に収まれば、見た目には、両者とも消滅したように見える。これが対消滅で、切り出すために使用された膨大なエネルギーが放出される。

同じ道理が採用されたとすれば、孝太が消えた後、父は、栗山眞一郎であることをやめて、この家で暮らさなければならなかった。

だが、結局冴子は、父と再会することができなかった。父が新しく築いた家族は一家揃って、太陽黒点が激しく活動した今年一月二十二日に、失踪《しっそう》してしまったからだ。

なぜ、藤村一家が失踪しなければならなかったのか、冴子にはその理由が思い浮かばない。

答えを知っているのは、精二のみだ。

「なぜなの、なぜ、藤村一家は失踪しなければならなかったの」

冴子は、目や口の動きの細部にヒントが隠されていないかどうか見極めるべく、精二の表情を観察した。顔の造作のひとつひとつから毒々しさが消え、目の動きが穏やかになっている。冴子は別人を眺めているかのような錯覚に陥った。

「この家の者たちは、やがて来るカタストロフィを知っていた。今年、一月の段階で、宇宙の構造が一年と持たないだろうと予想をたてていた。幸運にも、ワームホールができる場所はわかっている。たとえ相転移の波が押し寄せたとしても、過去に舞い戻ることはできる。ただ、やっかいなのは、ワームホールをうまく通過できたとして、行き着く先の時代と場所が完全な恣意《しい》性に委《ゆだ》ねられているってことだ。相転移の瞬間、空間は煮え立つようなもので、どこに運ばれるのか、選択の余地はまったくない。飢餓に苦しんで明日の命も知れぬ群衆の中にほうり込まれるか、戦乱の最中に舞い降りるか、偶然のみに左右される。相転移から逃れた先が、地獄でないという保証はどこにもない。ならば、事が起こるより前に旅立とう、この家の者たちはそう考えた。相転移の前なら、太陽黒点の動き、磁場の強弱の条件から、ある程度下り立つ時代と場所を想定することができる。座して相転移の襲来を待つべきか、事前の旅立ちか、彼らは何度も話し合って方針を決めた」

……だから。

冴子は腑《ふ》に落ちた。アルバムのラストページにあった家族写真が、あたかも遺影のように感じられたのも、むべなるかな。彼らは、とっくにこの世界に別れを告げる決心をし、条件の揃う日時を待っていた。そして、今年一月二十二日、まさに絶好のタイミングを見逃さず、取るものも取りあえず家を出てワームホールへと向かった。

藤村家の一家四人が、この世から消滅していった仕組みが今ようやく明らかとなった。自らの意志で事前の逃亡を図ったのだ。

冴子の視線は斜め横にあるテレビ画面へと逸《そ》れ、消音設定のまま映し出されていた映像に注意が奪われていった。考えることに熱中するあまり、世界のあちこちで持ち上がる異常現象から関心が逸らされていた。

テレビは、夜明けを迎えつつあるカリフォルニアを映し出し、砂漠を切り裂く亀裂《きれつ》がさらなる成長を遂げたことを告げていた。声が聞こえなくても、女性レポーターが何を言っているのか察しはつく。時間の経過と共に、レポーターの喋《しゃべ》りかたがヒステリックになっていくようだ。このまま、巨大なメスによって地表が切り裂かれていけば、あと少しで亀裂はサンフランシスコの街を飲み込んで太平洋に到達する。そうなれば、水の壁となって海をも切り開くのか、あるいは、陸上の亀裂に海水が流れ込むのか。海水という媒質に対してこの亀裂がどのような現象をもたらすか、推測するのは難しい。

突如シーンは、夕暮れのカルカッタの映像へと変わった。五つの満月がテレビ画面の中央に並んでいる。光の丸い輪は以前よりもさらに輝きを増し、神々しい。

テレビ画面に点滅する光が精二の横顔を照らし出している。

……ところで、なぜ、精二がここにいるのだろう。

冴子は、今さらながら湧き上がる疑問に、自分でもびっくりしてしまう。父と孝太の間で契約が交わされたとしても、そのことと精二の間に、一体どんな関係があるというのか。ほとんど浮浪者同然で、藤村家の周囲を徘徊《はいかい》していた精二が、この一家と絡んでくる余地がどこにあるというのだ。第三の乳首を有する者が精二ではなく孝太であるのなら、精二の存在自体、排除されてしかるべきだ。

「あなた、一体、だれなの」

「そんなもの、もともと、いない」

精二は他人事《ひとごと》のように言い放った。

「……いない？」

精二はもともとこの世に存在しなかった……。冴子は、かつて一度この家の戸籍を調べ、孝太より六歳上の兄である精二の記載を確認している。兄が精二で、弟が孝太という名前の付け方に、違和感を持った記憶があり、見まちがいは有り得ない。

「いないって、どういうこと」

「あの野郎は、昔から、家出と放浪を繰り返してきた。三十年以上も前にこの家を飛び出したきり、戻っちゃいねえ。間違いなく、四半世紀も前に、奴は、おっちんじまってるはずだ。どっか、そのへんで野垂れ死んで、身元不明の死体として処理されちまったんじゃねえのか」

実際、精二の生き方や性格からすれば、ありそうなことである。しかし、冴子の目の前には当の精二がいる。この現実をどう解釈すればいい。幽霊と対峙《たいじ》しているというのか。

「じゃ、訊《き》くけど、あなたは一体だれなの」

冴子は自分の声が震えていることに気づかなかった。音のないテレビ映像が、世界の果てに生じつつあるカタストロフィをいくら流しても、冴子の関心は逸れることなく、まっすぐ正面にいる精二に注がれていた。

精二は、冴子の疑問を見透かすように、人差し指を一本立てた。

「あんたは、この家の者が、全員、ワームホールを通り抜けたと思ってやしないか。そうではない。ひとりだけ、通過できない者がいた。翼をもぎ取られた蛇同様に、その力を剝《はく》奪《だつ》された者がひとり。悪魔との契約だった。だから、彼は、何年も前から準備を始めた。家の近所に掘っ立て小屋を造り、そこに精二が住んでいるかのように見せかけた。奴の名前で、借金までこしらえた。家族を見送った後、なり代わるべき相手が必要だったんだ。考えてもみろ。もしひとりのこのこ家に戻ってきたら、どうなると思う。警察も世間も、放ってはくれまい。妻と子どもたちはどうなった、一体何があったんだと、質問責めにされるに決まっている。訊かれたって、答えようがねえ。秘密は厳守されなければならない。ことをうまく進めるためには、一家全員が失踪したように見せかけ、残った人間が精二になり代わるしかなかった。だから、あたかも精二が存在するかのように装ってきたんだ」

考える時間を与えるためなのか、そこまで喋ったところで精二は一旦《いったん》間を置いて、冴子から目を逸らした。

ジジッジジッと音をたて、思考回路がショートするようだった。

どうしても受け入れたくない事実を眼前につきつけられると、人間は思考を麻痺《まひ》させることがある。

冴子は、無意識のうちに呼吸を止めていた。もう少し持続させれば、心臓もまた鼓動を止めていたかもしれない。

何度、話の筋道をたどっても、同じ結論しか出てこなかった。

「やめて、お願い。あなたなんかが、パパであるはずがない」

冴子は喉《のど》の奥から声を絞り出した。

正面に座る男の、皺《しわ》だらけの顔の真ん中で、しょぼついた目が何度もまばたきを繰り返していた。身体つきも顔も、醸し出す雰囲気に至るまで、なにからなにまで、父とかけ離れている。父の顔に精二の顔を重ねたとたん、大切に保存された父との思い出が粉々にされる。両者の面影はあまりに異なっていた。にもかかわらず、答えはただひとつの結論を用意する。

かつて父は言っていた。

……いいか。観察者の意識の持ちようは、観察する対象に影響を与えるものなのだ。月は、観察されるからこそ、観察されたままの姿で、夜空にある。モノの姿形は、人間の認識を離れたところで、独自に、絶対的に存在するわけではない。

初めて精二を見たときの印象はあまりに酷《ひど》いものだった。彼の人物像を人に語ろうとして、評価は異常なほど低くなった。いつも薄汚れたジャージを着て、垢《あか》の染み出た首に手ぬぐいを巻き、目やにのついた嫌らしい目で女性の身体を値踏みし、事あるごとに気に触る音を立ててきた。神経を逆撫《さかな》でする声の質、さらに下卑た喋り方。半径十メートル圏内に入っただけで不快感は高まり、指の先が肩に触れそうになれば、身体をのけ反らせて避けた。

最初から、目が曇らされていたのだ。

一切の偏見を捨て、先入観を捨て、心の目で見ようとして、冴子は、徐々に呼吸を整えていった。

エッシャーのだまし絵のひとつに、それまで花瓶として見えていた図形が、見る側の意識をずらすことによって人の顔に見えてくる作品がある。冴子の意識が起こしたのは、それと同様の、一瞬の反転だった。

皺だらけの顔がふくよかさを取り戻し、後退した額が豊かな毛髪で覆われ、目が輝きを取り戻し、背筋がぴんとのびていくにしたがって、精二の面影は遠のき、父の懐かしい顔が眼前に出現していった。小学校の頃、伊豆サイクルセンターに遊んで、自転車を例にとって人間が作り出した製品の特色を解説してくれたときの父の姿がそこにある。リビングのソファでくつろぎ、物質の構造と世界の仕組みをわかりやすく解説してくれたときの父の姿がそこにある。夏の日の小川で釣りを楽しんだり、取材旅行と称して世界の各地に連れ出してくれたときの、父の姿がそこにある。

眞一郎は、以前とまったく同じ癖で口許《くちもと》を緩め、慈愛のこもった目を冴子に向けた。

「やあ、サエ、久し振り。元気にしてたか」

その瞬間、冴子はわっと泣き崩れてテーブルに突っ伏し、激しく嗚咽《おえつ》を漏らした。赤ん坊の頃、初めて父の顔を認識して以来、一緒に過ごした懐かしい日々が脳裏を駆け巡って、涙を押し出してくる。

ひとしきり泣いた後、冴子は、たった今再会した父の姿が永遠でありますようにと祈りながら、顔を上げた。

だが、そこにあるのは精二の顔だった。もはやどのように意識をずらしても、二度と父の顔に戻ることはなかった。ただ、心の迷いが取り除かれた後の安心立命の境地が、醜いと思われた顔に浮かんでいる。

父が体験したのは冴子との別離だけではない。今年の一月、十八年間共に暮らした妻とふたりの子どもとも、永遠の別れを交わさざるを得なかった。愛する者たちとの別れを二度も……。

冴子は立ち上がって、精二のところに歩み寄っていった。堕《お》ちた先の、成れの果ての姿が、ここにある。命の総体の単純計算を無視し、唯一かけがえのない命を選択した者の末路が、ここにある。どのように変わり果てたとしても、冴子にとって父は父だった。世界が終わろうとする直前、見捨てるように立ち去っていいはずがない。

冴子は、膝《ひざ》の上の松葉杖《まつばづえ》に触れぬよう、精二の真横に立って首筋に両腕を回した。悪臭も、ざらざらとした肌触りも、気にならなかった。

「パパ、一緒に、行こ」

冴子は、無数の剛毛が伸び出す耳に口を近づけて囁《ささや》いた。

「ひとりで行けや。ワームホールは、ここから十キロばかり南で口を開く。時間がない」

藤村家のわずか南に、特殊な物理条件を備えたポイントがあることは、冴子も知っていた。国道一五二号線、別名「秋葉街道」を南に十二、三キロ下ったところに分杭峠があり、そこは磁場がゼロになる場所として全国的に有名だ。今回の調査過程でも、ゼロ磁場からの失踪《しっそう》例が二例報告されていた。

……いいか、サエ。実数は一本の数直線に隙間なく並んでいるわけではない。至るところ穴ぼこだらけだ。無理数は、がやがやと騒々しい数字が不規則に続く賑《にぎ》やかな穴であり、ゼロは両端がすり鉢状になって落ちてゆく果てのない暗黒の奈落《ならく》だ。

「そこ、ゼロ磁場なのね」

精二は、ゆっくりと頷《うなず》いた。ワームホールが開く場所をゼロ磁場と確定して間違いなさそうだ。

精二は、舌の先を「チッ」と歯茎に打ちつけ、肘《ひじ》で冴子の腹を押してきた。

「早く行けって。もう話はすんだ。おれがしでかしたことの尻拭《しりぬぐ》いでもしろや」

わざと言葉を汚す精二の言い方に、父の真意を重ねるとこうなる。

「サエ、ぐずぐずしていないで、行くんだ。知力をふり絞って事に当たり、困難を克服しろ。それが五百十五人の命と引き換えに生かされてきた、おまえの、使命だ」

冴子は、首に回していた腕をほどき、精二の脇の下に差し入れ、その身体を持ち上げようとした。精二は足に痛みを覚え、「うっ」と唸《うな》って顔をしかめた。

「おい、やめろ、何しやがる」

「置いていけない。一緒に来て」

「ばかなこと言うんじゃねえ」

「お願い、二度とひとりにしないで」

冴子は、精二の身体を持ち上げるのを諦《あきら》め、座ったままの姿勢で椅子ごと引っ張ろうとした。

「目を覚ませ、さっさと行くんだ。おれは、眞一郎ではない。精二だ」

精二を座らせたまま、ほぼ四十五度に傾けた椅子を、冴子は強引に引きずった。椅子の脚が床をこすって嫌な音をたてると同時にバランスが崩れ、精二は、椅子からほうり出されて芋虫のように床に転がって椅子の背もたれに脚を打ちつけた。激痛に顔を引きつらせ、両目を剝《む》き、精二は床の木目に爪を立てる。

「おれはワームホールを抜けることができない。もし、抜けられたとしても、中途半端に、無様な姿で堕ちるだけだ。何度か試したからよくわかっている。堕ちるだけならまだしも、別の世界で、人間に生まれ変わることすらできないだろう。

おれの姿をよく見ろ。もはや昔の面影はねえだろ。悪魔に魂を売り渡したばかりに、姿形もご覧の通りだ。今度は、芋虫になり果てるかもしれねえ。勘弁してくれよ、ねえちゃん、そんなの辛《つら》いだけだぜ。果てもなく、堕ちていくだけだなんてよ。そろそろおしまいにさせてくれねえか。お願いだ。おれを解放してくれ。さあ、行くんだ。ひとりで」

精二と化した父の顔には、安寧の表情が浮かんでいた。孝太から力を奪って、世界に善をもたらすこともできたのに、愛する者への執着がそれを拒んだ。これでやっと、世界を崩壊に導いた罰から解放されると胸を撫で下ろしているに違いない。輪廻《りんね》の濁流を超越し、堕ち続ける苦しみから解放され、煩悩を消滅させて涅槃《ねはん》の境地を手に入れようとしているのだ。だからこそ、甘んじて相転移の波を受け入れようとしている。

「行けって言っているのがわからないのか、何のために、何のために……」

その先は言葉にならなかった。

「パパ」

冴子は、どう決断していいかわからず、なす術《すべ》もなく、精二を見下ろしていた。

「早く行くんだ。おまえが、力を発揮できる場所が、きっとある。自分に与えられた範囲内で最善を尽くせ」

冴子は、身体の中で弾《はじ》ける力を感じた。

……自分に与えられた範囲内で最善を尽くす。

同じ言葉を幾度となく父から言われた。

「わかった、行ってくる」

冴子は床に跪《ひざまず》き、精二の身体を抱き起こそうと手を伸ばしたが、強く払いのけられた。

「早く行け」

精二は、眠ってしまったかのようにじっとしている。蛇に似た顔が、そのときだけ、悟りを開いた仏像と似て見えてきた。

冴子はぎこちなく足を一歩一歩前に進め、リビングを横切って廊下に出ようとする手前で、もう一度精二のほうに視線を飛ばした。

「パパ、さよなら」

言い終わらぬうちに、玄関に走って表に出た。夜空からは星がほとんど消え、また一段と暗くなっている。

上空からのしかかる闇の下で、冴子は、スロープの途中に停めたレンタカーを探した。まったくの無音が、空気まで凍りつかせ、直接素肌に冷気を擦り込んできた。寒いと感じるより先、寂寥《せきりょう》に胸を締めつけられて息苦しかった。

冴子は、バッグから車の電子キィを取り出して開錠ボタンを押した。十メートルばかり先で、左右一対のオレンジ色のハザードランプが点《とも》り、ゆっくりと二回、冴子を招くように点滅した。

振り返って藤村家を見ると、その瞬間に居間の明かりが落ちて、家の輪郭は完全な闇の中に没していった。ドアの外に出していた右足を元に戻しながら、明かりの消えた藤村家に目を据え、キィを回してエンジンをかける。

顔を上に向けて大きく息を吸い込み、迷いも何も振り切って、冴子は、車を発進させた。

10

あと三十分ばかりで午前零時を迎えて翌二十六日となろうとする頃だった。昼間でも交通量の少ない秋葉街道に、行き交う車の影は一台もなく、美和湖のほとりから分杭峠まで、要した時間はほんの十分程度である。

そこは緑深い山の峠で、南アルプスの中心をなす仙丈ヶ岳《せんじょうがだけ》の真西に位置する。周囲の山肌は黒い影となって背景の闇に溶け込んでいた。

峠全体は、真っ暗と思いきやそうでもなく、ヘッドライトで照らさなくとも、駐車場にはうっすらとした光が降りている。どこから届く光なのか、山の裏側から後光のように立ち昇る光の帯が五つあった。細く鋭い光ではなく、どこか温かみを覚える柔らかさに包まれている。

冴子は、ヘッドライトを消し、エンジンを切り、そのまま前方に顔を向けて、薄明かりに目が慣れるのを待った。

駐車場に立てられた案内によれば、獣道をほんの二十メートルばかり進んだ先に、磁場がゼロとなるポイントがあるという。この地に特有の物理状況が身体に健康をもたらすという説があり、天気のいい昼間には、不治の病をかかえた人々がどこからともなく集まり、数時間も同じ場所にたたずんで、磁場の消えた空間に身体を浸して過ごしたりする。

冴子にはそれ以上に切実な、断乎《だんこ》とした目的があった。こうなればどんなことがあっても、別の世界に渡らねばならない。新しい地では、やるべきことが必ずある。自分に与えられた範囲内で最善を尽くす。それが世界の崩壊と引き換えに生きてきた自分の使命であり、父の思いに応《こた》える唯一の方法なのだ。

冴子は車から降り、鬱蒼《うっそう》とした茂みに歩み寄り、獣道に分け入った。

案内の通りに道を進むと、小さく切り開かれた斜面が現れた。深夜とあって、もちろん人の影はない。簡単に板を張っただけのベンチが数脚設置されていて、そのうちのひとつに腰をおろすと、冴子の目線は自然と深い谷の底へと向けられた。

山の稜線《りょうせん》によって切り取られた風景の底に、高遠の街明かりがちらほらと見受けられる。クリスマスの夜だけに、まだ起きている人間はたくさんいるようだ。しかし、彼らが起きているのはクリスマスを祝うためではなかった。世界各地で生じた天変地異の報道に釘付《くぎづ》けとなり、テレビの前から離れられないがためだ。星が消え、大地が切り裂かれ、未曾有《みぞう》の事態が起こりつつあるとわかってはいても、あと数時間のうちに世界が終わりを告げると知る者はほんのわずかしかいない。

森閑とした山の冷気にさらされて、冴子はたったひとりで、そのときを待った。

ゼロ磁場のポイントだけ木は疎《まば》らで、どうにか空を仰いで星の数を数えることができる。

文字通り、数えられそうなほどに、星の数が減っていた。

十七歳で父がいなくなって以来の独り暮らしで、孤独には慣れているはずなのに、深夜の人里離れた山の寂しさは想像を絶するものがある。耐えられるのは、一時間が限度だろう。

そのとき、静寂を破って携帯電話の着信音が鳴った。

冴子は、ディスプレイで名前を確認し、すがるように本体を掴《つか》んで通話ボタンを押した。相手が羽柴であることに間違いはなかった。だが、声は変わり果てていた。すがりつくように震え、間歇《かんけつ》的に嗚咽《おえつ》を漏らすため、喋《しゃべ》っている内容のほとんどが聞き取れない。ところどころにマチュピチュや悪魔という単語が交じっている。

「どこにいるの？　だいじょうぶなの？」

相手の消耗はあまりに激しい。冴子は自分の置かれた立場を忘れ、陥っている窮地から彼を救い上げたくなった。伊那の病院に入院中、羽柴が見舞いにきてくれたおかげで、どんなに勇気づけられたか、思い出したからだ。

「ああ、どうしたらいいんだ、おれは……」

弱々しい声がようやく意味をなしてきた。羽柴の背後には、大勢の人々のざわめきがあった。送話口を手で囲ってはいるのだろうが、どうしても周囲の音は拾われてしまう。女性の声、そして明らかに子どもと思われる声。冴子は、熱海ハーブ園における状況を一瞬で飲み込んでいた。羽柴を始めとする撮影スタッフと磯貝たちは、知人家族を現場に集めたに違いない。愛する人間を選別し、別の世界に連れていくべく招集をかけた。敢《あ》えて訊《き》くまでもなく、羽柴は妻と子どもの目を盗んで、この電話をかけている。

「ねえ、落ち着いて。どういうことなのか、教えて。電波が届く時間は限られているわ」

磁気の乱れによって電波障害が起こり、電話のつながり具合は気紛《きまぐ》れであった。だから通話可能な間に、しっかりと喋っておかなければならない。冴子に諭され、少し落ち着きを取り戻して、羽柴は、自分たちの置かれた立場を冴子に説明した。人数の一致から考えて、自分たちの行く場所が五百年ばかり前のマチュピチュらしいこと、しかし、その先には想像を絶する苦難が待ち受けているらしいこと。語り終えるころになると落ち着きを取り戻し、羽柴はふと相手を気遣う余裕を見せた。

「そっちは、だいじょうぶなのか」

父と、異様で型破りな再会を果たしたことを、羽柴に話し、納得させる自信はなかった。説明しようとすれば、貴重な時間が無駄になる。

「わたしはいま、ゼロ磁場にいるわ。ここでワームホールが開く」

羽柴には、現在いる場所が藤村家でなく、分杭峠にあるゼロ磁場である旨だけを言うにとどめた。

「本当にそこで間違いないのか」

羽柴は、ゼロ磁場にワームホールが開くのは確かかと、念を押してきた。

「間違いないわ」

「行く場所は？」

「神のみぞ知る、ってところね。問題はあなたのほうよ」

「どうしたらいいと思う」

「行くべきだわ」

「どんなに過酷な運命が待っていようともか」

「死ねば一瞬で終わり、過酷な運命と闘うこともできない」

「そのほうが苦しまなくてすむ」

「苦しむ、苦しまないは、問題外。進むべき領域があるのなら、とりあえずそこに行くのが、生物の掟《おきて》なの」

「生物の掟っていわれても……」

「地球上に誕生した生命はすべてそうしてきたのよ。最初に海から陸に上がった生命はどんなだったと思う？　最初に空を飛んだ鳥は？　過酷な環境との闘いの連続だったはず。人間だって同じよ。船で大洋に乗り出し、高山や北極に居を構えたりと、スペースがありさえすれば、くまなく行き渡っていった。わたしたちは引っ込んでいたり、とどまっていてはいけないの。外に出るべく、運命づけられているんだわ」

　羽柴に言っているつもりが、自分に向かって言い聞かせている気分になってきた。幼い頃から父の言葉掛けがあったからこそ、言える台詞《せりふ》であった。父から受け取った教えを、しっかりと人に伝えることによって、さらに勇気が湧くのを感じた。

「生命にとっての使命がどうのこうのと言われても……」

羽柴の弱音を聞いている暇はなかった。冴子は、相手の言葉を遮って続けた。

「ねえ聞いて。あなたは宇宙の歴史はたったひとつに決まっていると思っているでしょ。でも、違うわ。ほんの一ミリずれたところに別の宇宙が無数にあったとしても、ぜんぜん構わない。宇宙だって、人間と同じ、試行錯誤の連続なのよ。過去のひとつの歴史の中では、確かにマチュピチュに残された百七十三人は、四肢を切断されて殺された。でもあなたたちが行く世界は、その運命を変える余地のあるところなの。あなたが行った世界は、その影響を受けて、別の世界に枝分かれしていくのよ。考えてもみて。あなたは事前に、起こることを知った。だったら対処できるはずじゃない。悲惨な事実を知った以上、それを克服する手段に打って出られるはずでしょ。みんなで力を合わせて隙間に楔《くさび》を打ち込み、スペースを広げるの。それをきっかけに世界は変わる。怯《おび》えて、縮こまっていたら、何も変えられない。さあ、行くのよ。勇気を出して」

言い終えた後、しばらく沈黙が続いた。やがて呼吸を整え、しかし苦しそうな声で、羽柴は言った。

「わかった。きみの言うとおりだ。決心がついた。やるしかない。ひとつ訊いていいか。きみの強さの秘訣《ひけつ》はなんだ」

……強くなんかない。わたしだって怖い。ただ、世界の仕組みを知りたいという好奇心が、ひとより強いというだけ。

そう叫ぼうとしたところで、耳障りな雑音をたてて電話は切れてしまった。その後何度プッシュしても二度と電話がつながることはなかった。

さよならを言う間もなく会話が閉ざされた後は、孤独が一段と増し、寒さと相俟《あいま》って、五感が麻痺《まひ》していった。寒さも、空腹も感じず、身体が軽くなっていくようだ。

皮膚が痒《かゆ》くてならず、爪でかきむしるのと呼応して、斜面を覆う下草が揺れた。密集した樹木の陰に隠れて無数の獣がこちらの動向をうかがう気配があった。得体の知れない動物の低い呻《うめ》きも、無数に重なれば地響きとなり、大地を裂くだけのエネルギーを持つ。ひび割れた地表を蛇に似た細長い生き物が動き回っていた。

幻覚とわかっているだけに、冴子は冷静だった。

座っているベンチのすぐ前にある木の幹の、中央部分の樹皮がめくれて垂れ下がり、その下から現れた地肌が、白い卒塔婆《そとば》のように見えてきた。根っこに野の花を添えられた白木の墓標だ。じっと眺めていると、垂れ下がった樹皮は崩れ落ちていく人の顔へと変化していった。

冴子は心の中で父の声を聞いていた。喋っているのは、樹皮に浮かび上がった顔だった。幹にできた顔の前には、一枚の透明なガラスがあり、そこに自分の姿が小さく映っている。

ときどき心の中で思い起こし、勇気を与えてくれた父の声は、自分の思考を反映したものに過ぎなかったのかもしれない。

声を発する源泉が、自分の外部にあるのか、内部にあるのか、わからなかった。内へ、外へと、視点が目まぐるしく入れ替わり、そのたびごとに音源も移動する。

谷底から上ってくる風が生暖かくなってきた。体温に温《ぬく》もったベンチが座り心地よく感じられ、腰から足へと寒さが下り、孤独感を引き連れて地面に吸い取られていった。

冴子は、幸福な気分に浸りつつあった。柑橘《かんきつ》系の香りが鼻孔に広がっていく。父がいなくなって以来、一度も感じたことのなかった、胸の内側をくすぐられるような、ゆったりと落ち着いて、大きく温かなものに包まれている気分だった。

谷の左側にあった街の明かりが右のほうにズレて、冴子の真っ正面に回った。背後から立ち上る五筋の光は、一旦《いったん》、天空から吊《つ》られたサーチライトとなってから、前方に回って一点に集中していった。

冴子は、光の不思議な動きに対して何の疑問も差し挟まず、うっとりと現状を受け入れた。

蛍が飛んでいるわけではなかった。後ろから横に回り込み、前方へと駆けていく光の粒は、星の瞬きにほかならない。次から次に、背後の地平線あたりに引っ掛かっていた星々は、上空を飛び越え、左右から回り込んで、まっすぐ前方の一点へと収束していく。暗くなってしまった夜空に、まだこれだけの星が残っていたとは驚きである。すっかり消えたとばかり考えていたのに、星々はどこからともなく湧き出て、前方の一点に集中して、光の帯を太く強くしていった。

冴子は、浮揚感に誘われるまま、ごく自然にベンチから立ち上がり、軽く一歩、足を前に踏み出した。周囲にあった光という光がすべて前方の一点に集められると、それ以外の空間は完全な闇と化していった。腰の下の感触がこれまでと異なっている。尻《しり》の下を手で探り、ベンチがなくなっていることを知って初めて、暗くなったのではなく、冴子の周囲からモノがすべて消失したことを知った。

自分の身体だけが何もない空間に浮かんでいる。冴子は、腕時計に目をやった。思った通り、秒針が止まっていた。ついさっきまで、秒針は正確に時を刻んでいた。ここまでのところ理論通りだった。どうやら、知らぬ間にワームホールの中に引き込まれたようだ。

真っ正面に集まった光は、コイン程度の円い輪となって一か所にとどまっていたが、やがて冴子のほうに円筒形の紐《ひも》となって接近してきた。近づくごとに、徐々に光の輪の直径は大きくなり、歪《ゆが》んだ空間の中でしなり、ゆったりとたわんでゆく。光源と自分とを結ぶ、紐状のアーチからは光の粒子が放出され、その美しさに冴子は目を奪われた。発光する円筒形の帯は、青や紫の瞬きに縁取られ、さらに小さな粒子が霧雨となって降り注いだ。暗黒の夜空をまたぐ光の虹《にじ》だった。神聖な光は空にとどまるだけで周囲を明るく照らすことはなかった。虹は、光を放ちながら、冴子に近付いてくる。自分が光速で動いているのか、あるいは光が光速でこちらに向かっているのか、判断がつかない。虹の先端は、蛇に似た生き物のように口を開き、冴子の身体を飲み込んでいった。もっと大きな生き物と繋《つな》がっているという感覚はより確かなものとなり、安心感を伴ってどっと体内に流れ込んでくる。

周囲は一旦真っ暗になり、しばらくするうちに空間の境目が徐々に丸くなって、薄皮に包まれていった。内部は暗く、薄皮を通して見る外の世界はかすかに明るい。自分は今、球体の中にいるとはっきりと認識できた。

薄皮の表面の一か所に鋭利な刃先が差し込まれ、頭上から足下へと真一文字に走り抜け、視界の中央にまっすぐな亀裂《きれつ》ができていった。地殻に住む地下の生命が、亀裂を通して空を眺め上げれば、ちょうどこんな具合に見えただろう。細長い隙間から覗《のぞ》いたのは、これまでとは異質な世界である。

新しい世界に一歩踏み出そうとして、身体が動かない。膝《ひざ》を両手で抱え、冴子は玉虫のように丸くなっていた。

歓喜の声を上げようとして、口が開かない。顔一面が、べとべととした粘液で覆われていた。

11

およそ百四十億年前、時間も空間も存在しない、無と有のせめぎあいの中からぽっと生じた対称性の破れは、たちどころに膨張して宇宙を誕生させていった。

急速な膨張の後、それは緩やかなものへと変わり、冷えていく過程で素粒子が合わさって陽子や中性子ができ、さらに水素やヘリウムなどの元素ができていった。

その後も宇宙はずっと膨張を続け、温度を低下させ、三十万年ばかりたった頃になると、電子が原子核に吸い寄せられて、光の進行を邪魔するものがいなくなった。それまで、活発に飛び回る電子に遮られて光がまっすぐ通り抜けられなかったせいで、ぼうっとした暗黒に包まれていた宇宙が、一気に晴れ上がっていった。すっきりと隅々にまで光が届くようになったのだ。

二十億年ばかり経過して、ようやく銀河や星々が形成され、さらに八十億年近くたった頃、人間にゆかりの大地が作られる。太陽系の誕生である。

温度の低いガスが重力によって集まり、水素原子がヘリウムに変わる原子核融合が始まるや、太陽は明るく輝き出した。付随して水星、金星、地球、火星、木星などの惑星が作られた。

原初の地球半径は、現在の一〇分の一程度しかなく、微惑星との衝突を繰り返しながら内部に熱を蓄えて次第に大きくなり、大気と灼熱《しゃくねつ》のマグマオーシャンが形成されていった。やがて大気が冷え、海と地殻ができ、マグマオーシャンが深いところから固まってコアが作られた。

五億年が過ぎ、大気ができ、海ができ、地殻がある程度安定した後に用意されたのは、生命の誕生である。生命の誕生は、様々な要素が複雑に絡まった後の奇跡とも呼べるできごとであったが、その中で大きな役割を果たしたのが、エネルギーの循環システムである。太陽から、光という形でエネルギーを受け取り、利用した後の熱を大気圏外に捨てるという収支のバランスがなければ、エントロピーの減少を特色とする生物は誕生できなかっただろう。生命とは、外部と隔てる殻を持ち、自己維持機能と自己複製機能を持ち、進化していくものの総称である。

核のない原核生命から真核生命への進化にはゆったりとした時の流れを要したけれど、カンブリア紀の生命多様性の大爆発が起こると、命は百花繚乱《りょうらん》の広がりを見せ、海から陸に上がり、空を飛び、万遍なく地球の隅々を網羅していく。そして、恐竜たちの人生謳歌《おうか》の時代が終わると、哺乳《ほにゅう》類の繁栄が約束されるに至った。子宮に満たされた羊水で胎児を抱えることにより脳の発達が促され、霊長類、類人猿、猿人、原人、旧人への流れは新人へと繋がり、世界を記述できる言語を持つに至った。

彼らは十万年ばかり前にシナイ半島の狭い陸路を辿《たど》ってアフリカから出て、世界に広がっていった。約三万五千年前にヨーロッパに進出したものたちはクロマニヨン人と呼ばれ、ネグロイドからコーカソイドが分かれ、インドから北に向かったものたちはモンゴロイドとなり、さらに彼らはベーリング海を通ってアメリカ大陸に渡り、南アメリカの南端に到達することになる。

以降、人間たちの歴史はそれぞれに開発された文字で残されることになった。

それ以外にも、太陽系ができてから人類が生まれるまでの四十五億年という歴史は、太陽が放った光によってしっかりと記述されている。四十五億光年の彼方《かなた》を行き過ぎる光は、巨大分子雲が収縮し始めた頃の太陽系の姿を記録し、四十億光年の彼方を走り去る光には、有機化合物の濃縮スープともいえる海洋から生命が誕生する様が正確に収録されている。そしてわずか四十三光年の彼方の光には、ゴマ粒程度の飛行船に乗った人類が月に立ち、遥《はる》かに地球を仰ぐ光景が記録されている。

月に立って初めて人類は地球を丸ごと眺めることができた。全体的に青みがかった中、ところどころに白が交じり、全体像は荘厳そのものであり、なんともいえない瑞々《みずみず》しさと気品をたたえている。背景をなす闇は、地上で体感する闇とは別種の、まさに吸い込まれるかのような神秘性を持って、地球をより美しく際立たせていた。直射する太陽は禍々《まがまが》しく、地球の陰になるや、大気はオレンジ色に輝いて、存在を主張するのだった。

無限の宇宙の片隅にできた天の川銀河、銀河の中央から大きくはずれたところにできた太陽系、太陽系三番目の惑星である地球と、その上に誕生して進化と絶滅を繰り返しつつも、はびこってきた全生命……。

それらのすべてが、冴子や羽柴を含め数百人ばかりの人間を異世界に運んだ直後、地球時間の二〇一二年十二月二十六日午前零時二十二分十三秒に、消滅した。無限に存在する宇宙のほんのひとつに過ぎない……、しかし、われわれにとって唯一無二の宇宙が。

エピローグ

子宮にメスが入って外気が流れ込んでも、その赤ん坊は周囲の風景を見ることができなかった。まだ目は明かず、産声もなく、手術を担当した医師でさえ赤ん坊の生死を確認できなかった。

医師は、赤ん坊を子宮から取り出し、泉門《せんもん》を調べ、異常のないことを確認すると、口蓋《こうがい》、手足、股関節《こかんせつ》、背骨などを順次チェックしていった。その過程で確認できたのは、赤ん坊の性が女であることだ。

まだ完全には開き切らない瞼《まぶた》であっても、彼女の網膜は、手術室の天井にしつらえた無影灯の明かりをしっかりととらえているはずだった。円形に五個並んだハロゲンライトの光量は豊富で、名称の通りどこにも影を作らない。これまで子宮という球形の狭い世界に閉じ込められていた赤ん坊は、強烈な光の洗礼を受け、新しい世界へと迎えられたのだ。

問題は赤ん坊が産声を上げないことである。ここで新生児を失っては立つ瀬がなく、医師は祈る気持ちで軽く尻《しり》を叩《たた》いた。反応はない。もう一度、やや強めに叩いた。それを合図として、赤ん坊は初めての産声を上げた。医師は同僚たちと顔を見合わせ、ようやく安《あん》堵《ど》の溜《た》め息をつき、額の汗を拭《ぬぐ》った。

本来は、拍動が停止したときに切断する臍帯《せいたい》であったが、今回に限っては時機を見計らう必要はなかった。母体の心拍は、子宮にメスを入れると同時に停止していたからだ。手術台に横たわる妊婦は、自分の肉体に残っていた生命の火をかき集め、最後の力をふり絞って、新しい生命へと繋《つな》げていった。

今回の出産は非常に稀《まれ》なケースで、病院内外から注目される要素に満ちていた。今の時代、帝王切開は珍しくもなんともない。それ以上に異質なのは、子宮を切開する時点で、既に母親の生命が失われていたという点にあった。

確認するまでもなく、手術を施す以前に、脳波測定器の波はフラットを示し、心臓もたった今停止した。脳死状態のまま手術を行い、胎児を取り上げる例は、極めて珍しかった。医師の手によって、今、臍《へそ》の緒が切られようとしている赤ん坊は、まさに死者が産んだ子どもであった。

待合室の椅子にじっと座っている気分ではなく、栗山眞一郎は、病院の廊下をせわしなく行ったり来たりして、落ち着かぬ時を過ごしていた。さっきから時間ばかりが気になってならない。今日の日付は一九七七年五月十五日、時刻は午後の七時四十二分二十一秒。結果を待ちながら、宙ぶらりんで過ごす時間の長さが、我慢ならない。妻を失った上に、子どもまで失うという事態を想像しただけで、身体の節々に痛みが走る。

初めての我が子の誕生と、妻の死が同時になってしまうときに、心をどう保てばいいのか、眞一郎は、わからない。喜びと悲しみが相殺されるわけでもなく、総体としては悲しみのほうがずっと勝る。それ以上に、憎しみの感情の持っていきどころがなく、眞一郎は、制御できない怒りに駆られて、廊下の壁を拳《こぶし》で打ち付けた。

藤村精二という名の青年は、両脚を骨折しただけで、命に別状はないというのだから、これほど頭にくることはなかった。彼もまたこの同じ病院に収容され、両脚にギプスを嵌《は》められてベッドに固定されていた。彼の顔を見たことはなく、この先も見るつもりはなかった。会えば、怒りの発作に任せ、何をしでかすかわかったものではない。

妻の身に起こった事故は、偶然で片づけるにはあまりに不幸な出来事であった。予定日を間近に控えた彼女は、日課である散歩の途中、ビルの屋上から飛び下り自殺を試みた男の直撃を受け、脳を激しく損傷して救急車で運ばれた。もうすぐ子どもが生まれるという幸福の絶頂の最中、熱海の温泉街を歩いていて、空から男が降ってくるなどと一体だれが予想しただろう。妻の身体に直撃を食らわせたその男、藤村精二は、妻の死と引き換えに自分の生を手にいれた。子どもを抱えた、妻の柔らかな身体はクッションの代わりとなって、皮肉なことに、死にたいと願った彼の命を救ったのだ。

脳死が避けられそうにないと医師から告げられたとき、眞一郎は二者択一を迫られた。妻の生に望みをかけるべきか、あるいは、早目に処置を施して確実に胎児を救うべきか。悩みに悩んだ末、彼は、確実に新しい生を得る道を選んだ。妻の死が確認されてからでは手遅れになってしまうからだ。

……手術はもう終わっただろうか。

眞一郎は廊下の壁によりかかって、子どもの無事な姿を早く見せてほしいと、天に祈った。

死につつあるものから、生まれていくものへと相が移り変わっていく過程を、今、胎児は通り抜けつつある。それは一体、どんな体験だろうと、眞一郎は想像してみた。脳波がフラットになり、心臓が停止し、細胞の活動がひとつひとつ消えていく過程を、子宮の中の胎児はどうとらえているのだろうか。夜空から光がひとつひとつ消えていく様子を、大地に座って心細く見上げるようなものではないだろうか。

熱海の海岸で砂の上に横たわり、膝枕《ひざまくら》で妻の頭を支えながら、夜空を見上げたのはほんの一昨日のことである。エコーの結果から、生まれてくる子の性は女であろうと、おおよそ見当はついていた。星の瞬きにヒントを得たのか、妻は、生まれてくる子にステラと名付けようと突飛なことを言い出した。

一昨日の夜、眞一郎は人生の絶頂にいた。翻訳の仕事は見事な成功を収め、会社は軌道に乗り、順風満帆な未来が約束されたも同然だった。

妻とふたりで未来のことをあれこれ考えながら、妻の頭の重みを腿《もも》に受け、普通より深く砂の中に身体が沈み込んでいく感覚が心地よかった。幸福とは、その重みにほかならなかった。

　ところが、今日の午後、身も知らぬ男の身代わりとなって、妻の未来は消されてしまった。

　甘い思い出を引き出そうとすれば、必ず怒りの発作を伴う感情で終わることになった。それこそ、一生背負い込まねばならない、十字架であった。

　どこか遠くで、自分の名前が呼ばれたような気がした。

「栗山さん、栗山さん」

　壁から額を離して振り返ると、そこにはひとりの看護婦が立っていた。

　看護婦は、眞一郎に言葉をかけようとして一旦《いったん》飲み込み、ただひとこと、

「無事に生まれました」

と、報告した。母体が死んだとあっては、お祝いの言葉など出せるはずもなかった。

　眞一郎は、その看護婦によって、新生児室の前へと導かれていった。

　廊下側と一枚の分厚いガラスによって隔てられた新生児室に、別の看護婦に抱き抱えられた赤ん坊がいた。泣いているのだろうが、その声は眞一郎の耳に届かない。両手を激しく動かし、顔をくしゃくしゃにさせ、見るからに元気そうだ。

　ステラという名前が、どのような変遷を辿《たど》って「冴子」に変わったのか、経緯は忘れてしまった。「ステラ」と「冴子」、言葉の響きが似ていなくもない。

　眞一郎は、赤ん坊に向かって「冴子」と呼びかけていた。全身全霊を傾けてこの子により よい情報を与えよう。未来にブレークスルーを起こす力を養わなければならない。

「冴子、おまえが生きる世界は、これまでの世界とは、違う」

父の呼び掛けに応《こた》えるように、冴子は、足を突っ張り、両手を振り上げた。

〈了〉

主要参考文献

「自己組織化と進化の論理」　スチュアート・カウフマン著　米沢富美子訳　日本経済新聞社
「新版自然界における左と右」　マーティン・ガードナー著　坪井忠二、藤井昭彦、小島宏訳　紀伊國屋書店
「暗号解読」　サイモン・シン著　青木薫訳　新潮社
「フェルマーの最終定理」　サイモン・シン著　青木薫訳　新潮社
「ロゼッタストーン解読」　レスリー・アドキンズ、ロイ・アドキンズ著　木原武一訳　新潮社
「エレガントな宇宙」　ブライアン・グリーン著　林一、林大訳　草思社
「自然界の非対称性」　フランク・クロース著　はやしまさる訳　紀伊國屋書店
「生命40億年全史」　リチャード・フォーティ著　渡辺政隆訳　草思社
「神々の遺伝子（上、下）」　アラン・F・アルフォード著　仁熊裕子訳　講談社プラスアルファ文庫
「神々の指紋（上、下）」　グラハム・ハンコック著　大地舜訳　小学館文庫
「太古史の謎」　アンドルー・トマス著　中桐雅夫訳　角川文庫
「相対性理論を楽しむ本」　佐藤勝彦監修　PHP文庫
「『量子論』を楽しむ本」　佐藤勝彦監修　PHP文庫
「核兵器のしくみ」　山田克哉著　講談社現代新書
「新しい地球史」　神奈川県立博物館編　有隣堂
「日本列島の科学」　力武常次著　東海科学選書
「惑星学が解いた宇宙の謎」　井田茂著　洋泉社

「世界が変わる現代物理学」　竹内薫著　ちくま新書
「活断層」　松田時彦著　岩波新書
「日本列島の誕生」　平朝彦著　岩波新書
「生命と地球の歴史」　丸山茂徳、磯﨑行雄著　岩波新書
「ホーキング、未来を語る」　スティーヴン・ホーキング著　佐藤勝彦訳　アーティストハウス
「光速より速い光」　ジョアオ・マゲイジョ著　青木薫訳　日本放送出版協会
「ゲーデルの哲学」　高橋昌一郎著　講談社現代新書
「神隠しと日本人」　小松和彦著　角川ソフィア文庫
「リーマン博士の大予想」　カール・サバー著　黒川信重監修　南條郁子訳　紀伊國屋書店
「5万年前に人類に何が起きたか？」　リチャード・G・クライン、ブレイク・エドガー著　鈴木淑美訳　新書館
「創造する真空《コスモス》」　アーヴィン・ラズロー著　野中浩一訳　日本教文社
「科学は心霊現象をいかにとらえるか」　ブライアン・ジョセフソン著　茂木健一郎、竹内薫訳　徳間書店
「複雑な世界、単純な法則」　マーク・ブキャナン著　阪本芳久訳　草思社
「物理学と神」　池内了著　集英社新書
「世界を知るためのささやかな哲学」　アルベール・ジャカール、ユゲット・プラネス著　吉沢弘之訳　徳間書店
「数学は世界を解明できるか」　丹羽敏雄著　中公新書
「素数の音楽」　マーカス・デュ・ソートイ著　冨永星訳　新潮クレスト・ブックス
「生命とは何か」　シュレーディンガー著　岡小天、鎮目恭夫訳　岩波文庫

「脳のなかの水分子」 中田力著 紀伊國屋書店
「量子宇宙への3つの道」 リー・スモーリン著 林一訳 サイエンス・マスターズ
「宇宙は自ら進化した」 リー・スモーリン著 野本陽代訳 日本放送出版協会
「宇宙のエンドゲーム」 フレッド・アダムズ、グレッグ・ラフリン著 竹内薫訳 徳間書店
「ニューロンから心をさぐる」 櫻井芳雄著 岩波書店
「ガイアの復讐」 ジェームズ・ラブロック著 秋元勇巳監修 竹村健一訳 中央公論新社
「非線形科学」 蔵本由紀著 集英社新書
「ワープする宇宙」 リサ・ランドール著 向山信治、塩原通緒訳 日本放送出版協会
「πの歴史」 ペートル・ベックマン著 田尾陽一、清水韶光訳 ちくま学芸文庫
「不思議な数 πの伝記」 Alfred S.Posamentier, Ingmar Lehmann 著 松浦俊輔訳 日経BP社
「ホーキング、宇宙を語る」 スティーヴン・W・ホーキング著 林一訳 ハヤカワ文庫
「論理哲学論考」 ウィトゲンシュタイン著 野矢茂樹訳 岩波文庫
「宇宙を復号《デコード》する」 チャールズ・サイフェ著 林大訳 早川書房
「異端の数ゼロ」 チャールズ・サイフェ著 林大訳 早川書房
「宇宙を語る Ⅰ、Ⅱ」 立花隆著 中公文庫
〝Black Holes and the Information Paradox.〟
by Leonard Susskind, Scientific American, April 1997

執筆にあたり竹内薫氏とのディスカッションから多くの刺激を得ました。心より感謝します。

解説

竹内　薫（サイエンス作家）

ノーベル物理学賞の日本人三名同時受賞に沸いた二〇〇八年。その授賞式の直後に刊行された物理学ホラー『エッジ』。そのあまりのタイミングの良さに私は驚かされた。

なにしろ、それまでの数年間、私は鈴木光司の最新ホラー小説『エッジ・シティ』（仮題）の構想と原稿の進捗《しんちょく》状態を作家本人の口から聞かされていたのだ。

ノーベル賞の日本人三名同時受賞などという好機は百年に一度くらいの低い確率でしか訪れない。そして、『エッジ・シティ』は短く『エッジ』と題名が改められ、ノーベル賞の受賞が発表される直前に脱稿され、出版社に手渡されていた。

「忘れたのか、これまで、数字で表れたサインが偶然であったためしはない。偶然の一致には必ず意味があった」（『エッジ』下巻288ページ）

たしかに、鈴木光司初の物理学ホラーの出版と、ノーベル物理学賞三人同時受賞は、偶然の一致だが、そこには深い意味がある。

もともと生物系のホラー作家と思われていた鈴木光司の作品は、次第に物理学の色彩を帯び始め、今回の『エッジ』にいたって、完全に物理学的な世界観をもとにしたホラーが完成した。

二項対立という、世界の「論理」

私は、この作品が本当にホラーなのか、それともSFなのか、あるいは小説の形を借りた哲学書なのか、いまだに判断がつかないでいる。

ひとつだけたしかなのは、この作品の世界性、普遍性であろう。それはいいかえると「日本的でない」ということなのだ。

鈴木光司は実に不思議な作家だ。日本的な臭いがまったくしない。日本人作家の多くに向けられる「日本の情緒を描く作家」という褒め言葉は、実は、「世界の論理が通用しない作家」という貶《おとし》めともなる。その点、鈴木光司は日本情緒を描かない作家だといえる。

では、鈴木光司が描く、世界性、普遍性とは何か。

人類の文化史をたどると、人は常に神と悪魔、善と悪、光と影、陰と陽といった二項対立の構図で宇宙を観察してきたことがわかる。

『エッジ』では、そういった伝統的な対立の構図は、粒子と反粒子、あるいは物質と反物質というような現代物理学の二項対立の構図へと昇華する。

この二項対立が鮮明な形であらわれるのが、栗山眞一郎と藤村孝太の出会いであろう。この二人の関係は、まさに善と悪、陽と陰、粒子と反粒子の象徴のように思われる。それだけでなく、この二人の「相互作用」は思わぬ結果を生む。片方が堕天使となりこの世に残り、もう片方が神となり巣立つのである。まるで「自発的対称性の破れ」により、善と悪とのバランスが崩れ、新たな相（フェーズ）へと移行したかのようだ。

このような二項対立の軸を意識しながら読むことにより、読者は、この作品に底流する現代物理学の「思想」に触れることができるだろう。

ヒーローからヒロインへの相転移

さて、ここからしばらく『エッジ』の中身を見ていくことにしたい。

冒頭を飾る三つのプロローグは、この小説の主題を凝縮したような趣がある。アメリカの砂漠で人が失踪《しっそう》する。ハワイの天文台で消えた星が目撃される。そして、世界最先端のスーパーコンピューターの中でπ《パイ》の数値が、五千億桁《けた》をすぎたあたりから消え始める。

おのおのの現象を単独で取り上げれば、いくらでも合理的な解釈が可能だ。人の失踪は誘拐であったり、殺人であったり、災害が原因だったりする。

星の消滅だって、ブラックホールに飲まれたり、別の天体によって隠されたり、いくつ

ように、あらゆる謎に合点がゆき、同時に嫌悪感も消え去るのだ。

が明かされたとき、あたかも複雑怪奇に広がった枯木の枝が一つの根っこに収束するかのらんでいるのはアンチヒーローの精二であり、この正体不明の男の生理的な嫌悪感の原因

もっとも、表面的には冴子と羽柴がからんでいても、水面下、意識下で実際に冴子とか

今回私は、一読者として、鈴木光司も「女」を描くようになったのだな、という感慨をもった。

推移する。

ジ』の強い主人公は明らかにヒロインの冴子であり、作品全体が冴子の心情描写を中心にが多かった（それはホラーに限らず、冒険小説や子育て日記でも同様だ）。だが、『エッ

これまでの鈴木光司作品は、どちらかといえば「強い男性像」の主人公が活躍するもの

ーリーにも新機軸が窺《うかが》われる。

主人公のジャーナリスト冴子とテレビ局のディレクター羽柴を中心として展開するスト

どの「恐怖」が待ちかまえているのだ。

が複雑になる。そして、唯一の合理的な原因に思い至ったとき、そこには、かつてないほ

しかし、この三つの現象すべてに共通する、合理的な原因を探すとなると、とたんに話タのプログラムのバグか、あるいは、ハードウェアそのものの故障や設計ミスであろう。

そして、π《パイ》の計算から数が消えてゼロが続く場合、真っ先に考えられるのはコンピュー

かの可能性が考えられる。

「道連れ」という名の恐怖

しかし、哲学的であり、SF的であり、科学的であるにもかかわらず、やはり、『エッジ』はホラーなのだ。

私が最も怖いと感じたのは、さきほども引用した、

「忘れたのか、これまで、数字で表れたサインが偶然であったためしはない。偶然の一致には必ず意味があった」

という言葉と、その少し後に出てくる次の場面が頭の中で融合したときだった。

「し、し、し……」

羽柴の疑惑を具体化するように、俊哉は言葉を発しようとして吃り、一歩二歩とあとじさった。

「どうした、何が言いたいんだ」

羽柴は優しくその先を引きだそうとした。

「四肢が切断されていたんです。ほとんどの遺体に四肢の切断がみられたって……」（下

巻289ページ）

すでに書いたが、鈴木光司の作品では、いくつものバラバラな情報の断片が一点に収束したところに究極の怖さが潜んでいる。四肢の切断が自分の身の上に降りかかるとしたら？　そして、その根拠は数字の符合にあるのだ。鈴木光司のホラーは徹底的に論理的な構造をもっている。

相転移、素粒子、素数

誰でも（本当は）知っているけれど、案外と意識していない物理現象が、

……Phase transition（下巻194ページ）

かもしれない。この「フェーズ・トランジション」は日本語にすれば「相転移」。たとえば、固体の氷を熱すると零度で液体の水に転移し、さらに熱すると百度で気体の水蒸気に転移する。「相」というのは、固体、液体、気体という物質の状態を指す。

気がつけば身近な現象にすぎないが、問題は、相転移が物質だけでなく、われわれが棲《す》んでいる宇宙全体にも存在することだ。宇宙の場合、あまりにも話のスケールが大きすぎ

て、想像することが困難かもしれないが、たとえば自分が水槽で飼われている金魚だとして、誰かがその水槽を冷やし続けているとする。水が氷へと相転移する瞬間を思い浮かべれば、それが究極のホラーであることがおわかりだろう。

無論、水槽の中の金魚には、その相転移に抗《あらが》う術《すべ》はなく、また、なぜ相転移が起きるのかもわからないのだ。

『エッジ』に登場する数学の予想は実に興味深い。「リーマン予想」は、ゼータ関数という数学者なら誰でも知っている（そして一般にはほとんど知られていない）関数の性質に関するものだ。ゼータ関数は、ある種特別な関数で、その最も簡単な値は、単に「1＋2＋3＋4＋……」という具合に自然数を足したもの。面白いことに、この「自然数の足し算」は、「素数のかけ算」であらわすことができる。つまり、ある意味、自然数の世界は、素数の世界と「つながっている」わけだ。

宇宙が素粒子からできているように、もしかしたら、数学は素数からできているのかもしれない。

『エッジ』に潜む本当の恐怖

そう、もうおわかりかもしれないが、『エッジ』で描かれている最大の恐怖である宇宙の相転移とは、宇宙の構造そのものが根底から崩れ去ることを意味し、その根底とは、素粒子や素数、さらには数学や物理学の「定数」にほかならない。プロローグに登場するπも数学の重要な定数であり、誰もが「定数」と信じて疑わない数なのだ。そのπが「不定」になる、あるいは変化するなどということがありえようか？　たしかにこの宇宙のままならありえないだろう。だが、水槽の中の金魚が適温の水の「宇宙」しか知らないのと同様、人類もまた、この棲みやすい宇宙しか知らないのだ。相転移の先にいったい何が待ちかまえているのか、誰にもわからない。

世の中には個人の「死」以上の恐怖が確実に存在する。それは、身近な家族や友人や、さらには人類すべてを道連れにした「消滅」であり、世界そのものの破滅……。

もし、鈴木光司の過去の作品と比べて、『エッジ』が「怖くない」と感じた読者がいたとしたら、その人は、おそらく、描かれている恐怖のスケールが、あまりにも大きいため、その真の怖さに気づいていないのだ。

『エッジ』は、二度、三度、読み返す度に徐々に怖さが増大してゆく、まさにホラー最終形の名にふさわしい作品なのである。

本書は、二〇〇八年十二月に弊社より刊行された単行本を加筆・修正し、文庫化したものです。

エッジ 下

鈴木光司《すずきこうじ》

角川ホラー文庫　Hす1−7　17238

平成24年1月25日　初版発行

発行者———井上伸一郎
発行所———株式会社角川書店
東京都千代田区富士見2-13-3
電話/編集(03)3238-8555
〒102-8078
発売元———株式会社角川グループパブリッシング
東京都千代田区富士見2-13-3
電話/営業(03)3238-8521
〒102-8177
http://www.kadokawa.co.jp
印刷所———暁印刷　製本所———BBC
装幀者———田島照久

ISBN978-4-04-100136-3　C0193